AF381058

Stefan Läer

Meta Date

Roman

Bibliografische Information der Deutschen Nationalbibliothek:

Die Deutsche Nationalbibliothek verzeichnet diese Publikation in der Deutschen Nationalbibliografie, detaillierte bibliographische Daten sind im Internet über http://dnb.dnb.de abrufbar.

Herstellung und Verlag:

BoD – Books on Demand, Norderstedt

ISBN: 978-3-748-16817-1

Die Liebe erträgt alles, sie glaubt alles, sie hofft alles,
sie duldet alles. Die Liebe hört niemals auf.

1. KOR. 13, 7+8A

Für Nele

Sie stellte sich sanftes Meeresrauschen auf YouTube ein, lehnte sich entspannt in ihren Stuhl zurück und griff nach ihrem frisch aufgesetzten Kaffee, dessen lang ersehnter Duft vorübergehend die spießig abgestandene Büroluft vertrieb. Es fühlte sich schon fast an wie Urlaub. Zumindest machte es die Tatsache, dass an diesem Freitag im ganzen Land die Schulferien begannen, für sie erträglicher. Sarah Wagner war 35 Jahre alt und ging schon lange nicht mehr zur Schule. Noch eine Woche, dann würde zwar auch sie für 14 Tage nicht mehr in ihr Büro kommen müssen, aber der Gedanke daran löste bei ihr nicht wirklich Freude aus. Einen Urlaub hatte sie diesmal nicht gebucht, stattdessen würde sie bei ihrer Mutter sein, die vor einem Jahr an einem neuartigen demenziellen Syndrom erkrankt war. Sarah hatte sich zum Ziel gesetzt, so viel Zeit wie eben möglich mit ihr zu verbringen, solange ihre Mutter sie noch erkannte. Das war gar nicht so einfach, denn ihre Arbeit wollte sie genauso wenig aufgeben wie ihre wenige Freizeit, die ihr noch verblieb.

Die Wellen schlugen plätschernd an den malerischen Südseestrand, der den Hintergrund des aufgerufenen Videos bildete. Immer wieder, immer gleichmäßig, so, als wäre die Zeit stehengeblieben und die ganze

Welt richtete sich nur noch nach einem Rhythmus. Wenn dem nur immer so wäre …

„Genug geträumt!", platzte plötzlich eine raue weibliche Stimme dazwischen.

„Petra, was fällt dir ein?", blaffte Sarah ihre Kollegin an, die sich ohne um Erlaubnis zu bitten bereits neugierig über ihren Monitor beugte. Hätte Petra ihre schwarzen Haare nicht zurückgebunden, wären sie glatt in Sarahs Gesicht gelandet.

„Oho, sanftes Meeresrauschen … Wohin geht es denn nächste Woche?"

Sarahs Miene versteinerte sich. „Nirgendwohin."

„Bitte was? Wieder nach Malle oder doch mal nach Kos? Komm schon, raus mit der Sprache!" Petra setzte ein Lächeln auf, das in Kombination zu ihrem dunklen Teint perfekt auf jeden Katalog einschlägiger Reiseanbieter gepasst hätte. Nicht ohne Grund: Schließlich stammten Petra Zultus Eltern aus Bulgarien und hatten ihrer Tochter den Süden schon in den Genen mitgegeben.

„Male ist die Hauptstadt der Malediven und auf Kos ist nix los."

Petra lachte. „Jetzt mal im Ernst: Fährst du wirklich nicht weg?"

„Nein. Es ist wegen meiner Mutter."

Petras Lächeln gefror. „Oh. Das tut mir leid.“

„Naja, es ist, wie es ist. Sie hat mich zwar früher nicht immer gut behandelt, aber sie ist immer noch meine Mutter. Die Medizin ist bislang machtlos gegen diese neuartige Demenzform, sodass sie mich wohl schon bald nicht mehr erkennt. Ich sollte deshalb noch so viel Zeit wie möglich mit ihr verbringen.“

„Ach Sarah, du hast so ein gutes Herz. Aber du musst auch an dich denken. Könntest du nicht mit der Arbeit etwas kürzer …?“

„Versuch es gar nicht erst, Petra! Ich arbeite Vollzeit und dabei bleibt es.“ Petra verstand einfach nicht. Petra hatte zwei Kinder, ging halbtags arbeiten und vor allen Dingen einen tollen Mann gefunden. Sie aber hatte niemanden, der ihr Anerkennung geben konnte, nur ihren Chef, und den wollte sie auf keinen Fall enttäuschen.

„Okay, dann solltest du dir wenigstens in deinen freien Tagen hier etwas gönnen. Vielleicht kannst du ja tagsüber bei deiner Mutter sein und abends … Nun, du weißt schon.“

„Nein, nicht wieder feiern gehen und besoffene Männer abschleppen, die sowieso viel zu unreif sind. Davon habe ich wirklich genug.“

„Hm, dann brauchen wir Plan B. Hast du es schon mal mit einer Partnerbörse probiert? Mein Cousin kennt da jemanden, der hat ...“

„Und du meinst wirklich, dass da bessere Männer sind?“

„Zumindest hast du mehr Auswahl. Und die Männer, die nicht gerne feiern gehen, sind dort bestimmt auch angemeldet.“

„Glaubst du echt, dass ich dort die Liebe meines Lebens finde?“

„Einen Versuch ist es allemal wert. Komm schon, trinken wir einen Kaffee und dann melde ich dich da an.“

Sarah zögerte einen Augenblick, dann erhellte sich ihre Miene. „Na gut, aber dann einen *Eis*kaffee ... zum Wellenrauschen!“

2

Zum Henker, war diese Frau hübsch! Langes, aber nicht zu langes blondes Haar, sogar ein bisschen gelockt, strahlend blaue Augen und eine zuckersüße Stimme: Diese Frau musste er unbedingt haben! Und spätestens seitdem ihre Freundin sie bei der Partnerbörse angemeldet hatte, wusste er plötzlich auch einen Weg. Vielleicht konnte er auf diese Weise sogar das Nützliche mit dem Angenehmen verbinden, wenn er es nur geschickt anstellte. Tom Lortery ließ seine Drohnenkamera, die er heimlich auf dem Büroschrank platziert hatte, ganz nah an den Bildschirm von Sarahs Computer heranfahren. Sie war gerade damit beschäftigt, ein Foto von sich für die Partnerbörse auszuwählen. Zunächst musterte sie ein Foto von sich im prallgefüllten roten Bikini an irgendeinem Strand. Keine Frage, Sarah Wagner hatte eine Traumfigur, das musste er sich eingestehen. Doch der Augenschmaus ihrer freien Haut währte nicht lange, denn kurz darauf erschien sie in einem zweifelsohne nicht minder schicken grünen Bergsteigeroutfit mit Rucksack vor einem Alpenpanorama. Ja, zeig mir alle deine Urlaubsfotos!, dachte er vergnügt. Es folgte ein Foto vor der grünen Kulisse eines französischen Gartens. Dort posierte sie in einem farbigen Sommerkleid vor wohlgetrimmten Buchsbäumen aller erdenklichen Formen. Ein klassisches Bild, das ihr ganz augenscheinlich gefiel, denn sie ließ es länger geöffnet als die beiden vorherigen Fotos und führte einen leidenschaftlichen Austausch mit ihrer Freundin darüber.

„Ja, das ist gut, schön klassisch, nicht übertrieben oder zu streng, das würde ich als erstes Foto nehmen!", rief Petra begeistert, und tatsächlich: Sarah entschied sich dazu, dieses Foto hochzuladen. Kometenfeuer hieß die Börse, deren Name Tom ein wenig schmunzeln ließ. Komet, na das passt ja perfekt zu unserem Programm. Seit nunmehr neun Jahren war Tom Lortery Manager bei Capada, einem Unternehmen, das steinreichen Touristen gegen viel Bares einen Flug ins Weltall ermöglichte.

Gutes Foto, ich muss schon sagen ... und dann war diese Frau auch noch so schnell in ihren Entscheidungen. Sie machte kein großes Federlesen, sondern wusste genau, was sie wollte. Ob sie beim Shopping auch so war? Das musste er unbedingt ausprobieren. Doch dem stand noch ein Problem im Weg, und dieses war kein besonders geringes: Er würde nicht der einzige Mann sein, dem ihr Foto gefiel. Nicht, dass Spitzenmanager Tom Lortery kein Selbstbewusstsein besessen und seinen Körper als nicht konkurrenzfähig mit anderen Kerlen in seinem Alter eingestuft hätte. Aber es gab etwas, das seiner Suche nicht gerade förderlich sein würde: Er war unsichtbar. Er musste unsichtbar bleiben, damit die Sache mit Fleeze 89 nicht ans Licht kam. Solange der Untersuchungsausschuss noch tagte, durfte er sich allem offenbaren, nur nicht einer Mitarbeiterin im höheren Dienst der Weltraumtouristikzulassungsbehörde. Das fing schon mit dem Profilbild an: Er musste es irgendwie schaffen, die Aufmerksamkeit dieser Frau allein durch Worte zu gewinnen und sich dabei von den wahrscheinlich nicht wenigen Mitbewerbern absetzen. Dazu musste er erst einmal herausfinden, auf was Sarah Wagner stand.

Hier kam die nun folgende Prozedur gerade recht: Sarah wählte aus ihren Desktopfotos ein zweites Profilbild aus. Dabei ging sie diesmal nicht so schnell vor wie bei der Auswahl ihres ersten Fotos. Im Gegenteil: Tom erfuhr eine Menge über ihre Gewohnheiten, Hobbys, wusste schließlich, dass sie gerne klettern ging, joggte, viel Zeit mit kleinen Kindern (ihren?) verbrachte und Hockey spielte. Wow. Schlussendlich, nach gefühlt einer halben Stunde des Hin- und Herdiskutierens mit ihrer Freundin Petra, entschied sie sich für ein Foto, das sie in einer vollständigen Hockeyrüstung inklusive Helm und hoch erhobenem Schläger zeigte. Furchteinflößend und genau sein Fall. Tom fragte sich, ob sie sich immer so viel Zeit für ihre Privatangelegenheiten auf der Arbeit nahm. Gut, dass sie nicht seine Angestellte war. Er lächelte still in sich hinein. Aber immerhin, durch diese umfassenden Einblicke in die Eitelkeit seiner Traumfrau wusste er nun einigermaßen, was sie beschäftigte und worüber sich ganz zwanglos ein anregendes Gespräch zwischen ihnen entwickeln konnte.

„Top, Sarah, wirklich top! Wenn du mit diesem Profil nicht die Blicke aller Kerle dieser Welt auf dich ziehst, weiß ich es auch nicht. Du wirst den Einen finden, da bin ich mir sicher!", hörte er Petra sagen.

Nun wurde es aber wirklich Zeit, seinerseits aktiv zu werden. Die Uhr lief.

3

Sarah konnte es kaum erwarten, bis endlich Feierabend war. Immerzu malte sie sich die Blicke der Männer aus, die begierig ihr Profil besuchten und ihren virtuellen Briefkasten mit Nachrichten nur so überschwemmten. Währenddessen merkte sie, wie sie angesichts ihrer ausschweifenden gedanklichen Ausflüge mit ihrer Arbeit ins Stocken geriet. Nach zehn Minuten fiel ihr auf, dass sie sich noch immer auf Seite 724 des etwa eintausend Seiten umfassenden Zulassungswerkes der Firma Capada befand, das sie zwecks des laufenden Verfahrens noch einmal hervorgekramt hatte, um sich in Anbetracht der am Freitag tagenden Konferenz über den Fall „Fleeze 89" wieder auf den neuesten Stand zu bringen.

Sarah Wagner, du reißt dich jetzt zusammen und bringst diesen Arbeitstag noch ordentlich und wenigstens ansatzweise produktiv zu Ende!, ermahnte sie sich zu Selbstdisziplin, und tatsächlich: Zumindest das Kapitel „Über die internen Zuständigkeiten betreffend das Qualitätsmanagementsystem" schaffte sie noch, ehe sie den Wälzer Papier schließlich zuklappte. Genug getan für heute, dachte sie. Für den Rest war Anfang nächster Woche auch noch Zeit. So band sie sich ihre Haare zum Zopf, griff nach ihrer schwarzen

Handtasche mit dem Havanna-Button und verließ um Punkt Viertel nach vier ihr Büro. Wie üblich um diese Uhrzeit war sie die Letzte auf ihrer Etage. Energischen Schrittes schwebte sie den blauen Teppich des kleinen Korridors entlang, der selbst die Geräusche ihrer Absätze schluckte, wenn sie einmal welche trug, was selten genug vorkam. Naja, dachte sie und lächelte in sich hinein, wenn Petra recht hat, lege ich mir zur Feier des Tages vielleicht mal wieder welche zu. Wenn es mit ihrem Traummann klappte. Als sie das für eine Behörde ziemlich futuristische Gebäude ihres Arbeitsplatzes verließ, beschloss sie, nicht direkt nach Hause zu gehen und in ihrem PC schon nach adäquaten Männern Ausschau zu halten, sondern die Spannung lieber noch ein wenig zu steigern. Der Prinz-Georgs-Garten schrie an derart malerischen Sommertagen wie heute geradezu nach einem Spaziergang.

Darmstadt war heiß. Das Außenthermometer des Bundesinstituts für Zulassungsangelegenheiten der Weltraumtouristik, kurz BIfZudeWe, zeigte an diesem Nachmittag geschlagene 32 Grad Celsius an. Vielleicht sollte Sarah den Spaziergang doch besser in eine Sitzung im Schatten verwandeln. Schon die Passage des Hauptbahnhofs war an diesem Tag um diese Uhrzeit schweißtreibend und ein regelrechter Spießrutenlauf zwischen den Heerscharen an Berufspendlern, zu denen sich jetzt zu allem Überfluss auch noch die Reisevögel mischten, die mit ihren Koffern noch die breitesten Wege zu abenteuerlich verschlungenen Pfaden machten. „Mensch Jonas, pass doch auf, da möchte eine Dame vorbei!"

Schließlich gelang es Sarah doch, die schier unüberwindbaren Hindernisse zu passieren und sich zur Innenstadt durchzuschlagen. Am Hessischen Landesmuseum, in dem sie als Kind immer so gern die Skelett- und Fossilexponate der naturhistorischen Ausstellung bewundert hatte, führte ihr Weg direkt durch den Herrngarten, unter dessen alten Bäumen sich für gewöhnlich die Studenten dem süßen Nichtstun hingaben. Da die Semesterferien jedoch schon begonnen hatten, verweilten nicht mehr so viele Studenten wie sonst in der Stadt. Nachdem sie den Herrngarten durchquert hatte, kam sie endlich in ihren Prinz-Georgs-Garten, in dem sich die Gartenbaukunst des Rokoko auf eine sehr ästhetische Weise mit der Wissenschaft verband. Vier Quadrate Lust- und Nutzgarten gebaren in ihrer Mitte jeweils eine Sonnenuhr aus Sandstein mit Globus, einer Wetterfahne sowie dem Namenszeichen Ludwigs des VIII., dem Landgrafen von Hessen-Darmstadt selbst, der den Garten einst seinem Sohn Prinz Georg zum Geschenk gemacht hatte. Wenn es ein Paradies auf dieser Erde gab, dann lag es möglicherweise hier. Das Einzige, das Sarah an diesem Ort störte, war der Mangel an Schatten spendenden Bäumen, sodass sie sich nur kurz auf eine der heißen Bänke setzte, um ihrem nächsten Date nicht krebsrot entgegentreten zu müssen. Für einige Momente schloss sie die Augen, doch es war keine angenehme Wärme, die auf ihr Gesicht fiel, sondern eine brennende Hitze. Eigentlich sollte ich im Freibad sein, dachte sie. Doch dazu fehlten ihr heute einfach Zeit und wenn sie ehrlich war auch die Lust. Sie musste noch einkaufen und wollte außerdem bei ihrer Mutter vorbeischauen. Und dann wartete da ja noch Kometenfeuer auf sie. Viel zu tun. Mit einem Ruck erhob sie sich, spazierte noch einmal um die riesige Wasserfontäne des Springbrunnens in der Mitte herum, ehe sie sich schließlich auf den Weg ins Martinsviertel machte, wo sie wohnte.

Ihre Wohnung in dem zitronengelb angestrichenen Fünf-Parteien-Haus lag im zweiten Stock. Normalerweise schleppte sich Sarah nach der Arbeit immer mit letzter Kraft die beiden Treppen hoch – selbst ihr wöchentliches Lauftraining half ihr nicht besonders weiter, wenn Energie und Antrieb fehlten. Doch diesmal war sie ein wenig beschwingter als sonst und nahm sogar zwei Stufen auf einmal. Zu ihrem Glück in diesen Tagen lag ihr kleines Apartment auf der Nordseite des Hauses, sodass die Luft, die sie bei der Ankunft begrüßte, noch als „erträglich" bezeichnet werden konnte.

Rasch warf Sarah einen Blick in ihren Kühlschrank und die kleine Küchenecke, schrieb einen

Einkaufszettel und verließ sofort wieder das Haus, um etwaigen Trödeleien erst gar keine Chance zu geben. Ihr Supermarkt war fußläufig gut erreichbar, was ihr bei der Hitze mehr als gelegen kam. Trotzdem spürte sie, wie sich Schweißtropfen überall an ihrem Körper zu bilden begannen und schon nach einer halben Minute gemütlichen Marsches an ihr hinabliefen.

Nach dem Einkauf sortierte sie erst einmal ihre eigenen Sachen zu Hause ein, ehe sie schnell unter die Dusche sprang und sich – durch die nasse Erfrischung wieder etwas wohler fühlend – auf den Weg zu ihrer Mutter machte, die in Bessungen, im Süden der Stadt wohnte.

Als ihre Krankheit diagnostiziert worden war, hatte Sarah als ihre einzige Tochter darauf gedrängt, dass sie von Fulda in ein betreutes Wohnen nach Darmstadt umzog. Natürlich war Emma Wagner der Abschied von ihrem eigenen Haus schwergefallen, aber diese Entscheidung war aus Sarahs Sicht die einzig richtige gewesen und letztlich hatte das auch ihre Mutter eingesehen. Nur so konnte Sarah auf der letzten Station bis zu ihrem vollständigen Gedächtnisverlust für sie da sein.

„Das ist aber lieb von dir“, freute sich Emma, als Sarah ihr den vollen Einkaufskorb reichte, und herzte sie zur Begrüßung auf beide Wangen.

„Wie geht es dir?", fragte Sarah.

Die Dame mit den schulterlangen grauen Haaren sah sie schweigend an. „Ach weißt du, mir geht so manches durch den Kopf. Solange ich noch klar denken kann, denke ich über mein Leben nach, das ich gelebt habe. Das war es nun, bald muss ich der Welt für immer auf Wiedersehen sagen. Komm, setz dich!"

Sarah nahm neben ihrer Mutter an dem runden Tisch in dem kleinen Apartment Platz, das sie von der Größe und Einrichtung her fast ein bisschen an ihr eigenes erinnerte. Nur Sarahs Möbelgeschmack war natürlich ein bisschen moderner. „Mama, für dich ist es noch nicht vorbei. Wir werden kämpfen, solange es Hoffnung gibt."

„Die Medizin kann meinen Verfall ein wenig bremsen, aber du weißt genau, dass das Ende meiner geistigen Kraft unausweichlich kommen wird. Ich habe mein Leben gelebt, es ist in Ordnung für mich."

„Nächste Woche habe ich Urlaub. Dann können wir viel zusammen machen."

„Das freut mich für dich, dass du bald freihast. Aber du musst auch an dich denken, du hast noch eine Zukunft vor dir. Welchen Urlaub hast du geplant?"

„Diesmal keinen. Ich bin der Urlaube müde geworden. Diesmal bleibe ich hier. Darmstadt ist auch schön.“

Ein unübersehbarer Ausdruck der Enttäuschung huschte über das Gesicht ihrer Mutter. „Aber Kind, ein Ortswechsel täte dir mal gut und würde sicher neue Energie freisetzen. Was machen die Männer denn ohne dich?“

Sarah seufzte. Das ewige Thema. „Alle Männer, die ich bislang in meinem Leben kennengelernt habe, machen ihre Sache auch gut ohne mich. Sie suchen sich eben andere Frauen, deren Körper ebenso attraktiv sind, das macht für sie keinen Unterschied.“

„Sarah, du denkst zu negativ über die Männer. Vielleicht ist es das ...“

„Nein, auch das ist es nicht, Mama. Du hältst mich doch wenigstens für so erwachsen, dass ich noch unterscheiden kann, ob ein Mann meinen Charakter oder nur meinen Körper liebt. Aus dem Alter der rein körperlichen Liebe bin ich raus. Ich kann verstehen, dass du willst, dass ich endlich den richtigen Mann an meiner Seite finde, und dass du dir ein Enkelkind wünschst. Aber ich kann nichts herbeizaubern. Immerhin habe ich mich mal bei einer Partnerbörse angemeldet. Die Hoffnung stirbt ja immer zuletzt.“

„Du hast was?“, fragte Emma Wagner überrascht.

„Ich setze uns beiden mal einen Kaffee auf und dann erzähle ich dir ein bisschen ..."

Nachdem Sarah den Spätnachmittag mit ihrer Mutter trotz der üblichen leidigen Themen ihrer Mannlosigkeit und Emmas Krankheit relativ gut überstanden hatte, gönnte sie sich zu Hause nochmals eine kalte Dusche. Das Abendbrot fiel diesmal sehr einfach aus, schließlich wuchs Sarahs Ungeduld. Als sie fertig gegessen hatte, war es endlich soweit: Sie rief die Seite von Kometenfeuer auf, meldete sich an und öffnete ihr Postfach. Sie hatte sich nicht zu viel versprochen: Links oben zeigte ihr eine weiße Zahl in einem roten Kreis an, dass ihr Profil seit ihrer Anmeldung heute Vormittag bereits stolze 320 Besucher aufweisen konnte. Außerdem hatte Mann ihr 178 virtuelle Lächeln geschickt, wie ihr die Zahl in einem Smiley verriet. Noch viel spannender aber war die Anzeige direkt daneben, die ihr 38 neue Nachrichten ankündigte. Sie hatte natürlich keine Vergleichswerte, aber ihr Gefühl verriet ihr, dass sie wohl ziemlich gefragt sein musste. Sie überlegte einen Moment lang ernsthaft, ob sie sich die Mühe machen und zunächst alle 178 Smileys anschauen sollte. Ach nein, dachte sie, Smileys bringen mich nicht wirklich weiter und symbolisierten ihr eher die Sprach- und Ideenlosigkeit der Männerwelt, auch wenn sie natürlich nett gemeint waren. Sie wünschte sich schließlich einen Partner, mit dem sie auch reden konnte. Sie war für ihre Begriffe nicht zu anspruchsvoll, aber ein bisschen Mühe durften sich die Männer doch geben. Also direkt die Nachrichten.

Mit zitternder Hand bewegte sie den Mauszeiger auf das Briefsymbol und klickte einmal darauf, woraufhin sich zunächst eine Übersichtsliste der eingegangenen Nachrichten mit Benutzername und Alter des Absenders, Datum, Uhrzeit und Betreffzeile öffnete. Die erste Nachricht war ein herzlicher Willkommensgruß seitens Kometenfeuer, dessen Inhalt sehr stark an ein übliches Blabla erinnerte, nach dem Motto „Herzlich willkommen, schön dass Sie sich für Kometenfeuer entschieden haben, wir wünschen Ihnen viel Spaß und Erfolg bei der Partnersuche und finden es ganz großartig, dass Sie uns ein wenig an ihrem vermögenden Einkommen teilhaben lassen ...".

In den meisten Betreffzeilen der Nachrichten von interessierten Männern stand schlichtweg ein „Hallo", ein „Hey" oder auch gar nichts. Das war auf der einen Seite natürlich langweilig und fantasielos, auf der anderen Seite aber eine klassische Begrüßung, mit der man erst einmal nicht viel falsch machen konnte. Auf jeden Fall war es allemal geschickter als ein „Na du Süße", „Hallo du Stern", ein geschmettertes „Wie geht's?" oder ein „Hey, ich komme auch aus Darmstadt!". Allein der Gedanke entlockte ihr ein Lachen, obwohl sie einen vergleichbaren Betrefftext tatsächlich nicht fand. Dafür hatten es die Benutzernamen in sich: Während sie „Toni781" ja noch halbwegs akzeptierte (wenngleich es offensichtlich noch mindestens 780 andere Tonis gab, die mutmaßlich in Konkurrenz zur 781. Ausgabe Tonis standen), „Sonnengott" für sie neben der Vorstellung eines braungebrutzelten Machos zumindest nach einem Hauch von Kreativität und Sommer klang, musste sie bei dem Namen „Henning50" laut losprusten vor Lachen, weil sie sich doch ziemlich an ihre Schilddrüsentabletten erinnert fühlte, zumal die Stärke des Arzneimittels tatsächlich genau 50 Mikrogramm betrug. Im Vergleich zu den beiden ersten Absendern („Hallo, wie geht's dir?", „Was machst du so?") jedoch brachte es Henning50 zumindest auf einen vollständigen Text: „Hallo du, ich finde dein Profil sehr ansprechend und könnte mir ein Treffen mit dir vorstellen. Ich würde mich freuen, von dir zu hören! Gruß, Henning". Die Fotos zumindest hielt sie für akzeptabel, handelte es sich doch keineswegs um Eigenschnappschüsse im Schlabber-T-Shirt vor der mütterlichen Waschmaschine. Aber ein bisschen mehr persönlicher Touch in der Nachricht hätte sie schon gefreut. Ein Physiker namens „Erdy" machte das mit dem persönlichen Touch besser, indem er fragte, ob sie in der Hockey-Nationalmannschaft spielte. Das war natürlich mit einem Augenzwinkern gemeint, entlockte Sarah ein Schmunzeln und brachte sie in Versuchung, ein wenig keck zurückzuschreiben, dass sie so männlich gar nicht aussehe, gleichwohl aber vor Kurzem in die Hockey-Nationalfrauschaft berufen worden sei. Doch sie entschied sich gegen eine Antwort, denn ihr Physiker (eigentlich ein Traumberuf für sie!) hatte kein Profilbild. Kein gutes Zeichen.

Auch die nachfolgenden 28 Nachrichten, Fotos und Profile ihrer Verehrer konnten sie nicht wirklich überzeugen, sodass sie bereits zu hadern anfing. Was hat Petra mir nur da versprochen? Glaubt sie wirklich, dass ein Internetportal bessere und intellektuellere Männer hervorbringt? Oder lag die Schuld bei ihr selbst? War sie etwa viel zu anspruchsvoll, ungeduldig oder schlichtweg beziehungsunfähig? Naja, immerhin erkenne ich hier schneller, wenn jemand eine unbehandelte Lese-Rechtschreib-Schwäche hat, dachte sie sarkastisch.

Enttäuscht stellte sie fest, dass ihr nur noch eine Nachricht blieb. Immerhin, der Name „Tintenfisch" gefiel ihr aus irgendeinem Grund und machte sie neugierig, auch wenn der Betreff nicht mehr als ein „Hallo :)" hergab.

Hallo Fledermausnacht,

ich bin zwar ein Tintenfisch, aber wenn du magst, können wir uns mal gemeinsam im Stadtpark auf die Suche nach den Fledermäusen machen.

Liebe Grüße, Till

Na bitte, wer sagte es denn. Das war ein präziser, auf ihren Benutzernamen anspielender, intelligenter wie ungewöhnlicher Vorschlag, der sie auf Anhieb neugierig machte. Damit konnte sie etwas anfangen. Und weil ihr das Profilbild eines sanft lächelnden Gesichts mit schwarzen Haaren und wohl gepflegtem Bart zusagte, beschloss sie kurzerhand, ihre erste Nachricht in die Tasten zu hauen. Sie wollte den Tag unbedingt mit einem Erfolgserlebnis abschließen.

Hallo Tintenfisch, welchen Stadtpark meinst du denn?

Liebe Grüße, Fledermausnacht

Sarah kicherte in sich hinein. Während ihr Tintenfisch seinen alltäglichen Namen bereits in der ersten Nachricht preisgegeben hatte, entschied sie für sich, noch ein wenig mit ihren Pseudonymen herumzuspielen.

4

Tom hatte seine eigene Art und Weise, mit dem Eintreten eines bestimmten Ereignisses umzugehen. Während sein äußeres Erscheinungsbild reglos und mit stoischer Gelassenheit die Tatsache hinnahm, weil es sie doch nicht ändern konnte, arbeitete sein Inneres bereits an der Umsetzung von Plan B. Jeder noch so kleine Ärger wäre nicht nur eine Zeit-, sondern darüber hinaus eine Energieverschwendung gewesen. Wenn Sarah Wagner seine Nachricht zwar gelesen, aber womöglich einem Konkurrenten geantwortet hatte, dann war das ein Fakt, auf den er nun reagieren musste. Zweifelsohne würde es unangenehm werden, so viel stand fest. Aber kneifen ging nicht.

Also erinnerte sich Tom Lortery an das Passwort, das Sarah Petra und ihm unfreiwillig verraten hatte. „Gänseblümchen01" hielt er zwar für eine niedliche Stilfigur der ewigen Liebt-mich-liebt-mich-nicht-Frage, schwierig zu merken war es jedoch nicht. Mit der ganzen Professionalität eines Managers tippte er den ersten Buchstaben in die Tastatur, ehe sich sein Herz meldete. Nichts stellte seinen Ruhepuls so auf die Probe wie die Liebe. Seine Finger zitterten bereits, als er die Eingabetaste drückte. Anmeldung fehlgeschlagen, falsches Passwort, stand dort in roter Schrift. „Scheiße", fluchte er. Vielleicht habe ich einen Schreibfehler eingebaut? Jetzt ganz ruhig bleiben. Nur ruhig bleiben. Aber ja, natürlich. Er durfte die Umlaute nicht tippen! Eine Frau wie Sarah konnte unmöglich wissen, dass Kometenfeuer auch Umlaute akzeptierte. Gaensebluemchen01! Ganz langsam, um nur ja keinen Tippfehler seiner zittrigen Hände wegen einzubauen, schlug er seinen zweiten Versuch in die Tasten. Dieser Versuch musste passen, sonst würde es so eng, dass ihm die Luft wegblieb. Er spürte, wie sein Herz wummerte, während er die Eingabetaste drückte. Der Versuch passte. Zwei Sekunden lang erschien ein Ladesymbol, anschließend Sarahs Benutzeroberfläche. Toms Anspannung wich keinen Zentimeter, paarte sich aber nach dem gelungenen Anmeldeversuch mit einer wilden Euphorie. Er, Tom Lortery, würde im Zweifel alles schaffen und seine Konkurrenz gnadenlos ausstechen. Schnaufend vor Erregung überflog er die Nachrichten der Männer, die Sarah angeschrieben hatten. Er wusste, dass er sich so kurz wie möglich in ihrem Profil aufhalten musste, schließlich konnte sie jederzeit selbst zurückkehren und war sicherlich nicht gerade unverwundert, bereits angemeldet zu sein. Die eingegangenen Nachrichten interessierten ihn nicht weiter, bei den meisten ihrer Absender handelte es sich ohnehin um unbeantwortete Opfer wie ihn. Zügig wechselte Tom in den Nachrichtenausgang, in dem er nur eine einzige Nachricht vorfand.

Hallo Tintenfisch, welchen Stadtpark meinst du denn?

Liebe Grüße, Fledermausnacht

Tom Lortery hätte einen Lachanfall bekommen, wäre er nicht vor Eifersucht geplatzt. Tintenfisch, was war das für ein alberner Name! Nein, Tom Lortery, reiß dich zusammen. Du machst das jetzt ganz cool und abgezockt wie ein Killer. Bevor seine wallenden Gefühle überschwappen konnten, meldete er sich mit einem Klick ab und atmete tief durch. Diese Konversation würde er im Auge behalten. Gleich morgen früh, wenn Sarah noch in ihrem Bett lag, würde er sich diesen Tintenfisch genauer ansehen.

Sein Handy holte ihn klingelnd in die Realität seiner Küche zurück. „Ja?", begrüßte er seinen Chef Borto Winscher, der wie immer mit gehetzter Stimme ins Telefon bellte, sodass Tom das Gerät instinktiv ein paar Zentimeter von seinem Außenohr entfernt hielt. „Lortery, wie stehen die Aktien?"

„Es ist alles noch im Werden, sieht aber gut aus. Ich habe eine Drohne in ihr Büro geschmuggelt und beobachte sie seitdem. Heute hat sie nicht besonders viel gearbeitet, aber nächste Woche wird sie voll da sein."

Winscher grunzte. „Und die Dokumente?"

„Sie hat einen riesigen Katalog über uns, den sie gerade durchgeht. Nächsten Freitag ist die Konferenz."

„Und was steht in dem Katalog drin?"

„Es geht um das Qualitätsmanagementsystem."

„Viel heiße Luft! Genauer bitte!"

„Sie hat keine Sekunde von ihrem Schreibtisch gelassen. Im Gegenteil, dann kam auch noch eine Kollegin herein und sie haben sich über Belanglosigkeiten unterhalten. Ich hatte noch keine gute Sicht, ..."

„Herrschaftszeiten, und Sie wollen unser Spion sein? Machen Sie Ihrem tollen Summviech doch mal Feuer unter den Arsch!"

„Wenn ich die Drohne in ihrer Anwesenheit umherfliegen lasse, wird sie Verdacht schöpfen. Das Ding ist nicht ganz geräuschlos ..."

„Und, was würde sie dagegen tun? Sich eine Fliegenklatsche besorgen oder doch lieber die Feuerwehr rufen?"

„Wenn sie weiß, dass sie beobachtet wird, wird sie etwas ahnen und uns auf keinen Fall eine Zulassung erteilen. Das würde die Sache wesentlich schlimmer machen.“

„Ich habe noch nie einen so verzagten Feigling wie Sie erlebt, Lortery! Wissen Sie, dass es sich bei ERNA 36 um einen mit nach hinten abgewinkelten Wings Tips ausgestatteten ultraleisen Quadrocopter handelt? Wenn Sie sich nicht ganz blöd anstellen und das Ding direkt an ihr Ohr fliegen lassen, wird nichts passieren. Lassen Sie sich also bis Montag etwas einfallen, sonst war das ihr letzter Arbeitstag für die Firma Capada. Haben wir uns verstanden?“

„Jawohl, Chef!“

„Ausgezeichnet.“ Tom atmete einmal tief durch, als Winscher auflegte. Die Anrufe seines Chefs gehörten mit zu den unangenehmsten Dingen in seinem Job. Noch unangenehmer waren nur das laufende Strafverfahren und die drohende Insolvenz. Niemand wusste, wie es mit der Firma weiterging. Auf keinen Fall durfte Winscher von Sarahs Anmeldung bei Kometenfeuer erfahren und noch viel weniger von seinem Vorhaben, Sarah zu treffen. Tom konnte sich bestens ausmalen, wie Winscher auf einen derartigen Plan reagieren würde. „Sind Sie wahnsinnig, Lortery? Sie wollen sie persönlich treffen? Und dann auch noch unsichtbar? Das wird ihre Neugierde zusätzlich anstacheln und sie wird herausfinden wollen, wer wir sind und was wir vorhaben. Wenn es soweit ist, kommen wir in Teufels Küche!" Tom lächelte. Natürlich würde Sarah neugierig werden und er würde sein Geheimnis solange hüten, bis sie Vertrauen zu ihm aufgebaut hatte. Doch es konnte genauso gut sein, dass er es schaffte, sie auf seine Seite zu ziehen und mit der Kuscheltaktik auf den richtigen Kurs zu bringen. An dieser Stelle dachte er ein wenig anders als Winscher. Kuscheltaktik kannte der große Abteilungsleiter nicht.

Tom starrte von seinem kleinen Küchentisch durch das Balkontürfenster nach draußen, wo die Abendsonne die Birkenbäume anstrahlte. Es versprach, wieder ein wundervoller Sommerabend zu werden. Und er war wieder allein.

Am Samstagmorgen schrillte der Wecker um 6:30. Das war kein Problem für Tom, schließlich benötigte er nur wenige Sekunden, um Feuer zu fangen. Schon unter der Dusche stand er voller Adrenalin, und als er noch im Bademantel um eine Anmeldung bei Kometenfeuer anhielt, zitterten seine Hände bei der Eingabe des Passwortes wie am Vorabend. Sarah war mit Sicherheit noch nicht wach, sie *durfte* nicht wach sein. Rein theoretisch könnte sie zwar später in ihren Login-Daten nachschauen, wann sie sich zuletzt angemeldet hatte, und aufgrund dieser schier unmöglichen Uhrzeit misstrauisch werden. Doch dass Sarah Wagner im Rausch der Liebe auf solche Details achtete, hielt Tom für unwahrscheinlich. Er stellte sich vor, wie Sarah jetzt im Bett lag, wie sein Blick von der Seite nur auf ihre langen blonden Haare fiel, die aus der Bettdecke herausschauten, und wie sie verträumt darauf wartete, den sonnigen Samstagmorgen zu begrüßen.

Eine Nachricht riss Tom aus seiner Vorstellung. Der Tintenfisch hatte zuletzt um 00:16 geschrieben. Mit einem Klick überblickte Tom den gesamten Schriftwechsel des Vorabends.

Hallo Fledermausnacht,

die meisten Fledermäuse gibt es auf der Rosenhöhe, dorthin gehe ich morgen Abend. Hast du Lust mitzukommen?

Lieben Gruß, Tintenfisch

Hallo Tintenfisch,

da bin ich aber gespannt. Morgen Abend schon? Du willst es aber wissen. Naja, das Leben ist kurz, ich bin ein spontaner Mensch, also warum nicht? Beobachtest du dort öfter Fledermäuse?

Hallo Fledermausnacht,

ja, schon mal. Die Rosenhöhe ist einfach ein romantischer Ort, erst recht in der Dämmerung. Ich bin eben nicht nur Ingenieur, sondern auch Romantiker von Beruf ...

Ich habe meinen Namen nur so gewählt, weil ich ihn ganz lustig fand. Eigentlich habe ich gar nichts mit Fledermäusen zu tun. Aber für einen romantischen Parkspaziergang bin ich immer zu haben. Um wie viel Uhr sollen wir uns denn treffen?

Super! Um sieben Uhr am Löwentor, meine Fledermaus?

Alles klar! Ich freue mich! :)

Tom musste sich zusammenreißen, um seine Übelkeit hinunterzuwürgen. Meine Fledermaus, von wegen! Diesem Till würde er es schon zeigen. Jetzt musste er sich nur Tills Profil gut einprägen, dann stand einem persönlichen Date mit Sarah Wagner nichts mehr im Wege. Zufrieden rieb er sich die Hände.

Den restlichen Tag verbrachte Tom überwiegend mit seiner üblichen Managerarbeit, die während seines jüngsten Spionageeinsatzes liegengeblieben war. Dazu gehörte neben der Sichtung und Betreuung neuer Kunden auch die Organisation der Weltraumreisen, womit er an diesem Samstag bedingt durch seine Gedanken, die fast ausschließlich um Sarah und seine Zukunft kreisten, nur sehr schleppend vorankam. Zum Mittagessen war ihm nach nicht mehr als einer Currywurst mit Pommes zumute, die er sich von seinem Stammimbiss um die Ecke ins Haus liefern ließ, weil er seit der Geschichte mit Fleeze versuchte, die Öffentlichkeit so gut es ging zu meiden. Ziemlich lustlos fischte er mit der Plastikgabel nach den in der viel zu üppigen Soße schwimmenden Wurstscheiben. Eigentlich verspürte er nicht einmal den Ansatz von Hunger und so kam es ihm wie ein Wunder vor, dass er seine kümmerliche Currywurst trotzdem irgendwie schaffte. Nach dem Essen wurde ihm regelrecht übel in der Magengegend, sodass er die Fortführung seiner Arbeit vergessen und sich erst einmal hinlegen musste. Währenddessen fielen ihm die Augen zu und er wachte erst wieder auf, als die Uhr bereits Viertel nach vier anzeigte. Noch nicht einmal mehr drei Stunden.

Immerhin war die Übelkeit aus seinem Bauch verschwunden und machte nun einer klammen

Nervosität Platz. Da an die Wiederaufnahme seiner Arbeit dadurch nicht zu denken war, beschloss Tom, noch einmal eine Dusche zu nehmen, um sich zu erfrischen. Anschließend lief er unzählige Male in seiner kleinen, aber luxuriös eingerichteten Wohnung auf und ab, ehe er vor lauter Verzweiflung über das brutal langsame Voranschreiten der Zeit das Fernsehen einschaltete. Doch schon nach der ersten Meldung der Nachrichten hatte Tom genug. „Die geplante Reise des Weltraumtouristikunternehmens PanAll zum Mars ist geglückt. Wie der Konzern mitteilte, setzte die Raumsonde PanStern 47 mit dem Multimilliardär Thomas Butlin an Bord nach insgesamt 224 Tagen Reisedauer um 15:36 mitteleuropäischer Zeit auf dem Roten Planeten auf. Es war die erste Landung eines Weltraumtouristen auf dem Mars. Butlin erwartet nun ein Luxusurlaub auf der frisch errichteten Marsbasis von PanAll, bevor es nach 16 Monaten Aufenthalt wieder zurück zur Erde geht.“

Untermalt wurde diese grässliche Berichterstattung von Bildern, die einen vor Freude auf der Marsoberfläche hüpfenden Thomas Butlin im lächerlichen PanAll-Raumanzug zeigten. 16 Monate Aufenthalt in einem Luxushotel mitten in einer Gesteinswüste? Darauf hätte Tom Lortery ja keine Lust gehabt. Butlin würde das Jubeln vor Langeweile schon noch vergehen, soviel war sicher. Dennoch spürbar verstimmt angesichts dieses rauschenden

Erfolges ihres einst schärfsten Konkurrenten wechselte Tom auf einen Privatsender, der gerade die letzten Schreie der Juwelenwelt anpries. Normalerweise interessierten ihn derartige Sendungen, die einzig und allein darauf abzielten, auf eine ziemlich plumpe Art und Weise ihre nutzlosen Waren an den Mann (oder an dieser Stelle wohl besser gesagt: an die Frau) zu bringen, in etwa so sehr wie die Ergebnisse des letzten Bundesligaspieltages. Er hasste Fußball. Doch diesmal war alles anders. Er konnte nicht verhindern, dass ihn diese unnötigen, kitschigen und teuren Schmuckstücke urplötzlich an Sarah erinnerten. Sarah ... Sollte er ihr schnell noch etwas kaufen? Einen Ring oder eine Kette vielleicht? Nein Quatsch, dachte er dann, bloß nicht. Nachher entstünde der Eindruck, er wolle ihre Liebe kaufen. So etwas mochten Frauen gar nicht. Hm, vielleicht eher eine Kleinigkeit? Einen Blumenstrauß oder eine Tafel Schokolade? Das hatte immerhin den Vorteil, dass er auf diese Art und Weise auch noch einen Teil der letzten Stunde vor ihrem Treffen von der Uhr nehmen konnte.

Der Schokoladenkauf war allerdings dann doch rascher erledigt als gedacht, denn Tom liebte die Schnelligkeit seiner Entscheidungen. Er war ein klassischer Jäger und niemand, der lange herumdokterte, dies und jenes ausprobierte und letztlich nicht genau wusste, was er wollte. Die einzige Entscheidung, die er zu treffen hatte, war die zwischen einer klassischen Knusperkeks- und einer offensichtlich neu eingeführten, exotisch anmutenden Himbeer-Gurken-Schokolade. Letztere hätte ihm gegenüber Sarah auf der einen Seite gewiss den Vorteil der Innovativität eingebracht, wenngleich er auf der anderen Seite ein ungemein hohes Risiko ging, dass sie schlichtweg keine Himbeer-Gurken-Schokolade mochte. Seine Zweifel führten daher einmal mehr zu der klassischen Variante, von der er gleich zwei Tafeln kaufte. „Zwei Tafeln heute? Ist es so schlimm?", fragte Charly, der Kioskbesitzer, und zog seine Mundwinkel tief in den Keller. Das tat er in letzter Zeit häufiger, wenn er Tom nach seinen Problemen mit der Firma fragte. Charly war einer der wenigen Menschen in Darmstadt, zu denen Tom so etwas wie Kontakt pflegte und die Tom trotz der allgemein bekannten Geschichte mit Fleeze 89 nicht vorverurteilten oder Schlimmeres mit ihm anstellten.

„Nur eine ist für mich", sagte Tom mit einem Augenzwinkern, das den alten Mann mit den auffallend schiefen Schneidezähnen mehr als irritierte.

„So, und für wen ist die andere?"

„Wenn ich das wüsste ...", tat Tom geheimnisvoll.

„Jetzt hast du mich aber. Du tust doch sonst nicht so humorvoll. Also lass mich raten: Entweder du musst deinen Chef wieder bestechen oder ... oder du hast dir eine Frau angelacht.“

Tom lächelte. „Mit deinen beiden Vorschlägen liegst du mal wieder gar nicht so falsch. Dann denk mal drüber nach und entscheide dich für einen. Wenn ich wiederkomme, teilst du mir deinen Tipp einfach mit.“ Ohne weitere Worte drückte Tom Charly einen Fünf-Euro-Schein in die Hand, woraufhin dieser ihn noch verdutzter anschaute als zuvor. „Das ist für beide“, erklärte Tom kurz, „stimmt so.“ Dann verließ er den kleinen Laden. Eigentlich durfte er niemandem erzählen, dass er, der große Capada-Manager, sich seine Sachen in einem etwas heruntergekommenen Kiosk ums Eck besorgte. Und eigentlich war es ja auch nur vorübergehend, während des laufenden Verfahrens gegen ihn und die Firma, um nicht unnötiges Aufsehen in einem großen Supermarkt der Stadt erregen zu müssen.

5

Es war dieses Gefühl nach der Tat, das ihr eingab, dass sie womöglich falsch gehandelt hatte. Ich bin auch wirklich zu dumm, schalt sie sich, wieso falle ich wieder ohne groß zu überlegen auf den alten Fehler herein und sage immer direkt ja? Auch wenn dieser Tintenfisch ihr die einzige Nachricht geschickt hatte, die sie halbwegs interessierte, so blieb sie doch die Nachricht eines einzigen Tages – ihres ersten Tages überhaupt in einer Partnerbörse. Aber was tat Sarah Wagner? Sie ließ sich auch online immer noch genauso leicht abschleppen wie hunderte Male zuvor in der Disco. Dabei wusste ihr Verstand doch eigentlich genau, dass sie nicht so schnell handeln sollte. Ein bisschen auf Zeit zu spielen wäre besser gewesen ...

Ich bin zu unerfahren, dachte sie und schaute auf die leere Blumenvase, die vor ihr auf dem Küchentisch stand. Plötzlich kam ihr der rettende Gedanke, der sie schlagartig aus ihrer Misere riss. Petra! Rasch zog sie ihr Handy zu sich heran und wählte die Nummer ihrer Kollegin und zugleich besten Freundin. „Ja Schatz, was gibt es denn?", meldete sich Petras Stimme etwas schmatzend.

„Oh entschuldige Petra, dass du noch am Essen bist."

„Macht nichts, für dich bin ich doch immer da. Was machen die Männer?“

„Gerade darum geht es. Ich habe gestern Abend meine Nachrichten gecheckt, da waren so einige dabei. Immerhin eine Nachricht hat mich neugierig gemacht, sodass ich sagen würde: Über den Typen möchte ich mehr erfahren.“

„Ah, das ist doch wunderbar. Ich habe nichts anderes erwartet. Wie sieht er denn aus? Und was macht er?“

„Kurze schwarze Haare, leicht lächelnd und ein wohl gepflegter Bart. Er ist Ingenieur.“

„Ah okay, hört sich gar nicht schlecht an. Und die inneren Werte?“ Petra lachte.

„Jetzt bitte keine blöden Scherze, Petra. Ich habe mich schon auf ein Date mit ihm eingelassen.“

„Na dann herzlichen Glückwunsch. Wann trefft ihr euch denn?“

„Heute Abend.“

„Ja cool, dann nutzt du deine Zeit ja optimal. Denke immer, Kometenfeuer ist kostenpflichtig.“

„Wie bitte? Du führst direkt die Kosten an? Bist du nicht überrascht, dass ich mich so blauäugig einfach auf ein Date am Folgetag meiner Anmeldung eingelassen habe?“

„Dir ist doch alles zuzutrauen. Du bist auch mit Ü 30 noch grün wie ein Teenie." Wieder lachte Petra herzhaft. „Aber mal im Ernst: Wo ist das Problem? Oder hast du etwa Angst?"

„Naja, um ehrlich zu sein schon ein bisschen. Er möchte sich mit mir ausgerechnet auf der Rosenhöhe treffen. Was, wenn er ein Krimineller ist?"

„Überfallen werden kannst du auch beim Joggen im Park. Aber es stimmt schon, dass es so genannte Fake-Profile gibt, hinter denen sich keine reale Person verbirgt, sondern irgendjemand, der dir nur das Geld aus der Tasche ziehen will, sei es für ein Visum oder einen Arztbesuch oder für ein anderes Portal. Aber auch ein Profilbild kann natürlich gefälscht sein. Die gute Nachricht: Ich traue dir zu, zwischen Fake und real zu unterscheiden. So blöd bist du ja nicht. Und obendrein bist du die Königin der Selbstverteidigung, wirklich beneidenswert! Welchen Hobbys frönt denn dein Traumprinz?"

„Kino, laufen und ... klettern!"

Wieder lachte Petra, aber diesmal ohne einen spöttischen Unterton. „Ah, ich verstehe, warum du ihn unbedingt treffen möchtest ... Noch irgendwelche Zweifel?"

„Ja."

„Du musst es positiv sehen. Was kannst du jetzt tun? Du kannst dein Date natürlich einfach ignorieren und nicht hingehen. Aber was, wenn es doch dein Traummann ist und du die Chance verpasst? Du kannst nur gewinnen, meine Süße. Im schlechtesten Fall an Erfahrung. Vielleicht braucht es ein paar Treffen. Aber denke immer daran: Gib jedem Tag die Chance, der schönste deines Lebens zu werden."

„Okay, das gibt mir zumindest mein gutes Gefühl zurück. Ich danke dir, Petra."

„Wirklich?"

„Ja."

„Mach es gut und denke daran, mich zu unterrichten. Ich bin seeeeeeehr neugierig, wie du weißt. Viel Glück, meine Süße!"

„Tschüssi Petra!"

6

Das Löwentor war ein Ort mit Symbolkraft. Schon von Weitem erkannte Tom die sechs Säulen, auf denen jeweils ein grimmig dreinschauender Löwe saß und den Besucher kritisch beäugte. Für ihn war es jedes Mal etwas Besonderes, wenn er sich dem Eingang zur Rosenhöhe näherte. Die Könige des Tierreiches hoch über den Köpfen der Menschen ließen keinen Zweifel an ihrer Erhabenheit, ihrer Macht, ihrer Würde, und besaßen doch zugleich die Gnade, die Menschen zwischen den Säulen ungehindert passieren zu lassen. Tom überkam eine Gänsehaut, obwohl er seine Metacu trug und damit unsichtbar war. Selbst das abendliche Sonnenlicht schien einfach durch ihn durchzugehen, als wäre er gar nicht da. Zwanzig vor sieben hatte er sich an diesem Ort eingefunden, um nichts dem Zufall zu überlassen. Nervös blickte er sich um nach einer Stelle, von der aus er ungehindert walten konnte. Er musste auf alles vorbereitet sein, auf jede Richtung, aus der Till kommen konnte. Er musste Sarah im Blick behalten, aber auch Spaziergänger. Niemand durfte hellhörig werden.

Etwas abseits einer verwaisten Bank fand er seine Stelle. Von hier aus starrte er immer wieder auf sein Telefon, sein einziges sichtbares Körperteil, das ihm den Blick von oben auf Höhe der Löwenköpfe zeigte.

Seine Drohne hielt inzwischen Ausschau nach männlichen Personen, die der Beschreibung Tills sehr nahe kamen. Doch es war zunächst Sarah, die einige Minuten später ihren Treffpunkt erreichte. Sie trug ein rotes Sommerkleid zu weißen Ballerinas und sah mit ihren offenen Haaren einfach nur bezaubernd aus. Nervös suchend blickte sie sich um. Weitere Minuten verstrichen, und als die Uhr zwei Minuten vor sieben zeigte, schlug Toms Spähprogramm endlich Alarm: Ein paar Dutzend Meter von hier hatte es einen Mann ausgemacht, auf den die Beschreibung Tills zutraf. Tom warf einen flüchtigen Blick zu Sarah, um sicherzugehen, dass sie nichts bemerkt hatte. Dann setzte er sich in Bewegung, eilig und trotzdem darauf bedacht, so wenig Geräusche wie möglich zu erzeugen. Auf dem Gehsteig erkannte Tom Till mit eigenen Augen, im kurzen hellblauen Hemd, mit anthrazitfarbener Chino und eben jenem Gesicht, das seinem Profilfoto entsprach, welches offensichtlich vor Kurzem erst aufgenommen worden sein musste. Ein echter Gentleman. Tom schaute sich ein letztes Mal um: In unmittelbarer Umgebung war kein Fußgänger zu sehen, die Gelegenheit schien perfekt. Ohne ein einziges Wort der Vorwarnung nahm Tom seinen Widersacher in den Schwitzkasten. „Wenn du Sarah auch nur einmal triffst, mache ich dich kalt. Sie gehört mir und ich möchte nicht, dass sie fremdgeht. Verstanden?" „Jjjjja", würgte Till mit Mühe hervor, starr vor Angst. „Und jetzt gehst du auf direktem

Wege dorthin, wo du hergekommen bist, okay?" „Jja." Blitzschnell löste Tom seine Umklammerung und griff in Tills Hosentasche, um dessen Handy an sich zu reißen. „Wer oder was bist du?", fragte Till mit ausdrucksloser Miene. „Das hat dich nicht zu interessieren, klar? Wenn du die Polizei einschaltest oder Sarah kontaktierst, bringe ich dich um. Ich verfüge über Technologien, von denen die Menschheit keine Ahnung hat. Wie du siehst, habe ich mich unsichtbar gemacht. Also verschwinde sofort, okay?" „Iiist gut." Tom wartete noch eine halbe Minute, ehe er sicher sein konnte, dass Till den Heimweg antrat. „Das wäre erledigt", schnaubte er zufrieden und machte sich an Teil zwei seines Auftrags.

„Hallo Fledermausnacht!", hörte sie plötzlich eine Stimme hinter sich, die sie zusammenzucken ließ. Doch der kleine Schreck währte nicht lange, denn es war eine angenehme Männerstimme, die kräftig, aber dennoch mit einem Hauch von Zärtlichkeit an ihre Ohren drang. Das musste *er* sein. Vorsichtig drehte sie sich in Richtung des Parks um. Aber dort stand niemand. Dabei war sie sich ganz sicher, dass die Stimme aus nicht allzu weiter Entfernung gekommen sein musste, höchstens ein paar Meter entfernt. Versteckte sich ihr Traumprinz etwa hinter einer der Säulen? Schnell suchte sie alle potenziellen

Verstecke im Umkreis einiger Meter ab, ohne jedoch fündig zu werden.

„Hallo, wo bist du?", rief sie schließlich laut genug, um einen Spaziergänger, der sich von der Parkseite her langsam näherte, auf sich aufmerksam zu machen. Aber dieser alte Mann, der sich nur unter größter Anstrengung mithilfe seines hölzernen Krückstockes fortbewegte, konnte unmöglich ihr Date sein. Das wäre der Reinfall des Jahrhunderts, dachte sie mit einer Mischung aus Entsetzen und Belustigung.

„Ich bin doch schon hier bei dir", erklang die Stimme erneut und säuselte beinahe in ihr rechtes Ohr.

„Du bist ... wo?", rief Sarah erschrocken. „Ich sehe dich nicht!"

„Kein Wunder, ich bin ja auch unsichtbar."

„Sehr witzig. Und jetzt mal ohne Scheiß?"

„Ganz ohne Scheiß bin ich unsichtbar."

„Du bist ... unsichtbar? Aber wie ...?"

„Frag am besten nicht, wieso und weshalb. Ich bin von Beruf eben Erfinder und habe mich unsichtbar gemacht."

„Du bist Erfinder? Auf deinem Profil hast du geschrieben, dass du Ingenieur seist!"

„Genau, das eine schließt das andere ja nicht aus. Ich bin ein erfinderischer Ingenieur. Ich liebe Überraschungen."

„Aber gleich zeigst du dich mir, oder?"

„Mal sehen, wie nett du so bist. Ich würde vorschlagen, wir gehen erst einmal ein bisschen spazieren und danach Fledermäuse jagen. Außerdem kennst du mein Antlitz ja bereits von meinem Profilbild. Das muss für das Erste reichen."

„Willst du den Rest deines Körpers etwa nicht zeigen, weil du ...?"

„Weil ich fett bin? Was denkst du von einem Mann wie mir? Ich bin rank und schlank, wie ich es im Internet angegeben habe. Sollte ich gelogen haben, darfst du mich sofort verlassen."

In diesem Augenblick passierte der alte Spaziergänger Sarah. Sie hatte schon befürchtet, von ihm für verrückt erklärt zu werden oder zumindest ein verständnisloses Kopfschütteln zu ernten. Doch der Alte setzte seinen Weg unbeirrt fort, ohne auch nur einmal aufzuschauen. Offensichtlich war er an derlei Menschen, die von irgendeiner Paranoia heimgesucht wurden, schon mehr als gewöhnt. Oder er war schwerhörig, was Sarah für wahrscheinlicher hielt.

„Sag mal, wie machst du das eigentlich mit der Unsichtbarkeit?", fragte Sarah, während sie die Allee einschlugen, die sich direkt an das Löwentor anschloss. Die Bäume boten ihnen in der Abendsonne ein eindrucksvolles Spiel aus Licht und Schatten. Sarah hatte eigentlich extra des Dates wegen auf ihre monströse Sonnenbrille verzichtet, damit der potenzielle Traumprinz ihr auch ja in die Augen schauen konnte. Doch nun musste sie immer blinzeln, wenn die Sonne zwischen dem Blattwerk hervorblitzte, sodass sie ihre getönten Gläser schmerzlich vermisste. Außerdem war sie auch ein bisschen sauer, schließlich konnte sie Tintenfisch überhaupt nicht sehen, von seinen Augen ganz zu schweigen.

„Och, das ist gar nicht so schwierig. Aber ich erzähle es dir am besten mal, wenn wir uns richtig kennen. Ich möchte nicht zu Beginn unserer Verabredung direkt mit physikalischen Details ins Haus fallen."

Sarah blieb stehen. „Und was ist, wenn ich mich für Physik interessiere?"

„Komm schon, du arbeitest doch ... wo nochmal?", versuchte Tom, das Thema zu wechseln und hatte mit seiner Strategie auf Anhieb Erfolg.

„Ich arbeite beim Bundesinstitut für Zulassungsangelegenheiten der Weltraumtouristik, kurz BIfZudeWe", erklärte Sarah nicht ohne Stolz und konnte sich ein Grinsen nicht verkneifen.

„Weltraumtouristik, was für ein Feld!", rief Tom mit gespielter Begeisterung, während Sarah sich wieder in Bewegung setzte. „Weißt du, mit der Weltraumtouristik habe ich als Ingenieur tatsächlich auch schon mal zu tun. Ich arbeite für eine kleine Firma hier in der Nähe und wir kooperieren da ab und zu ..."

Sarah legte die Stirn in Falten. „Du bist auch in der Branche tätig? Was für ein Zufall! Für welche Firma arbeitest du denn?"

„Für eine kleine Firma in Griesheim, die die technische Weiterentwicklung der Raumfahrt erforscht."

„Das ist ja cool! Und wie heißt die Firma?"

„Die kannst du gar nicht kennen."

„Wer weiß, vielleicht habe ich sie ja schon mal gehört. Das heißt, bestimmt habe ich das. Ich arbeite seit zehn Jahren hier in Darmstadt. Nenn mir mal bitte den Namen."

„Also gut, sie heißt Sevecs."

Sarah legte eine längere Denkpause ein. „Hm, merkwürdig, die Firma habe ich tatsächlich noch nie gehört. Mit welcher Firma kooperiert ihr denn?"

Ohne es zu merken hatten sie bereits das Ende der Allee erreicht und fanden sich an der ersten Wegegabelung im Park wieder. Da sie ihr Gespräch nicht unterbrechen wollten und Tom aufgrund seiner Unsichtbarkeit keinen Weg weisen konnte, deutete Sarah kurzerhand mit dem Zeigefinger nach links, sodass sie einen kleinen Pfad einschlugen, der zunächst an einem Rosenbeet und anschließend an einem mächtigen Mammutbaum vorbeiführte.

„Mit Capada", antwortete Tom ihr.

„Oh", machte Sarah überrascht und verzog ihre Miene hin zu einem mitleidigen Gesichtsausdruck.

„Ja, ich kenne die traurige Geschichte. Das alles ist ein großer Mist für diese Firma und für uns als Technologie-Lieferant noch viel mehr. Wir können nichts dafür und sind trotzdem die Gelackmeierten, wenn oben mal etwas nicht läuft."

„Im Moment sieht es tatsächlich gar nicht gut aus. Aber Capada ist doch sicher auch nicht euer einziger Kunde, oder?"

„Leider doch. Wir sind nur ein kleines Unternehmen. Schau dir PanAll und die anderen Großen der Branche an: Sie landen jetzt Touristen auf dem Mars. Sie nutzen größere Institute beziehungsweise betreiben ihre technologische Entwicklung selbst. Es ist ein kolossaler Riss, der sich derzeit auftut in der Branche und für unsere Firma sieht es düster aus.

Deshalb hoffen wir alle, dass Capada bald wieder eine Zulassung in Deutschland erhält."

„Ja, das kann ich gut verstehen. Aber Capada hat sich die Suppe selbst eingebrockt und muss sie jetzt auslöffeln."

„Ach, wäre das schön, wenn du da etwas machen könntest …", bemühte sich Tom, seine unschuldigste Flirtstimme einzusetzen.

„Vertu dich da mal nicht, ich bin leider nicht bestechlich. Aber jetzt haben wir direkt so viel über die Arbeit gequatscht. Ich möchte dich persönlich gerne kennenlernen, deine Vorstellungen, Werte, Wünsche und Träume im Leben." Sarah ließ ihren Blick die ganze Zeit umherschweifen. Für sie war es ungewohnt, keinen festen Bezugspunkt zu haben, auf den sie ihre Augen richten konnte, während sie mit jemandem sprach.

„Du bist Fledermausnacht und ich bin ein Tintenfisch. Das passt doch gut zusammen, oder?"

„Okay, dann fange ich eben an: Ich heiße Sarah und in der Regel nennt man mich auch so."

„Sehr erfreut. Mich nennt man Till."

„Das weiß ich bereits. Ein ziemlich lustiger Name."

„Sehr witzig. Guck mal hier, diese interessanten Häuser, die hier überall zwischen den Bäumen stehen. Ich mag das Teehäuschen aus dem Biedermeier am liebsten. Es strahlt noch immer so schön weiß und sieht irgendwie urtümlich aus mit seinen Ranken, die vom Dach der Veranda herabhängen."

„Aha, Biedermeier. Gebildet ist der Till offensichtlich auch. Ja, du hast recht, es gefällt mir auch gut."

Es entstand eine kurze Pause des Schweigens zwischen ihnen, während der beide ihren Weg fortsetzten, in ihren Gedanken auf der Suche nach neuen, interessanten Gesprächsthemen.

„Bist du oft hier in diesem Park?", fragte Tom schließlich nach etwa einer halben Minute.

„Ja, ob du es glaubst oder nicht: Ich liebe es, hier laufen zu gehen. Irgendwann kennt man jeden Grashalm, aber es ist und bleibt doch ein schöner Park, den ich nicht missen wollte. Und du?"

„Naja, um ehrlich zu sein bin ich hier eher selten. Ich gehe zwar auch laufen, aber lieber in der Stadt als hier. Na gut, die Nähe zu meiner Wohnung spielt da wohl auch eine Rolle."

„Aha, du lässt dich also lieber in der Stadt totfahren", flachste Sarah.

„Ja, dort gibt es nicht so viele Läufer. Und außerdem muss ich mich dort nicht von so einer schnellen

Dame überholen lassen, die hier meistens in diesem Park läuft."

Sie lachten beide herzhaft.

„Was machst du sonst noch in der Freizeit?", fragte sie.

„Wie du auf meinem Profil sicher gelesen hast, gehe ich gerne klettern. Ich habe immer davon geträumt, dass die Rosenhöhe hier zu einem riesigen Kletterpark umfunktioniert wird. Dann würde ich auch öfter vorbeikommen ..."

„Haha, du bist so ein Schelm. Aber das mit dem Klettern ist wirklich ein witziger Zufall, ich klettere nämlich auch gerne."

„Ja, vielleicht können wir irgendwann mal gemeinsam klettern gehen ..."

„Wenn du dich mir bis dahin gezeigt hast, gerne."

„Sag mal, kannst du nicht einfach abwarten? Wenn ich dir nicht gefalle, kannst du immer noch gehen. Du machst meine schöne Überraschung kaputt."

Sarah lächelte ein wenig verlegen. „Ist ja schon gut, es sollte kein Verhör werden, ich bin einfach nur neugierig. Eigentlich lege ich aber gar nicht so viel Wert auf das Aussehen eines Mannes. Wichtiger ist mir der Charakter, und da bin ich in der

Vergangenheit viel zu oft enttäuscht worden. Ich hasse unehrliche Männer.“

Tom war froh, unsichtbar zu sein. Er spürte, wie sich unter seiner Metacu Schweißtropfen zu bilden begannen. Er log wirklich nicht gerne und schon gar nicht im Angesicht seiner Traumfrau, aber er musste seine Haut irgendwie retten. Vielleicht gab es irgendwann einmal die Chance, Sarah zu erklären, warum er das alles tat.

„Das kann ich gut verstehen. Komm, lass uns weitergehen.“

Sie passierten das Neue Mausoleum, in dem die Mitglieder der einstigen großherzoglichen Familie bestattet waren. Auf der rechten Seite lagen weitere Gräber der Familie im Freien, darunter auch ein sehr auffälliges Grab, über dem ein großer Engel seine schützenden Flügel ausbreitete. „Schau mal, hier ruht Elisabeth, die Tochter Ernst Ludwigs. Sie ist mit nur acht Jahren an Typhus gestorben. Ihren Tod hat der Herzog nie überwunden. Es ist schon schlimm, wenn das eigene Kind vor einem selbst stirbt, findest du nicht?“, sagte Sarah.

Im ersten Moment wusste Tom nicht, wie er reagieren sollte. Er war zwar im Umgang mit Frauen mit allen Wassern gewaschen, aber auf eine solche Frage war er tatsächlich nicht vorbereitet. Er spürte, dass die Beantwortung dieser Frage sehr wichtig war.

„Ja, das stimmt. Sie hatte ihr ganzes Leben noch vor sich", sagte er mit sanfter Stimme und hoffte, dass er ihren Nerv getroffen hatte.

„Das kann man wohl sagen. Es trifft alle Menschen, egal ob sie arm oder reich sind, egal, ob sie beten oder nicht", ergänzte Sarah.

Tom war froh, als sie diesen melancholischen Ort verließen und durch ein eisernes Tor zum schönsten Fleck der Rosenhöhe gelangten: dem Rosarium. Die dichten, dunklen Nadelbäume des Parks wurden kurzerhand ersetzt durch einen der prächtigsten Gärten, die Tom je gesehen hatte. Um dem Namen gerecht zu werden, handelte es sich bei den meisten Blumen tatsächlich um Rosen. Sarah blieb direkt am erstbesten Beet stehen und beugte sich hinunter, um den Duft eines gelben Exemplars zu kosten. „Das duftet himmlisch, du musst auch mal daran riechen", sagte sie, ehe ihr einfiel, dass sie gar nicht wusste, wo Till seine Nase hatte. „Das ist so komisch. Ich weiß nicht, was du gerade machst, weil ich dich ja nicht sehen kann."

„Warte mal, einen Anhaltspunkt zumindest kann ich dir geben. Die Unsichtbarkeit ist nicht zu einhundert Prozent perfekt: Wenn du genau hinschaust, zum Beispiel gegen einen einfarbigen Hintergrund, erkennst du die Umrisse meiner Augen. Sieh mal nach links."

Ungläubig starrte Sarah neben sich in die Luft, wo Till sein musste. Nur zu gerne hätte sie mit ihrer Hand einfach dorthin gegriffen, um zu sehen, ob sie ihn vielleicht greifen konnte. Oder war er einfach Luft? Doch so sehr sie sich anstrengte, die Umrisse seiner Augen blieben ihr verborgen. „Hock dich am besten hin und schau in den blauen Himmel", half er ihr. Und tatsächlich: Vor dem hellblauen Firmament entdeckte Sarah wie versprochen zwei helle, ovale Umrisse, die wie von Geisterhand in der Luft zu schweben schienen.

„Wie machst du ...?", platzte es erneut aus ihr heraus, ehe sie sich daran erinnerte, zu warten, bis Till von sich aus grünes Licht gab. Sie konnte sich nicht entsinnen, einmal einen so interessanten Mann kennengelernt zu haben, und wollte ihr Date auf keinen Fall auf diese Art und Weise versauen. Um eine Erkenntnis reicher war sie jedoch nun ganz ohne Fragen: Erstmals konnte sie seine Größe abschätzen, und die war gar nicht schlecht und stellte ihre für Frauen allemal respektable Größe von einem Meter 74 in den Schatten. Till musste fast zwei Meter groß sein.

Dann sah sie die Umrisse wandern. Sie schlugen einen Weg ein, der durch die terrassenartig angelegten Beete in Richtung des Rosendoms mit der zentralen Kuppel führte. Ohne zu zögern folgte sie ihm. Es war gar nicht so einfach für sie und sie musste sich sehr konzentrieren, um seine

Augenumrisse auch gegen den nicht-einfarbigen Hintergrund zu erkennen. Doch schließlich sah sie, wie er an einer der edlen, weiß gestrichenen Holzbänke stoppte. „Komm, wir setzen uns ein wenig", lud er sie ein.

Als sie sich neben ihn gesetzt hatte, versuchte sie ihn zu riechen, doch sein Körpergeruch drang nicht zu ihr durch, sodass sie sich erneut fragte, was das Geheimnis seiner Unsichtbarkeit war. Obwohl ihr die Neugierde unter den Nägeln brannte, zwang sie sich, über dieses Thema zu schweigen, um Till nicht in schlechte Stimmung zu versetzen.

Doch auch ohne Unsichtbarkeit fanden sie genügend Gesprächsthemen und vergaßen über Sarahs Hockeymannschaft, die Hingabe für ihre beiden Patenkinder, die Krankheit ihrer Mutter und Toms Leidenschaft für Action- und Horrorfilme schon bald die Zeit. Tom war froh, dass Sarah so viel von sich aus erzählte und er sich nicht mehr als nötig öffnen musste. Ihm entging nicht, dass das Treffen mit Sarah richtig gut lief und dass er, wenn er so weitermachte, bald schon ihr Herz gewänne.

Als die Sonne bereits hinter dem Horizont versunken war und die blaue Stunde über die Rosenhöhe hereinbrach, fragte Sarah plötzlich nach den Fledermäusen. „So du Tintenfisch", sagte sie schelmisch, „es wird langsam Nacht. Du hattest mir versprochen, Fledermäuse zu jagen."

„Ach, das habe ich doch nur so gesagt, um dich an diesen romantischen Ort zu locken. In Wahrheit kann ich kaum eine Maus von einer Fledermaus unterscheiden."

Trotz dieser offenen Brüskierung musste Sarah lachen. Sie mochte Männer, die sich selbst nicht zu ernst nahmen. Aber um ein bisschen Schabernack kam sie dennoch nicht herum, schließlich hatte Till sie ganz schön hinters Licht geführt. „Wie jetzt, meinst du das ernst? Du wagst es, dich mit Fledermausnacht zu treffen, ohne jemals eine Fledermaus beobachtet zu haben?"

„Genauso ist es. Aber dafür", meinte er entschuldigend, „kann ich dir alle Sterne benennen, die du dort oben siehst."

„Wo meinst du? Ich sehe nichts", tat Sarah dumm.

In diesem Moment spürte sie, wie etwas Unsichtbares nach ihrer Hand griff. Ganz zärtlich und ganz sachte. „Nicht erschrecken", sagte er, „das ist nur meine Hand." Er umfasste ihr Handgelenk und führte ihre Hand nach oben in Richtung Firmament, das bereits die ersten Sterne als Vorboten der Nacht offenbarte. „Hier. Der ganze Himmel ist voller Sterne."

Plötzlich wusste sie nicht mehr, was sie sagen sollte.

7

„Winscher, Sie kennen die Zahlen genau. Sie entsprechen nicht dem, was wir uns bei Capada vorstellen. Noch erzielen wir zwar leichte Gewinne mit unseren Starts in Sibirien, aber das wird sich spätestens ab August ändern, wenn die Russen die Miete der Basis anheben. Wir müssten unsere Kunden schon verzehnfachen, um unseren aktuellen Marginalgewinn zu halten. Das zu unserem Kerngeschäft. Selbst um 20 Prozent erhöhte Gewinne im Kerngeschäft, von denen wir derzeit Lichtjahre entfernt sind, um es mal in unserem Jargon auszudrücken, würden nie und nimmer ausreichen, um die Kosten unserer Zentrale hier in Darmstadt zu decken. De facto bleiben uns sogar im optimistischen Fall höchstens drei Monate bis zur Insolvenz. Unsere Dunkelstarts in Russland sind dafür gut, um unseren Handlungsspielraum zu erweitern, für nichts anderes. Wenn wir die Firma retten möchten, müssen wir um jeden Preis eine Zulassung in Deutschland erwirken, was natürlich durch die derzeitigen Ermittlungen massiv gefährdet ist."

„Lortery kümmert sich bereits um die Bestechung von Sarah Wagner, die derzeit unsere Akten sichtet und die entscheidende Konferenz am Freitag positiv für uns entscheiden soll."

„Ich hoffe, Sie haben ihm die Wichtigkeit dieser Sache deutlich gemacht. Ein geschicktes Vorgehen ist von äußerster Bedeutung für uns alle. Wagner wird sich nicht einfach so für ein paar Kröten kaufen lassen, ich kenne doch diese Tussis."

„Veneta, er ist ein Vollprofi. Er wird alles tun, um die Sache ganz unauffällig über die Bühne gehen zu lassen. Sie wissen es doch am besten: Jeder Mensch ist bestechlich, es kommt nur auf die Summe an."

„Ja, aber bedenken Sie unsere Finanzen. Nicht einmal die schwarzen Banken können uns im Moment die Summen leihen, die wir benötigen würden, um auf Nummer sicher zu gehen."

Es knackte kurz in der Leitung, dann ertönte ein Piepston. Veneta hatte aufgelegt. Das tat er immer, wenn er aus seiner Sicht alles gesagt hatte. Etwas ratlos starrte Borto Winscher auf seinen Schreibtisch mit der schwarz lackierten Glasplatte, auf der ständig kleine Schwämme herumfuhren, um sie frei von Fingerabdrücken und sonstigem Unrat zu halten. Sein Gesicht spiegelte sich darin und warf eine Sorge in den Raum, wie sie schlimmer nicht sein konnte. Es war die Sorge der Machtlosigkeit, die er als Chef fühlte. Er fürchtete nicht einmal die Berichterstattung seinem Vorgesetzten Veneta gegenüber. Letztendlich war Veneta doch ebenso machtlos wie er selbst: Wenn Lortery seine Sache nicht zum Erfolg führte, waren sie alle geliefert. Das

Einzige, was er tun konnte, war, Lortery bei seiner Aufgabe zu beobachten. Und genau das würde er tun.

8

Sarah erwachte am nächsten Morgen um Viertel nach neun. Sie benötigte einige Sekunden, bis sie einigermaßen wach war und sich an den gestrigen Abend erinnerte. Lange Zeit hatten sie einfach dort auf der Bank im Rosarium gesessen und in den Himmel geblickt. Sie war beeindruckt davon, wie gut sich Till auskannte mit Sternen, Planeten, Monden und Satelliten. Überhaupt war sie beeindruckt von Till. „Ich liebe deine Stimme", hatte sie schließlich gesagt und „Wann zeigst du dich mir endlich? Einen Unsichtbaren kann man nicht küssen." Doch er war sich selbst treu geblieben und hatte sich nicht gezeigt. Wie sehr ich doch in Wirklichkeit auf Körperlichkeit stehe, dachte sie. Normalerweise war sie nicht die Frau, die einen Mann allein seines Aussehens wegen wählte, davon hatte sie sich in der Vergangenheit schließlich viel zu oft verführen lassen. Nein, das Aussehen war es nicht unbedingt, aber sie brauchte zumindest etwas zum Anfassen. Genau das hatte Till rechtzeitig erkannt und zuerst ihre Hand gehalten und dann seinen Arm um sie gelegt. Er war also tatsächlich ein Jemand, ein Widerstand in der Luft, und sie hatte den Verdacht, dass er eine Art unsichtbaren Anzug trug. „Es war ein wunderschöner Abend mit dir hier im Park", hatte er ihr zum Abschied gesagt. „Ich möchte dich gerne wiedertreffen. Dann werde ich mich dir zeigen –

Schritt für Schritt." Schließlich hatten sie vereinbart, am Sonntagabend zu telefonieren und sich am Montag nach Feierabend erneut zu treffen. Wenn sie recht überlegte, war Till eigentlich genau nach ihrem Geschmack, ein echter Glücksfall, ein Mann, der nicht gleich mit der Tür ins Haus fiel, sondern sich ausreichend Zeit nahm, um sie neugierig zu machen.

Noch ein wenig schlaftrunken zog Sarah ihre gelben Vorhänge beiseite, woraufhin ihr Zimmer umgehend von hellem Tageslicht geflutet wurde. Sie war immer schon ein bisschen Morgenmuffel gewesen, aber wenigstens schien draußen die Sonne, was einen schönen Tag verhieß. Heute konnte sie sich einmal so richtig Zeit lassen, eine gemütliche Dusche nehmen, in Ruhe frühstücken und dabei die Zeitung lesen.

Nachdem sie ihre Morgentoilette inklusive Frühstück abgeschlossen hatte, wagte Sarah einen ersten Blick auf ihr Handy. Mit zittrigen Fingern hielt sie ihr Telefon in der Hand und schaute darauf, wer ihr geschrieben hatte. Sie hatte genau zwei Nachrichten empfangen, eine von ihrer Mutter und eine – wie konnte es anders sein – von Till. Sie beschloss, zunächst die Nachricht ihrer Mutter zu lesen, um die Spannung bis zum Maximum zu steigern. „Guten Morgen Sarah, ich hoffe, es geht dir gut! Kommst du heute Nachmittag zum Kaffee vorbei? Ich habe

Schwarzwälder Kirsch gebacken. Liebe Grüße, Mama.“

Sarah spürte, wie ihr Herz einen Sprung tat und ihr etwas weiter oben bereits das Wasser im Munde zusammenlief. Sie konnte es kaum glauben, aber ihre Mutter hatte ganz offensichtlich tatsächlich noch einmal ihre großartigen Backkünste ausgepackt und eine echte Schwarzwälder Kirschtorte angefertigt. Sarah selbst war keine große Bäckerin und trug schon einen gewissen Stolz in sich, wenn es ihr gelang, einen Schokokuchen nach Fertigbackmischung zu vollenden. Sie konnte allenfalls erahnen, wie aufwändig eine Schwarzwälder Kirschtorte war. „Alles klar, mach ich, ich komme um drei und freue mich!“, antwortete sie ihr.

Ihre weitere Aufmerksamkeit galt Till. „Guten Morgen Fledermaus... ähm ... Sarah, ich hoffe, du hast gut geschlafen! Ich wünsche dir einen schönen Tag und rufe dich heute Abend an. Bring dich also schon mal in Sicherheit, okay? LG Tom“.

Sarah hielt einen Moment inne, ehe sie die Nachricht noch einmal las. Diese Nachricht wäre eine völlig normale Nachricht gewesen, wenn sie nicht mit dem falschen Namen geendet hätte. Das gibt es doch nicht!, ging es ihr immer wieder durch den Kopf. Wer ist Tom? Oder hatte sich Till nur verschrieben? Konnte das denn sein? Ab und zu passierte es ihr ja auch, dass dank der „praktischen" Autokorrektur ein paar ziemlich lustige Sätze herauskamen. Aber konnte das beim eigenen Rufnamen passieren? Hm, vielleicht ist es wirklich so und die Autokorrektur hat aus Till einen Tom gemacht? Sarah kicherte bei diesem Gedanken. Sie wusste schon, wie sie das Gespräch heute Abend beginnen würde ...

Sie legte ihr Handy beiseite und startete ihren Hausputz, der dringend wieder einmal fällig war. Normalerweise hatte sie absolut keine Lust darauf, aber da sie sich auf heute Abend freute, schwang sie den Bodenwischer hochmotiviert über ihren Laminatboden. Den Küchenputz schob sie auf später, da sie sich eine saubere Küchenzeile nicht direkt durch das anschließende Kochen wieder versauen wollte. Wobei sie den Begriff „kochen" angesichts des Nudelfertiggerichtes, das sie sich zubereitete, als etwas unpassend empfand. Aber weshalb sollte sie sich auch ein Galadinner ansetzen, wenn sie alleine war und nachher ohnehin die Königin aller Torten bei ihrer Mutter abstaubte?

Nachdem sie gegessen und geputzt hatte, machte sie sich auf den Weg zu ihrer Mutter. Diese hatte nicht zu viel versprochen und wartete mit einer Torte auf, bei der sich Sarah allen Ernstes fragte, wie sie eine solche in ihrer kleinen Küche hatte backen können. „Mein Langzeitgedächtnis funktioniert ja noch einwandfrei. Trotzdem solltest du sie genießen, vielleicht ist es meine letzte Schwarzwälder Kirsch", sagte Emma Wagner ein wenig wehmütig.

„Ich hoffe doch nicht", entgegnete Sarah, „aber sie ist eigentlich zu schade zum Essen." Bevor sie die Torte schließlich doch anschnitt, zückte sie noch ihr Handy für ein Erinnerungsfoto.

„So, jetzt aber kein Platz mehr für Traurigkeit!", rief Emma plötzlich und sehr bestimmt. „Erzähl mir von deinem Treffen!"

Und so erzählte Sarah in aller Ausführlichkeit und mit einem Leuchten in den Augen von ihrer Verabredung am gestrigen Abend mit jenem unsichtbaren Till oder Tom, sodass sie beinahe vergaß, wie gut die Schwarzwälder Kirschtorte schmeckte.

„Na, wer weiß, vielleicht erlebe ich es ja doch noch, wie du den passenden Mann findest, Sarah!", rief ihre Mutter mit einem Augenzwinkern. „Und dann bekommst auch du endlich Kinder!"

Sarah lächelte. „So weit sind wir noch lange nicht. Er muss sich mir ja erst mal zeigen. Was ist, wenn er gar kein Organ zu Fortpflanzungszwecken besitzt?"

„Oh, ich glaube, mit einem Ingenieur wirst du einen guten Fang machen. Ihr seid doch beide am Weltraum interessiert, nicht wahr? Für eine

Beziehung ist es wichtig, dass man viele Gemeinsamkeiten findet."

„Jaja, und Gegensätze ziehen sich an. Vielleicht werde ich die Liebe irgendwann einmal verstehen." Dass ihr großer Weltraumingenieur aktuell ganz ohne Auftrag dastand, verschwieg sie ihrer Mutter lieber.

„Ach Sarah ..." Als sich die beiden zum Abschied umarmten, kullerte eine Träne über Emmas Wange und kurz darauf spürte auch Sarah, dass ihre Augen feucht wurden. Jeder Abschied tat weh, denn sie wussten, dass es in nicht mehr allzu ferner Zukunft ihr letzter werden würde.

„Hallo Tom", begrüßte Sarah ihren Favoriten kurze Zeit später am Telefon und löste damit wie gewünscht bei ihrem Gegenüber am anderen Ende der Leitung eine irritierte Reaktion aus. „Wieso Tom?", fragte dieser nach ungefähr drei Sekunden verwirrten Schweigens.

„Na, du hast mir heute Morgen ‚LG Tom' geschrieben."

„Habe ich das?", klang eine ziemlich nervöse Stimme aus dem Hörer. „Dann muss ... ich meine ..."

„Heißt du jetzt Till oder Tom? Bitte keinen Scheiß, mein Lieber!", sagte Sarah streng.

„Okay, ich gebe es zu: Ich habe ein ziemliches Faible für Pseudonyme. Bis ich einer Frau meinen richtigen Namen nenne, muss ich schon ganz schön verliebt sein.“

„Oh, du bist mir einer! Als Strafe sollte ich dich eigentlich bis an dein Lebensende Till nennen. Aber du hast Glück, dass mir der Name Tom viel besser gefällt. Wie war dein Tag, was hast du angestellt?“

„Ich habe den ganzen Tag nur an dich gedacht. Und du?“, sagte er und setzte seine beste Flirtstimme ein, anscheinend erleichtert, dass sie so gelassen auf seinen kleinen Schwindel reagierte. Sarah konnte nicht anders, als zu lächeln.

„Nun, ich habe an meine Wohnung gedacht und daran, dass ihr ein Putz sicherlich gefiele, und an meinen Magen, dass ihm ein paar Spaghetti guttäten und schließlich noch an meine Mutter, dass sie sich über die Anwesenheit ihrer Tochter freuen würde, solange sie noch einigermaßen klar denken kann. Ich hatte dir von ihr erzählt.“

„Ja, das tut mir sehr leid für dich. In der Situation ist es wichtig, dass du für sie da bist.“

„Es war heute sehr schön mit ihr. Sie hat noch einmal Schwarzwälder Kirschtorte gebacken.“

„Oh, da wäre ich ja zu gerne dabei gewesen ...“

„Haha, das glaube ich. Aber jetzt mal im Ernst: Was hast du heute gemacht?“

„Och, das ist in Wirklichkeit gar nicht so aufregend. Das heißt, der Chef war schon ziemlich aufgeregt. Wenn Capada nicht wieder in Deutschland zugelassen wird, muss unsere Firma wohl Konkurs anmelden.“

„Aha, dich lässt deine Arbeit auch am Tag des Herrn nicht los. Gibt es denn keine andere Möglichkeit, dass ihr euch neue Auftraggeber sucht?“

„Wir arbeiten ja daran, aber die muss man erst mal finden. Der Markt ist sehr spezialisiert.“

„Wie gesagt, ich sichte die Akten und dann schaue ich mal, was sich machen lässt. Aber bestechlich bin ich natürlich nicht. Blödes Thema überhaupt. Lass uns lieber darüber reden, wann und wo wir uns morgen treffen sollen?“

„Magst du um sieben Uhr zu mir kommen? Dann koche ich dir was Nettes.“

Sarah zögerte einen Moment. Eigentlich war ihr ein Treffen bei Tom zu Hause noch etwas früh, vor allen Dingen, da sie ihn noch kein einziges Mal in der Realität gesehen hatte. Andererseits konnte sie sein Angebot auch kaum ausschlagen. Angst vor Männern hatte sie keine, da sie regelmäßig an Selbstverteidigungskursen teilnahm und obendrein stets ihr Pfefferspray mitführte. „Na gut, ich komme unter der Bedingung, dass du dich mir endlich zeigst."

„Super. Meine Adresse lautet Zypressenallee 91a."

„Wow, du wohnst in der Zypressenallee?"

„Ja, die habe ich mir angepflanzt."

„Sehr witzig. Okay, ich freue mich!"

Sie besprachen noch ein paar Belanglosigkeiten, ehe sie sich in den weiteren Sonntagabend verabschiedeten. Zufrieden schaute Sarah noch die Tagesschau und den sich anschließenden Tatort, ehe ihr bereits die Augen auf dem Sofa zufielen.

9

Antonio Veneta machte sich an das Unternehmen Plan B. Niemals durfte er zulassen, dass jemand wie Tom Lortery alleine über das Wohl und Wehe der Firma Capada entschied. Die Manipulation von Akten oder die Bestechung der zuständigen Zulassungsbeamtin waren zwar gut und schön, würden alleine jedoch nicht zur Rettung einer Firma reichen, die nach dem Fleeze-Skandal darüber hinaus mit einem unermesslichen Imageschaden zu kämpfen hatte. Wenn Capada durchkommen sollte, musste sich die Firma auf jeden Fall einen neuen Namen zulegen. Doch selbst das würde nicht reichen, um die apokalyptischen Marktverluste wieder aufzuholen. Nachdem Veneta minutenlang auf seinen Fingernägeln herumgekaut hatte, wie das alle großen Firmenbosse taten, wenn sie fieberhaft über neuen Ideen grübelten, kam ihm plötzlich der entscheidende Einfall. Der Einfall war zwar teuflisch, aber er naheliegend. Alles, was er dazu benötigte, war ein unsichtbarer Saboteur, und davon hatte Capada zum Glück reichlich.

10

Tom Lortery fasste sich an den Kopf. Wie hatte er sich nur einen solchen Aussetzer leisten können? Normalerweise war er ein sehr taktisch denkender Mensch, der seine Ideen lieber dreimal durchdachte, bevor er sie umsetzte. Selbst den Kontakt zu dem echten Till hatte er von Sarahs Profil aus gelöscht und gesperrt, um keinerlei unangenehme Nachfragen heraufzubeschwören. Doch seine eigene Handynachricht an Sarah hatte er vor dem Versenden nicht dreimal gelesen. Ihm fiel nur eine Erklärung für sein naives Verhalten ein: Er war verliebt.

Diesmal war es noch glimpflich ausgegangen, die Sache mit Till oder Tom nahm Sarah ihm ganz offenbar nicht übel, was er als gutes Zeichen wertete. Doch in Zukunft musste er weitaus vorsichtiger sein, wenn er sich seinen Kredit bei ihr nicht vollständig verspielen wollte. Und die härteste Nuss, die er zu knacken hatte, lag noch vor ihm. Er musste sich Gedanken über morgen machen, wenn er Sarah zum Essen in seine Wohnung einlud. Noch einmal würde er sie gewiss nicht wegen seiner Unsichtbarkeit vertrösten können, so viel stand fest. Morgen war der Tag der Entscheidung. Bisher hatte Tom das Maximum erreicht, was er hatte erreichen können: Er hatte das Vertrauen einer Frau gewonnen und sie ihm immerhin zugesichert, bezüglich Fleeze 89 zu gucken, was sich machen ließ. Dass sie sich als unbestechlich ausgab, lag im Bereich seiner Erwartungen, damit hatte er rechnen müssen. Aber wie würde sie reagieren, wenn er ihr sein wahres Aussehen, ja seine wahre Identität preisgab? Das war nicht nur im Hinblick auf seine Gefühle für sie gefährlich, sondern konnte auch für Capada tödlich enden – schließlich tagte die Schicksalskonferenz erst am Freitag, sein Offenbarungseid Sarah gegenüber stand jedoch bereits morgen auf dem Programm. Da er an der Wahrheit diesmal wohl nur schwer vorbeikam, musste er sich seine Worte mehr als sorgfältig zurechtlegen. Er spürte, wie sich sein Magen zusammenzog und ein ordentliches Abendessen unmöglich machte. Ich muss unbedingt meinen Kopf freibekommen, dachte er und schnürte seine Laufschuhe.

Am nächsten Morgen kam er nur schwerfällig aus dem Bett. Trotz herrlichsten Sonnenscheins draußen lagen bleischwere Wolken über seinem Tag. Er hatte viel zu erledigen heute und am allerwenigsten konnte er sich einen Aufschub leisten, weshalb er direkt nach einem kargen Frühstück beschloss, einkaufen zu gehen. Das Essen für Sarah war da noch das geringste Problem. Kurzerhand griff er zu einem Paket frischer Pfifferlinge aus Russland, einer Tüte Spätzle aus Schwaben, einem Bund Lauchzwiebeln und einem Kopf Salat. Zum Nachtisch konnte er mit einem Erdbeer-Mascarpone-Dessert bestimmt nichts falschmachen. Und was die Getränke anging, hatte er noch ein paar gute Weine von der Mosel im Haus. Das Essen war wirklich kein Problem, im Gegenteil: Er freute sich sogar sehr darauf, nach der langen Zeit der Currywürste und des Alleinseins endlich einmal wieder Küche auf den Tisch zu zaubern, die ihren Namen auch verdiente.

Nachdem er seine Einkaufsbeute zu Hause verstaut hatte, ließ er sich erst einmal in die taupefarbenen Kaschmirkissen seines Sofas fallen und gönnte sich eine kleine Verschnaufpause. Anschließend führte ihn sein Weg mit der Straßenbahn wieder zu jenem verschwenderischen Glaspalast, der die großen roten Buchstaben „CAPADA" auf dem Dach trug. Seit Fleeze 89 war jede Fortbewegung mit dem Firmenauto tabu, zumal unsichtbare Fahrzeuge ein nahezu einhundertprozentiges Unfallrisiko darstellten. Doch auch der öffentliche Personennahverkehr hielt für unsichtbare Capada-Mitarbeiter so einige Tücken bereit: So musste sich Tom zusammenreißen, um nicht vor Schmerzen loszuschreien, als eine junge Dame ihm in der Tram mit dem Absatz ihres Stöckelschuhs genau auf den großen Zeh trat. Stattdessen stieß die Frau einen ekelhaft quiekenden Laut aus, während sie auf das unerwartete Hindernis traf, woraufhin ihr ein älterer Herr einen etwas verstörten und ein Mann mittleren

Alters einen belustigten Blick zuwarf. In der Folge platzierte sich Tom weit genug weg von der gemeingefährlichen Fußtreterin und den beiden Männern in einer einsamen Ecke der Bahn, sodass er von weiteren Attacken verschont blieb.

Wegen Fleeze 89 musste Tom Sarah Wagner nicht mehr ausspionieren. Er hatte bereits ein gutes Wort bei ihr eingelegt und war sich sicher, im persönlichen Gespräch mit ihr weitaus mehr aus ihr herauszubekommen und zu erwirken, als durch die bloße Beobachtung ihrer Tätigkeit. Was ihn viel mehr interessierte, war Sarah selbst: Er war gespannt, was sie ihrer Kollegin über ihr neuestes Date zu berichten hatte. Auch wenn er sich ziemlich sicher war, dass Sarah bislang gut von ihm dachte, konnte er auf diese Art und Weise die ungeschminkte Wahrheit aus ihrem Mund hören, bevor sie sich das nächste Mal trafen.

„Morgen Chef", begrüßte ihn Tori mit einem Kaffee in der Hand auf dem Flur. Der zierliche Mann aus der Technikabteilung, der Tom nur bis zur Brust reichte, war wie gemacht dafür, um sich auch im schlimmsten Gewirr an Computerkabeln noch gut bewegen zu können. Eine weitere, von Tom für weniger nützlich befundene Eigenschaft Toris war die eines unermüdlichen Redeschwalls. Wenn Torben Harting, wie er eigentlich hieß, damit einmal loslegte, gab es kaum noch ein Entrinnen.

„Morgen Tori", gab Tom etwas emotionslos zurück und wollte sich gerade in sein Büro retten, als ihn die unausweichliche Frage doch noch einholte. „Was gibt's Neues?"

Tom seufzte. „Ach Tori, die ganze Firma steckt bis zum Hals in der Scheiße, das weißt du doch. Und ich arbeite mit daran, dass wir bald da raus sind. Deshalb muss ich jetzt ..."

„Und was machst du genau?"

„Geheimnis. Du wirst es erfahren, sobald das Ergebnis da ist." Tom bemühte sich um sein charmantestes Lächeln, als müsste er eine Frau für sich gewinnen.

„Och komm schon, Chef, ich verrate auch nichts", nörgelte Tori und zog eine Flappe.

„Nein Tori, du kennst mich. Lass dich doch einfach mal überraschen. Davon abgesehen habe ich auch gar keine Zeit für irgendwelche Erklärungen, die Sache ist ziemlich heikel. Meine Arbeit wartet jetzt." Ohne den Protest des Technikers abzuwarten verschwand Tom in seinem Büro, schloss die Tür, ließ sich in seinen Sessel fallen und atmete tief durch. Der Weg zur Arbeit war schon einmal geschafft.

Zehn Minuten später flimmerten Sarahs blonde Haare über Toms Bildschirm. Als er herauszoomte, erschien Sarahs Kopf in vollständiger Größe von hinten, wie er sich über einen dicken Stapel Papier beugte. Offensichtlich beackerte sie schon fleißig jene pikanten Unterlagen, die die Wahrheit über Fleeze 89 enthielten – kein Wunder, schließlich war es bereits Viertel vor elf und sie viel eher im Büro gewesen als er. Mutiger als noch am Freitag erinnerte er sich an die Worte Borto Winschers und entschloss sich dazu, die Drohne fliegen zu lassen. Er würde seinem Chef schon beweisen, dass er kein verzagter Feigling war. Mithilfe des kleinen Joysticks gab er den vier Propellern umgehend zu verstehen, sich in Bewegung zu setzen. Als sich ERNA 36 in die Bürolüfte schwang, begann sich Toms Bildschirm zu drehen. Vorsichtig ließ er den zierlichen Quadrocopter durch das Zimmer gleiten und näherte sich seinem Zielobjekt, indem er zunehmend engere Kreise zog. Sarah bemerkte nichts. Wie hübsch sie ist, dachte er. Er fokussierte die Kamera von oben auf den Text, den sie las. Obwohl er genau wusste, dass auch seine eigene unrühmliche Rolle zur Genüge in ihrer Lektüre vorkam, fürchtete er sich dennoch davor, über sich selbst zu lesen. Zu seinem Glück ging es allerdings erst einmal um Erik Semmler.

„… nahm den Befehl von Geschäftsführer Antonio Veneta in enger Kooperation mit der Buchhaltung bedenkenlos an, Fleeze 89 trotz des Verzichts auf das automatische Kontrollsystem Pieps 4.0 zum Start freizugeben. Dadurch wurden der Einbau falscher Raketenteile, ein damit einhergehender, dem aktuellen Stand von Wissenschaft und Technik inadäquater Qualitätsverlust sowie die daraus resultierende, billigende Inkaufnahme der Gefährdung von Menschenleben begünstigt. Internen Protokollen zufolge gab es derartige Bestrebungen der Geschäftsführung bereits seit Jahren. Dass es erst in jüngster Zeit zur Umsetzung der Sparmaßnahmen kam, lässt sich laut Staatsanwaltschaft unter anderem mit der Neubesetzung des Qualitätssicherungspostens durch Herrn Erik Semmler erklären. Ihm werden in dem noch laufenden Verfahren schwere Fehler vorgeworfen, die letztendlich in den Verlust von Menschenleben mündeten …“ Tom schluckte. Es waren harte, schlimme Sätze, die die jüngste Vergangenheit Capadas wieder lebendig werden ließen.

Tom gab ERNA den Befehl, die Zeilen der Wahrheit wieder unscharf zu stellen und auf das Regalbrett hinter Sarahs Arbeitsplatz zurückzufliegen. Natürlich hatte er die Möglichkeit, einen umfassenden Einblick in die Untersuchungsakten zu finden, doch das nutzte ihm alles nichts, da er die Geschichte ja kannte – und gewisse Details obendrein gar nicht wissen wollte. Viel gespannter wartete er darauf, bis Petra endlich das Büro betreten und Sarah zu ihrem Wochenende befragen würde. Doch daraus wurde bis zur Mittagspause erst einmal nichts. So ein Mist, wahrscheinlich komme ich zu spät und Petra war schon hier, dachte Tom.

Um Viertel nach zwölf verließ Sarah ihren Arbeitsplatz in Richtung Mittagessen, sodass auch Tom die betriebseigene Kantine aufsuchte. Die Zeit war relativ günstig, da es noch nicht so voll war und er mühelos einen kleinen freien Tisch in der Ecke fand. Er hatte Lust auf alles, aber nicht auf eine Konversation mit seinen Kollegen. Hastig schlang er Kartoffeln, Fischstäbchen und Spinat hinunter, damit auch ja niemand mehr auf die Idee kommen konnte, sich zu ihm zu setzen. Auf dem Weg zur Tablettrückgabe nickte er seinen Kollegen flüchtig lächelnd zu, dann hatte er diesen überaus unangenehmen Teil der Kontaktaufnahme bereits überstanden. Seine Schnelligkeit hatte zur Folge, dass Sarah noch nicht aus ihrer Mittagspause zurück in ihrem Büro war, als er bereits wieder hinter seinem Schreibtisch saß und sich die Live-Aufnahmen der Drohnenkamera zeigen ließ.

Schließlich, nach über einer halben Stunde Wartezeit, kehrte Sarah zurück und setzte sich wieder vor ihren nicht enden wollenden Papierstapel. Nach den allgemeinen

Zusammenfassungen folgten scheinbar endlose Firmenprotokolle, die von der Staatsanwaltschaft beschlagnahmt worden waren. Tom bewunderte Sarahs Ausdauer: Nur ein einziges Mal an diesem Nachmittag stand sie auf und griff zur Fernbedienung ihrer Klimaanlage, die sie von 22 auf 21 Grad stellte. Was auch immer sie zu sich genommen hatte, das Mittagessen musste etwas erwärmend auf sie gewirkt haben. Vielleicht hatte sie Chili con Carne oder eine Kürbis-Ingwer-Suppe, dachte er. Ansonsten passierte nichts, was für Tom zur Folge hatte, dass die Zeit dem Abend förmlich entgegenkroch. Auch Petra kam nicht mehr herein.

Nach noch immer unendlichen Seiten an Verschwörungsprotokollen, deren Inhalt Tom keine Lust hatte mitzulesen, klappte Sarah um kurz vor halb fünf endlich ihre Akten zu und verließ ihr Büro in Richtung Feierabend. Auch für Tom wurde es nun höchste Zeit, seinen Arbeitsplatz zu räumen und mit den Vorbereitungen für den Abend zu beginnen.

Das Kochen an sich war nicht besonders aufwändig. Einzig das Putzen der Pfifferlinge erforderte eine gewisse Gründlichkeit, da niemand gerne die Reste von Moos und Erde auf seinem Teller wiederfand. Die sauberen Pfifferlinge briet Tom zusammen mit den kleingehäckselten Zwiebeln in etwas Butter an, während er die Spätzle dem Salzwasser überließ.

Zum Schluss vereinigte er Pfifferlinge und Sahne zu einer köstlichen Soße. Als Vorspeise bereitete er einen Salat zu, dessen eigentliche Krönung das passende Verhältnis aus Kürbiskernöl und Essig darstellte. Jetzt nur noch den Erdbeer-Mascarpone-Dessert kaltstellen, dann konnte Sarah Wagner kommen. Tom war selbst überrascht davon, mit welch einfachen Mitteln man ein passables Menü hinbekommen konnte. Dabei war er beileibe kein Meisterkoch, sondern verließ sich eigentlich nur darauf, was ihm seine Mutter damals mitgegeben hatte. Zehn Minuten vor sieben war er auch mit den Tischvorbereitungen fertig, sodass er die letzten Minuten bis zu ihrer Verabredung nervös durch seine Wohnung lief und alibimäßig nach schadhaften oder unsauberen Stellen suchte, die er noch auf den letzten Drücker ausbessern konnte, damit Sarah sie nur ja nicht erblickte. Da er partout nichts fand, besuchte er noch einmal das stille Örtchen und schaute danach aus dem Fenster auf die Zypressenallee, auf der sich die Autos vor der roten Ampel in ihrer Feierabendschlange aneinanderreihten. Sarahs Ankunft konnte er aus dieser Perspektive gar nicht sehen, aber das bloße Aus-dem-Fenster-Schauen hatte für ihn trotzdem etwas sehr Beruhigendes.

Dann endlich, um drei Minuten nach sieben, klingelte es an der Haustüre. Obwohl er darauf natürlich mehr als vorbereitet war, ließ ihn der schrille Klang doch erschreckt zusammenzucken. Er spürte, wie sein Herz bis zum Hals schlug. Nun wurde es ernst.

„Hi", begrüßte ihn Sarah etwas verlegen und suchte mit ihren Augen nach seinen Umrissen, die sie schließlich fand. „Das duftet ja schon lecker ..."

„Hi Sarah. Ja, dieser Abend wird ein Erlebnis für alle Sinne, das verspreche ich dir", erwiderte er spitzbübisch.

Über Sarahs Gesicht huschte ein Lächeln. „Für alle?", hakte sie nach und plötzlich dämmerte es Tom, was sie meinte.

„Ja. Es wird keine leichte Kost für uns beide werden, aber ich werde dir wie versprochen die Wahrheit offenbaren und mich dir zeigen. Anschließend musst du selbst entscheiden, wie du damit umgehst." Als er merkte, wie Sarahs Lächeln gefror, stupste er sie an und setzte hinzu: „Komm schon, so schlimm wird es nicht werden. Ich verspreche dir, ich bin ein attraktiver Mann. Du brauchst keine Angst zu haben. Aber es ist eben auch eine Offenbarung, deshalb möchte ich dich nur gut vorbereitet wissen. Übrigens, du siehst ganz fantastisch aus!"

„Vielleicht habe ich ein bisschen zu wenig Wimperntusche ..."

„Oh nein, Sarah, bitte! Genau *so*, wie du jetzt aussiehst, mit deinem schwarzen Kleid, deinen offenen blonden Haaren als Kontrast, deinen strahlend blauen Augen und mit all deiner Natürlichkeit gefällst du mir. Genau *so*, das musst du mir glauben. Wobei, ein wenig weniger Wimperntusche ...“

„Mein lieber Tom, bitte keine Scherze zu meinem Aussehen, da bin ich ...“

„Wieso Scherze? Das mit der Wimperntusche war doch die volle Wahrheit.“

Für diese kleine Neckerei revanchierte sich Sarah auf ihre Weise, indem sie – einer Profiboxerin gleich – ein paar gezielte Schläge in die Luft abfeuerte.

„Hey, du kannst mich ja sowieso nicht treffen, ich bin unsichtbar“, provozierte Tom weiter, woraufhin einer von Sarahs Schlägen seine linke Wange nur um Haaresbreite verfehlte. „Ich glaube, wir sollten jetzt erst einmal essen“, befreite sich Tom auf verbale Art und Weise aus Sarahs Angriffshagel.

„Na gut“, willigte sie ein. „Aber glaub ja nicht, dass du heute Abend ungestraft davonkommst.“

„Also ich finde es richtig süß, wie du den Tisch gedeckt hast“, lobte Sarah das Arrangement aus roter Leinendecke, weißen Stofftischsets und der Kerze, die Tom in die Mitte gestellt hatte. „Sogar Servietten hast du gefaltet, du bist ja ein echter Romantiker", sagte sie bewundernd und verwies auf die roten Papiertücher in Herzform, die sich von den strahlend weißen Tellern abhoben.

Es wurde ein köstliches erstes Mahl, für das Sarah die rühmenden Worte nicht ausgingen. „Die Soße ist zum Dahinschmelzen. Ich habe noch nie so leckere Spätzle gegessen. Woher wusstest du, dass ich sie mag?"

„Nun, ich bin eben der weltweit erste Frauenversteher", log Tom und erinnerte sich daran, wie er Sarah auf der Arbeit beim Ergooglen eines Spätzle-Rezeptes erwischt hatte. Während Sarah immer redseliger wurde und auch der Beerenauslese von der Mosel ordentlich zusprach, verkrampfte sich Tom zunehmend der Magen, sodass er immer langsamer aß und nur mit Mühe und Not seinen einzigen, nicht einmal bis an die Ränder gefüllten Teller schaffte. Konnte er sein langsames Essen noch durch ein „Ich lausche gebannt deinen Erzählungen und vergesse darüber alles" verteidigen, blieb Sarah seine Weigerung, einen zweiten Teller nachzuholen, nicht verborgen. „Schmeckt dir dein eigenes Essen nicht oder isst du immer so wenig?", fragte sie ihn schließlich.

„Nun, ich achte eben auf meine Figur. Okay, im Ernst: Ich bin ein wenig aufgeregt, weil ich mich dir gleich zeigen muss."

„Och wie süß", machte Sarah und fuhr sich durch die Haare, „ein Mann, der seine Gefühle zugibt."

„Dachtest du, ich wäre ein Roboter?"

„Zumindest ein halber", lachte sie und trug mit ihrem Humor immerhin ein bisschen zur Entspannung bei. Dennoch kämpfte Tom noch während des Desserts gegen einen Brechreiz an, wobei er siegte und die Erdbeer-Mascarpone schlussendlich im Magen verblieb. Zum Glück spürte er bereits die Wirkung des Rieslings, die seine Angst ein wenig betäubte.

Ich muss es jetzt tun, dachte er sich, bevor das Ganze zu einem Drama verkommt. „Sag mal, Sarah: Könntest du einen Menschen lieben, der ein Verbrecher ist?"

Der Satz stand im Raum und Tom konnte sehen, wie die Entspannung aus Sarahs Gesicht schlagartig einer irritierten Mimik wich. „Wie meinst du das?"

„Nun, nur einmal hypothetisch nachgedacht: Was wäre, wenn der Mensch, den du am meisten liebst, ein Verbrecher wäre? Könntest du ihn dann noch lieben?"

„Das kommt ganz darauf an, welche Verbrechen er begangen hat und wie er dazu steht. Einen überzeugten Verbrecher könnte ich niemals lieben. Wenn er seine Taten bereut und seinen Verbrechen für immer abschwört, vielleicht. Wie gesagt, es kommt auch darauf an, welche Verbrechen er begangen hat. Ein Mord wäre für mich unverzeihlich.“

„Und Korruption? Lug und Betrug?“

Sarahs Blick verfinsterte sich. „Willst du damit sagen, dass du ...?“

„Deshalb habe ich dich gefragt. Meine Vergangenheit ist nicht unbelastet. Ich wünschte, ich könnte es ungeschehen machen.“

Sarah konnte ihr Entsetzen nicht verbergen. „Wer bist du, Tom? Welches Spiel spielst du mit mir?“

„Ich werde mich dir nun offenbaren. Ich gehe jetzt meine Unsichtbarkeit ablegen und kehre als sichtbarer Mensch zurück.“

Was er nicht bemerkte, war, dass sein Telefon, das er vorsichtshalber auf lautlos gestellt hatte, bereits zum zweiten Mal klingelte.

Mit starrem Blick schaute Jessica Breger auf die Digitalanzeige, dann gab sie den Countdown frei, der mit einer monotonen Computerstimme die letzten 15 Sekunden vor dem Start herunterzählte. Seit zwei Monaten arbeitete sie in Bezirk 4, dem versteckten Teil des berühmten russischen Weltraumbahnhofs Wostotschnij in der Nähe der chinesischen Grenze, Russlands Stolz, den der damalige Herrscher des Kremls vor mehr als drei Dekaden aus dem Boden gestampft hatte. Gleich würde sich die letzte Rakete des Tages majestätisch und ungesehen in den klaren Abendhimmel über der Amur-Region erheben, dann hatte Breger Feierabend.

„Drei ... zwei ... eins ... null!" Ein Funke reichte, um das längst ausströmende Gemisch aus Wasserstoff und Sauerstoff zu entzünden und die Rakete planmäßig mit 15 000 Pferdestärken gen Himmel zu katapultieren. Im gleichen Moment öffnete sich das Dach des Hangars, zwei Minuten später war die Erdanziehungskraft bereits überwunden, sodass die dritte Stufe gezündet und die beiden Zusatztriebwerke abgeworfen werden konnten. Breger seufzte erleichtert. Eigentlich hatte der Start der DS Sibiria 3 bereits um 15:00 Uhr stattfinden sollen, war jedoch aufgrund einer der sich in letzter Zeit häufenden Softwarepannen auf den Abend verschoben worden. Bregers Aufenthalt in Sibirien sollte nur von kurzer Dauer sein, das hatte Veneta ihr versprochen. Und angesichts der Finanzlage konnte er dieses Ding hier wohl auch nicht länger als ein paar Wochen aufrechterhalten. Die Mitarbeiter in Bezirk 4 waren alle teurer bezahlt als in den übrigen Bezirken, die von der russischen und ausländischen Konkurrenz genutzt wurden – wer arbeitete schließlich schon freiwillig als qualifizierte Fachkraft für eine Firma, die nur noch ein Wunder vor der Insolvenz bewahren konnte? Eigentlich sind wir wie Vampire, die das letzte Blut aussaugen, bevor alles vorbei ist. Für Breger war das kein Problem, sie hatte keine Familie und würde mit Leichtigkeit irgendwo anders auf der Welt einen Job finden. Richtig schwer würde es nur für die Konzernbonzen, die wegen Fleeze 89 im Kreuzfeuer der Justiz und der Öffentlichkeit standen – wobei man sich fragen konnte, was schlimmer war – und die nicht so ohne Weiteres zur Konkurrenz überlaufen konnten. Aber auch das hat seine Richtigkeit, dachte sie, denn dort oben wurde es auch verbockt. Die Leute, die ihr richtig leidtun konnten, stammten aus dem Niedriglohnsektor und hatten Familie.

Ein schriller Piepston riss Breger jäh aus ihren Gedanken. Er war das Signal dafür, dass der Start reibungslos über die Bühne gegangen war und sie den Leitstand beruhigt ihrem nachtdiensthabenden Kollegen übergeben durfte.

Draußen herrschte bereits Dunkelheit. Wie warm es war, konnte sie nicht sagen, da ihre unsichtbare Metacu in der Klimadicht-Funktion ihre Haut vor jeglichen äußeren Einflüssen abschirmte. Allerdings ging sie davon aus, dass die Luft nach den reinigenden Gewittern der letzten Tage nicht mehr so unangenehm heiß war wie zuvor.

Direkt an die Startrampe der Basis schloss sich eine ziemlich heruntergekommene Fabrikhalle an, die das einzige für Außenstehende sichtbare Gebäude von Bezirk 4 darstellte. Sie diente momentan vor allen Dingen der Aufrechterhaltung des schönen Scheins, der suggerierte, dass dieser Bezirk längst verfallen war und zumindest nicht mehr regelmäßig für Weltraumstarts verwendet wurde. Tatsächlich bot dieser sichtbare Teil einen trostlosen Anblick, der wohl keine Konkurrenz neidisch gemacht hätte. So sollte es sein.

Ein bereits rostbehafteter, aber noch immer massiver Eisenzaun hinter einem Hof aus Asphalt markierte die Bezirksgrenze. Dank ihrer Identitätskarte gelang es Breger, das Tor zu passieren, welches mit einem fürchterlichen und in die Länge gezogenen Quietschton zur Seite glitt. Zum Glück schloss sich direkt hinter dem Tor eine weitere Asphalt- und Schuttwüste an, sodass niemand in Bezirk 3 die mysteriösen Toröffnungen beobachten konnte. Und wen interessierte schon diese gottverlassene Gegend hier? Eines musste Breger Antonio Veneta ja lassen: Die Örtlichkeit war gut gewählt.

Zehn Minuten lang spazierte Jessica Breger durch diese trostlose Landschaft, ehe ein weiteres Gebäude auftauchte. Es handelte sich um die Reservebasis der russischen Raumfahrtagentur, die sich in staatlicher Hand befand und mit der Capada eng kooperierte, sodass die russischen Funktionäre über die unsichtbaren Privatwohnungen am Rande ihres Bezirks bestens unterrichtet waren. Die Basis in Bezirk 3 stammte noch aus den goldenen Zeiten der russischen Raumfahrt, wurde allerdings nach wie vor bei Überbelegung von Bezirk 1 genutzt. Vereinzelte Lichter zeigten ihr an, dass in dem rund 90 Meter hohen Plattenbau um diese Uhrzeit noch einige einsame Seelen herumspuken mussten. Plötzlich hörte sie Schritte neben sich. Knarzende Schritte, die Asphaltsplitt über den Boden rieben. Abrupt hielt sie inne, um sich nicht ihrerseits zu verraten. Dann ging sie vorsichtig in die Hocke und schaute auf ein gelb erleuchtetes Fenster in einem der oberen Stockwerke des Gebäudes. Tatsächlich wurde sie fündig und erkannte die im Kontrast des Lichtes deutlich sichtbaren Umrisse zweier Augen. Aha!, dachte sie. Erwischt!

„Guten Abend, Kollege!", rief sie in die Dunkelheit hinein, woraufhin die Schritte plötzlich verstummten.

„Aha, wohl auch im Dienste Capadas unterwegs ...“, murmelte eine brummige Männerstimme.

„Ja, so kann man es ausdrücken. Im Moment eher im Dienste des Feierabends.“

„Na dann wünsche ich Ihnen einen guten.“

„Und Sie? Sie wollen mir doch nicht etwa sagen, dass Sie jetzt noch arbeiten müssen?“

„Gleich habe ich es auch geschafft. Ich habe nur noch eine Winzigkeit zu erledigen, dann ist auch für mich Schicht im Schacht, hehe.“

„Darf ich fragen, was Sie vorhaben?“

„Oh, ähm“, druckste der Mann hörbar überrascht. „Die Russen, Sie wissen schon ...“

„Ich weiß gar nichts. Gibt es neue Anweisungen für uns?“

„Nein, nicht dass ich wüsste.“

„Was ist dann mit den Russen? Machen sie uns einen Strich durch die Rechnung?“ Breger bemühte sich, möglichst unschuldig zu klingen.

„Naja, ganz so schlimm ist es zum Glück nicht. Die Verhandlungen über neue Verträge laufen. Und nun entschuldigen Sie mich bitte, ich muss weiter. Einen angenehmen Feierabend noch!“

„Danke gleichfalls", erwiderte Breger tonlos. Dann setzte sie sich in Bewegung und tat so, als liefe sie tatsächlich einfach zu ihrer unsichtbaren Containerwohnung zurück. Das könnte dir so passen, lieber Kollege, mich einfach abzuspeisen ...

Nach ein paar Metern stoppte sie abrupt und lauschte. Da waren sie wieder, die Schritte, die den Splitt über den Asphalt bewegten. Leise und darauf bedacht, selbst keinen Lärm zu erzeugen, folgte sie ihnen. Dieser Mann hatte ein Geheimnis von der Geschäftsführung bekommen, es roch förmlich danach. Eine Unverschämtheit, dass sie als Kommandantin nicht eingeweiht werden sollte. Egal was es war, sie fände es schon heraus.

Die Augenumrisse des Mannes waren für sie vor dem eintönig dunklen Hintergrund nicht mehr auszumachen, sodass sie sich ganz auf das Knarzen seiner Schritte verlassen musste. Dieses führte sie kurz vor dem Abzweig in Richtung der Containersiedlung nach rechts zu dem Tor eines weiteren Metallzauns, der die Grenze zu Bezirk 2 markierte. Aha, also doch nicht zu den Russen ..., entfuhr es Breger. Bezirk 2 enthielt den mit Abstand modernsten und architektonisch umwerfendsten Weltraumbahnhof, den man sich vorstellen konnte und der sich fest in der Hand ihres global operierenden Konkurrenten PanAll befand. Offensichtlich ging ihr Kollege gerade auf Spionagetour. Jetzt hieß es schnell sein. Für dieses

Tor besaß sie natürlich keinen Schlüssel und war dementsprechend auf die Hilfe ihres Kollegen angewiesen. Dieser besaß tatsächlich eine Karte für Bezirk 2 und öffnete prompt das Tor. Hastig beschleunigte Breger ihren Schritt. Einen lauten Sprint wollte sie jedoch unbedingt vermeiden. Noch zehn Meter trennten sie von einem offenen Tor in den verbotenen Bezirk. Von der Grenze zwischen Bezirk 3 und 4 wusste sie zumindest, dass das Tor für zehn Sekunden offenstand. In diesem Fall hatte sie nicht zu knapp kalkuliert: Gerade als sie eine Fußspitze auf die Grenze setzte, begann sich das Tor zu schließen. Es brauchte nicht viele Momente, ehe es laut krachend hinter ihr ins Schloss fiel. Sie gönnte sich nicht den Luxus, einen erleichterten Stoßseufzer abzulassen, da sie fürchtete, sich zu verraten. Sie blieb stehen und lauschte, doch es war kein Laut zu hören. So ein Mist, er ist bestimmt stehengeblieben und auf mich aufmerksam geworden!, fluchte sie im ersten Moment. Dann jedoch fiel ihr Blick auf den Boden: Im schwachen Dämmerlicht erkannte sie, dass der Asphaltuntergrund, auf dem sie sich nun befand, ganz ohne Splitt auskam, was sich natürlich entsprechend dämpfend auf den Geräuschpegel der Schritte auswirken musste. Überhaupt schien ihr der Boden von Bezirk 2 wie geleckt zu sein. Kein Wunder, dachte sie, schließlich sind hier die Ausländer am Werk.

Der weitere Weg wurde zu einem reinen Ratespiel. Breger konnte ausschließlich vermuten, wo sich ihr Kollege im Moment befand. Doch immerhin war sie sich sicher, sein Ziel zu kennen, denn die Auswahl an Gebäuden in diesem Bezirk war überschaubar. Der Raketenstartplatz bestand aus einem kastenförmigen Komplex, der zu einer Seite hin schräg abfiel und innen einen Hohlraum für die eigentliche Startrampe bildete. Aus architektonischer Sicht handelte es sich mit Sicherheit um den schönsten Startplatz des Weltraumbahnhofs. Auch in diesem Gebäude brannte vereinzelt noch Licht, was Breger darauf hoffen ließ, die verlorene Spur ihres Kollegen wieder aufnehmen zu können. Und tatsächlich: Ihr geübtes Auge wurde erneut fündig. Als Spionin würde ich einen verdammt guten Job machen, dachte sie und lächelte in sich hinein. Der Mann hielt nun direkt auf den flachen, niedrig gebauten Glasteil der Vorderseite zu, der offensichtlich eine Art Eingangsportal darstellte. Breger fragte sich, ob er dafür auch eine autorisierte Karte besaß. Sie konnte sich kaum vorstellen, dass er offiziell angemeldet war, schließlich gehörte er wie sie zu den unsichtbaren Mitarbeitern Capadas, die es in Wostotschnij eigentlich gar nicht geben durfte.

Der Eingangsbereich war in ein warmes Dämmerlicht getaucht, das ihm durchaus den Glanz einer Hotellobby verlieh. Beinahe stereotypisch luden weiße Ledersessel auf einem dunkelblauen

Teppichboden zum Verweilen ein, die um diese Uhrzeit jedoch verwaist waren. Der Mann stand eine ganze Weile vor der gläsernen Tür. Dann hielt er eine Karte vor ein schwarzes Feld an der Seite der Tür und tippte etwas in die Tastatur eines silbernen Kästchens ein, offensichtlich einen Code. Mit einem Piepsen, das seinen Erfolg bestätigte, glitten die beiden Scheiben der Glastür zur Seite. Nur einen Moment später brach die Hölle los. Jessica Breger war zweifelsohne eine Frau, die ihre Erfahrungen mit Alarmanlagen gemacht hatte. Wie oft hatte sie sich im Laufe ihrer Karriere als Kommandantin mit den unterschiedlichsten Arten von Sicherheitstechnik vertraut machen müssen. Doch die Sirene, die nun losging, ließ jede Kreissäge zu einem sanften Blätterrascheln im Wind verkommen. Reflexartig hielt sie sich die Hände an die Ohren, doch das langgezogene Heulen ging ihr trotzdem durch Mark und Bein. Verschwinden war ihr erster Gedanke, doch konnte sie das? Schnell warf sie einen Blick auf die Umrisse ihres Kollegen, der die Lobby bereits betreten hatte. Sie durfte ihn auf keinen Fall aus den Augen lassen. Da sie selbst angesichts ihrer eigenen Unsichtbarkeit wenig zu befürchten hatte, fällte sie schnell ihre Entscheidung und lief dem Mann hinterher, der geradewegs durch die Lobby zu einem Ausgang rannte, der in den Innenhof des Startplatzes führte. Davor blieb er zunächst stehen und verschaffte sich erneut dank Identitätskarte und Code eine offene Tür. Geistesgegenwärtig nutzte

Breger den Moment und hechtete hinterher. Auf ihre Schritte brauchte sie nicht mehr Acht geben, da der Geräuschpegel der Sirene in diesen Augenblicken wohl selbst das Heranrasen eines Düsenjets kaschiert hätte. Sie hoffte nur, dass sie nach dieser ganzen Aktion auch wieder ohne Handschellen hier herauskäme. Vor einer Überwachungskamera hatte sie zweifelsohne nichts zu befürchten und in ihrer Metacu hinterließ sie ja nicht einmal Fingerabdrücke oder DNA-Spuren. Selbst menschliche Suchtrupps hatten allenfalls eine rein theoretische Chance, sie hier zu entdecken. Das Schlimmste, was ihr passieren konnte, waren die Spürhunde der Suchtrupps, gegen deren Nasen wohl selbst ihr hochdesignter Metaanzug machtlos war. Sie erschauerte bei dem Gedanken, versuchte sich aber schnell damit zu beruhigen, dass Teil eins eines solchen Alarms noch keine Hunde auf das Programm rief – zumindest nach den Notfallplänen, die sie in ihrer bisherigen Karriere kennengelernt hatte. Sie hoffte inständig, dass auch PanAll keine Ausnahme darstellte.

Im Hof war es dunkel. Vorsichtig näherte sie sich der über hundert Meter hohen Rampe, an die man PanAll-Star-L befestigt hatte. Die Höhe einer Startrampe imponierte Breger nach ihren 22 Dienstjahren, in denen sie die Anfänge der Weltraumtouristik selbst miterlebt hatte, natürlich schon lange nicht mehr. Einzig und allein die schneeweiße, beinahe leuchtende Farbe der Rakete interessierte sie. Vor diesem Hintergrund hatte sie trotz der Düsterkeit eine Chance, die Augenumrisse des Mannes zu erspähen. Gleich im unteren Teil des Wasserstofftanks wurde sie fündig. Die Umrisse ihres Kollegen huschten förmlich an ihr vorbei, sodass sie ihnen kaum folgen konnte. Als nächstes sah sie, wie die schwere Eisentür, die zur Kontrolleinheit führen musste, geöffnet wurde. Er kommt aber wirklich weit, dachte Breger, während die Sirenen der Alarmanlage nach wie vor mit ungebrochener Lautstärke heulten. Langsam wurde Breger unruhig. Selbst eine noch so abgezockte Kommandantin wie sie musste sich langsam Gedanken darüber machen, wie sie es anstellte, möglichst schnell von hier zu verschwinden. Auch wenn sie nicht in die stockfinstere Kontrolleinheit hineinschauen konnte, wusste sie, dass ihr Kollege da drin gerade ein ziemlich krummes Ding drehte. Noch während sie sich fragte, ob sie ihm ins Dunkel folgen sollte, fiel die Eisentür vor ihrer Nase wieder ins Schloss. Doch es war nicht nur der Luftzug der Eisentür, den sie spürte, sondern noch etwas, das nur Zentimeter an ihrer Körperhülle vorbeihastete.

12

In Sarah Wagners Kopf drehte sich alles. Ihre Gedanken waren ebenso wirr wie das Gefühlschaos, das sich nach und nach in ihrem Bauch ausbreitete. Tom hatte sich ihr offenbart. Er war nun nicht mehr ihr Tom, sondern Tom Lortery, einer der führenden Manager Capadas, jener Firma, deren Verschwörungsakten jeden Tag auf ihrem Arbeitsplatz lagen. Sie fühlte sich verfolgt. Nein, vielleicht war es das falsche Wort: Sie fühlte sich *durchdrungen* von diesem Mann. Sie fühlte einen Schmerz in ihrem Bauch, der sich mit Wut vermischte, wenn sie daran dachte, dass er sie so hinter das Licht geführt hatte. Was für ein Lügner! Doch sie fühlte auch Erleichterung, dass sie nun wusste, wer dieser Mann wirklich war. Und in seltenen Momenten, ganz hintergründig und leise, keimte so etwas wie Hoffnung in ihr auf, die sich in Richtung Zukunft richtete. Diese wurde jedoch sogleich von ihren Sorgen zerstört, die sich um ihre Arbeit drehten: Was sollte bloß aus der Fleeze-Konferenz am Freitag werden? Nach dem, was sie in den letzten Stunden erlebt hatte, konnte sie unmöglich ein unabhängiges Statement abgeben.

Wie stand sie wirklich zu Tom Lortery oder T. L., wie er in ihren Akten hieß? Er hatte sich ihr geöffnet, anvertraut, bereut. Das waren (neben seinem

Aussehen) die guten Dinge, die Pluspunkte, die sie ihm geben konnte. Er war ein Mann wie kein anderer. Und gerade deshalb empfand sie etwas für ihn. Aber durfte sie das? War es nicht widerwärtig, sich mit einem Verbrecher abzugeben? War sie zu lieb? Nein, dachte sie dann wieder, ich kann nichts für meine Gefühle.

Sie starrte auf die rote Anzeige ihrer Digitaluhr und gähnte. 23:24. Ich sollte es für heute lassen und mindestens eine Nacht darüber schlafen, vielleicht legt sich dann mein Chaos. Mit letzter Kraft gab sie sich einen Ruck, erhob sich von ihrem Sofa und trottete ins Badezimmer, um sich im Eilverfahren ihre Zähne zu putzen. Schließlich fiel sie todmüde in ihre Federn.

Als Tom Lortery am Dienstagmorgen die Augen aufschlug, dachte er, das Ende der Welt sei gekommen. Er war aus einem schönen Traum erwacht, aus einem Traum mit Sarah, in dem sie Hand in Hand an einem paradiesischen Südseestrand entlangspaziert waren. Die Rückkehr in die Realität schmerzte.

Obwohl er sich einen Verzicht auf seinen Wecker gegönnt und somit knapp zehn Stunden Schlaf getankt hatte, fühlte er sich müde und antriebslos. Sein ganzer Körper war nicht lebendiger als ein toter

Fisch und seine Glieder schmerzten, als hätte er die ganze Nacht durchgetanzt. Es dauerte nicht lange, da lief der gestrige Abend mit Sarah wieder in seinem Kopf ab. Wie traumhaft alles angefangen hatte. Wie wohl sie sich bei seinem Essen gefühlt hatte. Er bildete sich sogar ein, in ihrem Blick einen Hauch von Verliebtheit entdeckt zu haben. Und dann hatte er wie geplant die Stimmung kippen müssen. Ihm fiel bis jetzt keine Alternative zu seinem Vorgehen ein. Zu der Liebe gehörte nun einmal auch die Körperlichkeit, ja: selbst wenn sie rein platonisch beabsichtigt war, wäre es doch sehr befremdlich, ständig mit einem Unsichtbaren Händchen halten zu müssen. Sarah hätte unter diesen Umständen ohnehin keinem weiteren Treffen mit ihm zugestimmt. Außerdem hatte er Klarheit gewollt.

„Das bin ich", hörte er sich sagen, als er sich Sarah in einem klassischen weißen Hemd zu schwarzer Anzugshose vorgestellt hatte. Ihrem ersten erstaunten Blick war ein zweiter gefolgt, der bereits die Anzeichen der sich anbahnenden Irritation getragen hatte. „Genau, Tom Lortery, Manager bei Capada", war er ihr zuvorgekommen, hatte sich schnell entschuldigt und ausführlich seine Reue für das Versteckspiel und seine vergangenen Taten bekundet. Sie hatte ihn währenddessen immer nur mit versteinerter Miene angeschaut, war schließlich aufgestanden, hatte ihre Sachen gepackt und ihm zum Abschied gesagt: „Vielleicht melde ich mich bei dir." Dann war sie zur Tür hinausgegangen.

Nun war es raus. Jetzt wusste sie, die Fleeze-89-Beauftragte des BIfZudeWe, wer er war. Oh Scheiße!, fluchte er halblaut vor sich hin. Bislang hatte er sich immer nur die persönlichen Konsequenzen seines Vorgehens ausgemalt, nicht aber die Folgen, die seine Offenbarung für die Firma haben konnte. Nun war Sarah Wagner auch darüber informiert, dass er eine unsichtbare Uniform trug. Der Schreck fuhr ihm in die Glieder. Was, wenn die Tarnung aufflog? Was, wenn selbst die geheimen Starts in Sibirien ans Tageslicht kämen? Ohne sich viele Gedanken zu machen, hatte er sich blindlings in die Abhängigkeit einer Frau begeben. Und das nur, weil er sie nicht bloß als Mittel zum Zweck gebrauchte, so wie er es mit Dutzenden anderen Frauen bereits getan hatte. Sondern weil er etwas für sie empfand. Weil er ein schlechtes Gewissen hatte. Weil er sich nach Fleeze 89 und der ganzen Herumtreiberei im Untergrund nichts sehnlicher wünschte, als ein geregeltes Leben und das Gefühl, geliebt zu werden.

Und jetzt? Was sollte nun werden, da er sich ihr anvertraut hatte? Er fluchte. Das Fluchen tat ihm gut, denn durch seinen Ärger kam langsam Bewegung in seine müden Knochen, sodass er sich mit einem Ruck aufsetzte und aus dem Bett hievte. „Vielleicht melde ich mich bei dir", klang Sarahs Stimme in seinem Kopf nach, während er schwerfällig zur Dusche trabte. In ihrer Stimme war ihm eine gewisse Traurigkeit aufgefallen. Fast so, als wolle sie es selbst nicht wahrhaben, dass ihr Unternehmen Liebe mit ihm nun gescheitert sein sollte. Nein. Lag da nicht Hoffnung in ihren Worten? Immerhin hatte sie sich nicht zu einer Kurzschlussreaktion verleiten lassen und den Kontakt endgültig für immer beendet. Sie muss diesen Schock, dieses Chaos in ihrem Kopf erst einmal verarbeiten, schlussfolgerte er. Wer weiß, vielleicht meldet sie sich ja wirklich noch bei mir. Das hoffte er zumindest sehr. Sonst war er geliefert. Zu allem Überfluss kamen auch noch die beiden Anrufe seines Chefs gestern Abend, die er nicht entgegengenommen hatte. Er würde nicht darum herumkommen, einen mit Sicherheit tobenden Borto Winscher heute zurückzurufen. Er schluckte.

Herrje, wo sind meine Gedanken heute Morgen?, dachte er, als ihm auffiel, dass er noch immer nicht unter der Dusche stand. Das sind ja die besten Voraussetzungen für diesen Tag ...

Irgendwie aber schaffte er es doch noch, seinen Körper der so dringend benötigten Erfrischung zuzuführen. Auf ein Frühstück allerdings verzichtete er mangels Appetit gänzlich. Stattdessen beschloss er, zuerst die unangenehmste Aufgabe des Tages hinter sich zu bringen, indem er die Nummer seines Chefs wählte.

„Lortery", bellte dieser schroff ins Telefon. „Dass ich Sie noch mal erreiche! Sie müssen ganz schön beschäftigt sein, dass sie nicht einmal Zeit haben, um den Anruf Ihres Chefs anzunehmen und diesen darüber zu unterrichten, was Sie denn die ganze Zeit über so beschäftigt ..."

„Chef, ich kann Sie gut verstehen", versuchte Lortery, ihm gleich den Wind aus den Segeln zu nehmen. „Es steht viel auf dem Spiel am Freitag. Lassen Sie mich Ihnen versichern, dass ich auf dem besten Wege bin, Sarah Wagner für uns zu gewinnen."

„Indem Sie sie zum Essen einladen und ihr anschließend unser Betriebsgeheimnis verraten?"

Tom gefror das Blut in den Adern. Er war zu geschockt, um irgendetwas von sich zu geben. Stattdessen fuhr Winscher fort: „Glauben Sie allen Ernstes, Lortery, dass mir Ihr Treiben entgeht? Sie wissen, dass Veneta fast am Rad dreht wegen Freitag. In der ganzen Zeit umgarnen Sie Wagner mit köstlichen Speisen und zerstören im nächsten Moment alles, indem Sie Ihre Identität preisgeben. Sind Sie wahnsinnig, Mann?"

Tom wusste, dass er nun sprechen musste. „Ich habe keine andere Wahl gehabt, als mich ihr zu zeigen. Sie hat darauf gedrängt, hätte sich anderenfalls nicht mehr mit mir getroffen und am Freitag wohl kaum für uns entschieden.“

„Ach, und nun tut sie das? Aus Mitleid mit einem armen reuigen Capada-Sünder? Wovon träumen Sie nachts, Lortery?“

„Ich bin mir sicher, dass sie unserer Firma am Freitag die Wiederzulassungserlaubnis erteilen werden.“

„Das will ich aber schwer hoffen für Sie. Eigentlich gehören Sie wegen Hochverrats von Betriebsgeheimnissen mit sofortiger Wirkung entlassen und zusätzlich verklagt. Aber mangels Alternative bleiben Sie vorerst bis Freitag im Amt. Sehen Sie zu, dass Sie die Wogen irgendwie glätten können, die sie ausgelöst haben.“

„Das werde ich. Immerhin hat sie mich nicht weiter zu meiner Metacu ausgefragt.“

„Das ist kein Grund zur Beruhigung. Sie weiß, dass eine solche Uniform existiert und das ist weitaus mehr, als sie wissen dürfte. Sie wird Blut geleckt haben und noch eingehender über uns forschen, im schlimmsten Fall ein neues Untersuchungsverfahren gegen uns einleiten. Dann können wir uns die Wiederzulassung endgültig an den Hut stecken! Lortery, ich warne Sie: Wir bei Capada sitzen alle zusammen in diesem Scheißboot und sind verpflichtet, gemeinsam unterzugehen, wenn es hart auf hart kommt. Merken Sie sich das und betreiben

Sie Ihre Aufgabe von nun an vernünftig!" Ohne in irgendeiner Form Toms Antwort abzuwarten legte Winscher auf.

Tom seufzte erleichtert. Das war noch einmal gutgegangen. Im Vergleich zu früheren Vulkanausbrüchen hatte sein Chef überraschend human reagiert. Die erste Aufgabe des Tages hatte er erfolgreich gemeistert. Und nun? Das kurze Gefühl der Zufriedenheit wich schnell, als ihm bewusst wurde, welche Folgen die kürzlichen Ereignisse für ihn hatten. Nicht nur, dass er sich gestern Abend komplett zum Spielball Sarah Wagners gemacht hatte und nichts weiter ausrichten konnte, als auf ihre Nachricht zu warten. Nein, da war noch etwas viel Schlimmeres: Seine eigene Firma verfolgte jeden Schritt, den er tat. Borto Winscher hatte ihn beobachtet, hatte ihm eine Drohne ins Haus geschickt, die seine intimsten Gespräche mit Sarah belauscht hatte. Er fluchte. Zum Teufel mit dieser Firma! Am liebsten würde ich dem Ganzen abschwören und ein für alle Male kündigen!

Doch er wusste, dass er nicht konnte. Keine Konkurrenzfirma der Welt würde einen gescheiterten Capada-Manager mit dunkler Vergangenheit engagieren. Er spürte, wie sich sein Magen zusammenzog. Auf ein Frühstück hatte er noch immer keinen Appetit und auf eine Nachricht von Sarah zu warten ergab auch keinen Sinn. Noch weniger jedoch konnte er sich in seinem Zustand an die gewöhnliche Management-Arbeit setzen, deren Bedeutung mit Blick auf Freitag ohnehin dem absoluten Nullpunkt entgegentaumelte. Außerdem lag er mit dieser Arbeit mehr als gut im Zeitplan, sodass das Alltagsgeschäft getrost warten konnte. Die geeignetste Methode, an diesem fürchterlichen Dienstagmorgen die Zeit von der Uhr laufen zu lassen, schien ihm eher in der körperlichen Bewegung zu liegen. Gleichzeitig hatte eine Joggingrunde bislang auch noch immer geholfen, das Chaos in seinem Kopf zu lichten und er hatte die gleiche Faktenlage anschließend nicht selten komplett anders bewertet als zuvor.

Während er seine Laufschuhe schnürte, machte sich plötzlich ein positives Gefühl in ihm breit, das Tom als eine Art Zusammenspiel von Optimismus und Tatendrang wertete. Schlagartig waren alle dunklen Wolken vergessen und selbst die pralle Sonne dieses sommerlichen Vormittags konnte ihm in seiner klimatisierten Metacu nichts anhaben. Was wohl Sarah darum gäbe, um in diesem Anzug laufen zu gehen, schoss es ihm durch den Kopf. Da war er wieder, der Gedanke an sie, der sein Kopfkarussel von Neuem anstieß. Verzweifelt versuchte er, dagegen vorzugehen, indem er sein Tempo verdoppelte. Ich bin doch komplett irre im Kopf!

13

Jetzt musste es schnell gehen. Jessica Breger war zwar in eine unsichtbare Uniform gehüllt, was jedoch nicht hieß, dass sie durch verschlossene Türen gehen konnte. Und so kam es einer Horrorvorstellung gleich, wenn sie daran dachte, dass man sie eingesperrt im Innenhof eines feindlichen Startplatzes zurückließ, während dem eigentlichen Übeltäter die Flucht gelang. Allein der Gedanke an einen versperrten Fluchtweg ließ ihr Herz schneller schlagen. Also laufen. Ihr Kollege war bereits an ihr vorbeigezogen und befand sich auf dem Weg in Richtung der Glastür, die zurück in den Eingangsbereich führte. Einige Momente lang verlor sie ihn aus den Augen, fand ihn jedoch wieder, als er die Tür erneut öffnete. Schnell huschte sie mit durch. Der Höllenlärm, den die Sirene schon die ganze Zeit über veranstaltete, verstärkte sich hörbar, als sie die Lobby erreichte, und führte dazu, dass sie sich trotz ihrer Metacu im Klimadicht-Modus die Ohren zuhalten musste, um keinen dauerhaften Schaden an ihren Hörorganen zu erleiden. Plötzlich wurde es hell. Grelle, weiße Flutlichter ließen schlagartig die urgemütliche Atmosphäre des Dämmerlichts vergessen, in das die Lobby noch einen Moment zuvor gehüllt war. Breger zuckte vor Schreck zusammen. Trotz ihrer Metacu fühlte sie sich plötzlich nackt und beobachtet. Und dann standen sie vor ihr, die Suchtrupps. Gerade in dem Moment, in dem sich die Tür zum Innenhof hinter ihr schloss, stürmte zur gegenüberliegenden Tür eine Reihe von Männern herein, die alle schneeweiße Overalls trugen, auf die das bronzefarbene Logo PanAlls gedruckt war. Breger blieb das Herz stehen. Ihre ganze Routine, ihre Souveränität, ihre Spionagegier, die sie wenige Augenblicke zuvor noch ausgezeichnet hatte, wich nun der nackten Panik. Kalter Schweiß rann ihr vom Gesicht und floss ihre Uniform von innen hinunter. Noch ehe sie reagieren konnte, schossen die Männer an ihr vorbei und verschwanden in Richtung Innenhof. Hätte sie ihre Metacu nicht auf „klimadicht" gestellt, hätte sie den Luftzug gespürt, den sie verursachten, während sie ihren unsichtbaren Körper nur um Zentimeter verfehlten. Sie kam nicht einmal dazu, die Männer zu zählen, die an ihr vorbeirauschten, doch sie schätzte ihre Stärke auf mindestens ein Dutzend. Sekunden später war der Spuk vorbei und Breger wieder allein. Raus, nur raus hier, waren die einzigen Gedanken, die ihr durch den Kopf schossen. Die Türe nach draußen stand noch offen. Geistesgegenwärtig stürzte sie hinaus. Der Hof war mittlerweile von ebenso hellen Scheinwerfern erleuchtet wie die Lobby, doch weitere Einsatzkräfte waren nicht zu sehen. Das Tor, fiel Breger ein. Ein letztes Hindernis musste sie überwinden, um den verbotenen Bezirk für immer zu verlassen. Noch wenige hundert Schritte, dann konnte sie raus sein aus der Nummer.

Doch das schwere Eisentor war verschlossen. Angestrengt suchten ihre Augen die Umgebung nach den Umrissen ihres Kollegen ab. Auch wenn sie sich nackt und beobachtet fühlte, kam ihr das Licht in dieser Situation entgegen, denn ohne den blau-weißen Kegel des Flutlichts hätte sie wohl kaum eine Chance gehabt. Doch diesmal wurde sie nicht fündig. Zweifel keimten in ihr auf. Vielleicht hatte der Mann einfach einen anderen Ausgang genommen? Vielleicht war er in dem Chaos irgendwo anders hin verschwunden, als der Alarmtrupp plötzlich die Lobby gestürmt hatte? Überhaupt fragte sie sich, ob ihr Kollege das alles genauso geplant hatte oder ob auch er von der Alarmsirene überrascht worden war. Dann ergriff sie Panik. Sie begann zu rennen. Sie rannte quer über den Hof, bis sie vor Anstrengung keuchte. Sie war eine wohltrainierte und taffe Frau, für die jede Strecke unter 20 Kilometern einem Witz gleichkam. Aber ihr Schwerpunkt lag mehr auf dem Ausdauertraining, sodass sie ihrem Herzen mit diesem schnellen Antritt einiges abverlangte. Es dauerte einige Sekunden, ehe sich die Klimaautomatik ihrer Metacu an die äußeren Bedingungen angepasst hatte, um für eine Be- und Entlüftung ihres Schweißes zu sorgen, in den neben der Angst nun auch die Anstrengung mit einfloss.

Das alles war Breger egal. Unverdrossen hielt sie auf das Tor zu, was sie endlich aus dieser Hölle führen sollte. Doch das schwere Eisenkonstrukt blieb geschlossen. Verdammt noch mal!, fluchte sie und spielte einen Moment lang mit dem Gedanken, den bestimmt vier Meter hohen Zaun irgendwie zu überwinden. Natürlich war das ohne Hilfsmittel völlig illusorisch. Sie würde warten müssen, bis jemand das Tor öffnete. Sie blickte zurück zu dem Raketenstartplatz, der nun mit seiner Beleuchtung in der gesamten Umgebung die Nacht zum Tag machte. Immerhin war der Lärm der Alarmsirene hier draußen etwas leichter zu ertragen, wenngleich er noch immer jeden Igel aus seinem Winterschlaf gerissen hätte. Zaghaft ging sie ein paar Schritte zurück in Richtung des Gebäudekomplexes, während sie überlegte, welche Art von Hilfe sie von dort zu erwarten hatte. Ihren Kollegen wiederzufinden glich der Suche nach der berüchtigten Nadel im Heuhaufen. Aber vielleicht konnte sie ja noch etwas in Erfahrung bringen, wenn sie sich in ausreichendem Abstand zu dem Alarmtrupp hielt.

Während sie ihren Gedanken nachhing, ließ sie plötzlich ein Geräusch von vorne aufhorchen. Es war genau jenes verrostete Quietschen, das trotz des penetranten Alarmtons nicht zu überhören war und das Breger ersehnt hatte: Hinter ihr öffnete sich das Tor. Sie benötigte keine zwei Sekunden, um zu reagieren. Sie hatte sich inzwischen vielleicht hundert Meter weit von dem Tor entfernt, das würde verdammt knapp werden. Wie gut sie dabei mit ihrer Selbsteinschätzung wirklich lag, zeigte sich 20

Sekunden später, als sie das Tor erreichte, das sich genau in diesem Moment zu schließen begann. Hollywood hätte kein besseres Finish für eine Agentin inszenieren können, dachte sie, als sie die Linie zu Bezirk 2 förmlich überrannte. Während sie noch damit beschäftigt war, ein Stoßgebet für ihre Rettung in buchstäblich letzter Sekunde gen Himmel zu schicken, passierte es: Noch in vollem Sprinttempo kollidierte sie mit etwas, das sie nicht sehen konnte. Mit einem erstickten Schmerzensschrei ging sie zu Boden.

„Wer bist du?", brüllte sie eine Männerstimme an, die ihr wohlbekannt vorkam.

Doch Breger gab keine Antwort. Stöhnend vor Pein wälzte sie sich über den harten Asphaltboden und versuchte auf diese Weise, möglichst schnell außer Reichweite ihres Hindernisses zu gelangen.

„Wer bist du?", hörte sie die Stimme ihres Kollegen wieder schreien. Als Breger erneut keine Antwort gab, suchte der Mann seine Umgebung mit Händen und Füßen ab, bis er schließlich fündig wurde und hart zupackte.

„Lass mich in Ruhe, ich habe dir nichts getan!", schrie Breger, die noch immer am Boden lag.

Der Mann hielt einen Moment inne. „Du bist doch die Frau von vorhin, nicht wahr? Was machst du hier?"

„Ich bin oberste Startvollführungskommandantin bei Capada und irrtümlich mit dir zusammengestoßen. Es tut mir leid, ich habe dich nicht gesehen.“

„Das habe ich bemerkt. Aber du hast mir meine zweite Frage noch nicht beantwortet: Was machst du hier? Na?“

„Ich bin noch auf einen Spaziergang rausgegangen.“

„Und das soll ich dir abnehmen?“ Der Mann bohrte seine Finger nun so fest in ihre Schulter, dass es schmerzte.

„Ich war neugierig“, stöhnte sie, während sie sich mit einem ebenso gezielten wie überraschenden Schlag der Hand ihres Peinigers entledigte und aufsprang. Wenn er so unvorsichtig war, trug er selbst die Schuld daran – auch sie verstand sich in der Kunst der Selbstverteidigung.

„Du mieses Stück Scheiße, du willst mich doch nur verpfeifen!“, fuhr er sie an und holte zum Gegenschlag aus. Dabei verfehlte er sie zunächst um einige Zentimeter, ehe er sie schließlich am Hals traf. Breger hatte weder eine Chance auszuweichen noch abzuwehren, da sie ihr Gegenüber schlichtweg nicht sehen konnte. Sie hatte Glück, dass seine Faust nicht die Barorezeptoren ihrer Halsschlagader traf, was durch den plötzlichen Blutdruckabfall leicht zu einer sofortigen Ohnmacht hätte führen können. Doch auch so schmerzte der Schlag und setzte sie einen

Moment lang außer Gefecht. Sie entschied schnell, dass sie sich auf dieses Duell nicht einlassen wollte. Normale Kampfkunst brachte ihr an dieser Stelle wenig, zumal sie sich ihren Gegner nicht ausrechnen konnte. Also rannte sie los.

„Halt, stehenbleiben! Ich habe eine Schusswaffe dabei!"

„Das kann jeder behaupten!", hielt Breger selbstbewusst dagegen. Sie fiele auf alles herein, aber nicht auf einen so billigen Blufftrick. Doch schon im nächsten Moment irrte sie, als ihr Kollege abdrückte. Ohne genaues Ziel vor Augen schoss er ihr von hinten in den Oberarm. Keine Metacu der Welt konnte sie vor dem stechenden Schmerz bewahren, der nun folgte. Schwer atmend blieb sie stehen. Sie spürte, wie sich ihre Augen mit Tränen füllten. Sie war eine starke Frau und hatte schon vieles in ihrem Leben überstanden, aber gegen eine Schusswaffe war auch sie machtlos. Der keuchende Atem hinter ihr verriet ihr, dass der Mann sie fast eingeholt hatte. Entgegen ihrer Erwartung packte er sie allerdings nicht im Würgegriff, sondern legte ihr ganz sanft, beinahe freundschaftlich die Hand auf die Schulter.

„So mein Schätzchen", hauchte er ihr ins Ohr, „da hätten wir die Angelegenheit doch geklärt. Ich muss dich jetzt leider töten, sonst plauderst du mir noch aus.

14

Da stand sie schwarz auf blassgrün, die Nachricht, auf die er so lange gewartet hatte. Der Dienstag war ein schrecklicher Tag gewesen: Während des Laufens hatte sich Tom Lortery ständig von Drohnen beobachtet gefühlt (was angesichts der jüngsten Spähattacke seines Chefs auch nicht allzu fern lag) und ansonsten den Tag in seiner Wohnung damit verbracht, zumindest alibimäßig den Computer anzuschmeißen und ein paar Werbemails an Neukunden zu versenden. Die meiste Zeit des Tages hatte er jedoch an Sarah gedacht und inständig wie vergeblich darauf gehofft, dass sie sich bei ihm meldete. Ohne Nachricht und völlig aufgewühlt war er schließlich um zwei Uhr nachts eingeschlafen.

Ziemlich zermartert und mit einem muffigen Schweißgeruch hatte ihn der späte Mittwochmorgen begrüßt. Doch so trüb ihm die ersten Sekunden nach dem Aufwachen auch erschienen waren: Sarahs leuchtende Nachricht auf seinem Handy änderte alles.

„Hey Tintenfisch, also ich bin zwar nach wie vor ziemlich sauer auf dich, aber ich würde trotzdem gerne mit dir über ein paar Dinge sprechen. Hast du heute Nachmittag Zeit?"

Toms Hände zitterten. Es fühlte sich wahrscheinlich in etwa so an, wie es sich anfühlen musste, wenn man in eine Steckdose packte. Ich muss mich erst mal beruhigen, ehe ich ihr antworten kann, dachte er, und beschloss, zuerst seinen Bettbezug zu waschen. 40 Grad und auf links gedreht, genauso erging es ihm selbst nach Sarahs Nachricht. Von einem Energieschub gepackt sprang er unter die Dusche, drehte den Hahn voll auf und ganz nach rechts, sodass das eiskalte Wasser seinen ganzen Körper fluten konnte. Das hatte er noch nie gemacht, aber er spürte, wie das frostige Nass seine Gedanken klärte. Als er fertiggeduscht hatte, wusste er genau, was er Sarah schreiben sollte.

„Guten Morgen Fledermausnacht! Da habe ich aber ein Glück. Dann lass uns doch um drei am Botanischen Garten treffen." Das war kurz, knackig und selbstbewusst: gut so. Tom tippte auf Senden.

Die Zeit bis um drei Uhr verging schnell, was daran lag, dass Tom diesmal mehr als genug zu tun wusste. Anders als üblich fand er große Lust an seiner Hausarbeit, bestellte sich anschließend eine große Pizza Tonno in seine blitzeblanke Küche und erhielt noch während des Essens Sarahs Bestätigung, dass sie ihn endgültig an diesem Nachmittag sehen wollte. Nach der Mahlzeit musste sich Tom fast schon beeilen, um sein bordeauxfarbenes

Lieblingshemd noch glattzubügeln. Er hatte nämlich noch etwas anderes zu erledigen.

Als er seine Wohnung verließ, wusste er, dass er beobachtet wurde. Es war ein ungutes Gefühl, ein Gefühl, das ihm sagte: Mach jetzt keinen Fehler, er wird bestraft! Dass es nicht wenige Menschen gab, die ihm schlecht wollten, war keine neue Erfahrung für ihn. Im Gegenteil: Während seiner Laufbahn als Manager hatte er lernen müssen, seine Ellenbogen einzusetzen und sich gegen eine ganze Armada von Neidern und Feinden zu erwehren. Doch diese Art der jüngsten Bespitzelung seitens der Firma, die nicht einmal vor seiner intimsten Privatsphäre haltmachte, stellte eine ganz neue Dimension für ihn dar. Der Einsatz von Bespitzelungsdrohnen war nur unter strengen Auflagen und bei dem begründeten Verdacht eines Verbrechens erlaubt. Doch in diesen Zeiten, in denen das Chaos regierte, wunderte Tom gar nichts mehr.

Diesmal stellte sich ihm niemand in den Weg, nicht einmal Tori. Doch sein Weg über die Korridore Capadas führte Tom auch nicht in sein Büro, sondern in einen kleinen Raum, der auf den ersten Blick eine Art Besenkammer zu sein schien: Es gab kein Fenster, dafür ein ganzes Regal mit fein säuberlich aufgestellten Reinigungsmitteln und Besen, die neben einer Schneeschaufel an der Wand lehnten. Es kam nicht besonders häufig vor, dass Tom diesen Raum betrat, obwohl dieser ja mit zu dem Aufsichtsgebiet seiner Abteilung gehörte. In der Regel war das Betreten dieses Raumes auch ausschließlich den Reinigungskräften des Hauses vorbehalten – wenn man sich nicht gerade auf der Suche nach einem bestimmten Gegenstand war. Der besagte Gegenstand befand sich in einem kleinen Tresor, den man in einen Wandschrank neben den Reinigungsmitteln eingelassen hatte. Tom hatte Glück, denn er war der einzige Befugte seiner Abteilung, der den Code kannte. Eilig tippte er die vier Ziffern in die silberne Tastatur ein und entnahm nach erfolgreicher Öffnung schließlich den schwarzen Gegenstand, der von der Form her stark an eine Computermaus erinnerte. Ein langgezogener Piepston des Gerätes meldete Tom, dass er nicht alleine war. Genau *das* hatte er erwartet. Ohne weitere Zeit zu verlieren steckte sich Tom den Gegenstand ein, verließ die Besenkammer, den Korridor, das Gebäude und bestieg die Linie acht in Richtung Botanischer Garten.

Eine Großfamilie verstellte Tom die Sicht auf den Eingang zu dem Garten und sorgte damit für ordentlich Belebung vor dem schmiedeeisernen Tor, das die Besucher normalerweise eher mit melancholischen Gefühlen konfrontierte. Die herumtobenden Kleinkinder – Tom schätzte sie auf drei, vier, vielleicht fünf Jahre – vermochten es dennoch nicht, ihn aus seinen Gedankenkreisen zu reißen, sondern hatten im Gegenteil den Effekt, ihn noch nervöser zu machen, als er ohnehin schon war. Nachdem er sich einige Momente in alle Richtungen umgeschaut hatte, kam er zu dem Schluss, dass Sarah noch nicht da sein konnte. Merkwürdig eigentlich, denn er selbst war schon auf die letzte Minute erschienen. Ihre Unpünktlichkeit war ihm zwar neu, aber insgesamt erleichterte es ihn ein wenig zu sehen, dass selbst die unbestechliche BIfZudeWe-Mitarbeiterin offensichtlich auch ihre Macke hatte. Also stellte er sich ein wenig abseits der Familie auf, zog dort einige Kreise und blieb schließlich stehen. Zehn qualvolle Minuten des Wartens später zog er sein Handy aus der Tasche und wollte gerade Sarahs Nummer anrufen, als sie ihm zuvorkam. „Na du Physiker, ein bisschen verspätet heute?"

„Hey, die gleiche Frage wollte ich dir stellen. Ich stehe seit zehn Minuten vor dem Tor zum Botanischen Garten. Wo steckst du?"

„Logisch, du kannst mich ja auch nicht sehen. Ich bin nämlich unsichtbar."

„Sehr witzig. Also wo bist du?"

„Verrate ich dir nicht."

„Gut, dann fahre ich wieder nach Hause."

„Mensch du Blitzmerker, ich bin doch längst im Garten. Du musst nur durch das Tor gehen und schon siehst du mich.“

„Das hast du extra gemacht, um dich für meine Unsichtbarkeit zu revanchieren!“, rief Tom, als er sie am großen Seerosenteich in ihre Arme schloss. „Aber dafür duftest du wohlig nach Veilchen.“

Sie konnte sich ein Lächeln nicht verkneifen, wurde aber im nächsten Augenblick wieder ernst. „Du bist ja schon wieder unsichtbar, zieh das sofort aus!“

„Ich soll mich ausziehen, na gut ...“, machte Tom und öffnete seine Metacu so weit, dass zumindest sein Kopf wieder sichtbar wurde. Erneut musste Sarah lächeln, war aber mit dem Ergebnis offensichtlich noch nicht besonders zufrieden. „Jetzt ist der Spaß vorbei. Wir müssen reden über uns. Das wird nicht leicht für dich.“

„Och komm schon, nun gib mir wenigstens ein bisschen, um dich für dein wieder einmal grandioses Aussehen zu loben, bevor ich dich nicht mehr sehen kann. Du musst nämlich gleich auch in die Unsichtbarkeit abtauchen.“

„Wie bitte? Was soll das heißen?“

„Das soll heißen, dass du das schönste Mädchen auf der ganzen Welt bist.“ Im Gegensatz zu ihren vorherigen Treffen trug sie ein grün-blau gesprenkeltes Oberteil, eine babyblaue Jeans und oliv-weiße Sneakers. Angesichts seiner Worte lächelte sie geschmeichelt, woraufhin er sich vorbeugte, um sie zu küssen. Doch sie wich zurück. „Nicht jetzt, Tom. Ich möchte, dass du mir viel erklärst."

Tom ließ sich seine Enttäuschung über den verweigerten Kuss nicht anmerken und nahm stattdessen ihre Hand, deren Finger er mit seinen Händen spielerisch untersuchte. Dann blickte er sich nach allen Seiten um, ob unliebsame Zuhörer in der Nähe lauschten. Doch die Großfamilie mit den lärmenden drei Kindern war inzwischen längst an ihnen vorbeigezogen, sodass sie die Umgebung des Teiches ganz für sich allein hatten. „Sarah, das mit der Unsichtbarkeit war kein Scherz. Wenn wir ein ungestörtes Gespräch führen wollen, das nicht von der Firma abgehört wird, musst auch du zur Sicherheit eine Metacu anlegen."

„Was?" Sarah stand der Schrecken ins Gesicht geschrieben. „Deine Firma hört uns ab? Das ist jetzt nicht dein Ernst, oder? Wieso nur habe ich mich auf ein Treffen mit dir ...?"

„Scht!", machte Tom. „Meine Firma hört uns im Moment nicht ab, was daran liegt, dass ich einen Fucus incipiens entwendet habe. Dieser Diebstahl bleibt natürlich nicht unbeobachtet und wird dazu führen, dass man mir nachstellt."

„Du hast *was* entwendet? Einen Fuc...?"

„Einen Fucus incipiens, einen so genannten Drohnenabfänger. Er stellt einen absorbierenden Schutzschild her, der Lebewesen aus dem Kamerabild der Drohne herausrechnet und somit komplett unsichtbar macht – selbst die Umrisse der Augen. Das ist nicht ganz unwichtig, da geschulte Späher trotz unserer Metacus uns daran immer noch erkennen könnten. Im Moment bewegen wir uns also noch ziemlich unbeobachtet durch die Gegend. Das Problem an der ganzen Sache ist nur, dass die Entnahme des Drohnenabfängers von oberster Stelle registriert wurde. Das heißt, dass Veneta Bescheid weiß und nun den Fucus incipiens problemlos orten kann. Dass er sich fragt, wofür ich den Fuci brauche, wäre wohl die harmloseste Reaktion seinerseits. Daher habe ich den Fuci eben in Metacu-Folie gehüllt und in der Bahn auf eine Reise durch die Stadt geschickt, als ich ausgestiegen bin. Da der Fuci das einzige Objekt ist, das Veneta noch orten kann, werden seine Drohnen wie die Fliegen hinter ihm hergeflogen sein. Wir haben also einen zeitlichen Vorsprung."

„Ich staune nicht schlecht, Tom Lortery. Eigentlich wollte ich dich ausführlich zu Capada befragen, inzwischen komme ich mir vor wie in einem

Agententhriller. Du willst mir also damit sagen, dass dein Chef demnächst Auftragskiller schickt, die Jagd auf uns machen werden?"

„Nun ja, nicht direkt vielleicht, aber es läuft ungefähr in diese Richtung. Veneta kennt keine Freunde bei diesen Geschichten, nicht einmal bei seinen eigenen Mitarbeitern. Bitte Sarah, du musst mir helfen und jetzt diese Uniform hier anlegen." Tom zog einen blauen Ganzkörperanzug mit Reißverschluss aus seiner unsichtbaren Aktentasche und reichte ihn Sarah.

„Tom, das ist Wahnsinn, ich möchte mit dieser Sache nichts zu tun haben. Das stinkt doch bis zum Himmel!"

„Bitte Sarah, wir dürfen unsere Zeit nicht verspielen. Ich schwöre meiner Vergangenheit ein für alle Mal ab. Mein letzter Wunsch ist es, mich aus Venetas Klauen zu befreien. Auch für dich kann es gefährlich werden, wenn du hier zufällig einem seiner Leute begegnest. Du bist an der für die ganze Firma zukunftsweisenden Entscheidung am Freitag beteiligt. Früher oder später wird er das ganze Stadtgebiet nach dir und nach mir absuchen. Bitte Sarah, du kannst mich jetzt nicht im Stich lassen!"

Sarah hielt einen Augenblick inne. Es hatte in ihrem Leben wohl noch keine Situation gegeben, in der ihr Verstand und ihr Herz gleichermaßen eine so klare

Sprache gesprochen hatten und ihrer Mandantin komplett gegenteilige Entscheidungen nahelegten. Einen Moment später hatte sie sich entschieden.

„Wieso ist der Anzug denn blau? Ich dachte, er sei unsichtbar?“

„Das ist er auch, aber erst, wenn du es ihm befiehlst. Schließlich willst du ja sehen, was du anziehst.“

„Und worauf beruht diese Unsichtbarkeit? Ich meine, warum …?“

„Das ist Physik oder besser gesagt: Optik, um genau zu sein. Ich erkläre dir das wirklich mal, wenn wir mehr Zeit haben. Aber im Moment … du weißt schon. Probier mal, ob du ihn alleine angezogen bekommst, ich lege meinen jetzt auch an.“

Da das Anlegen der Metacu für ihn bei Weitem nichts Besonderes mehr darstellte, wurde Tom zuerst unsichtbar, obwohl Sarah sich für eine Anfängerin ziemlich wacker schlug und in nur wenigen Sekunden nachzog. Schließlich verkleidete Tom noch Sarahs Handtasche mit einem Stück des unsichtbaren Materials, um nicht den Kardinalfehler zu begehen und sich durch scheinbar in der Luft schwebende Gegenstände zu verraten.

„Wow!“, konnte sie sich nicht verkneifen, als sie an sich selbst hinunterblickte, „ich bin ja wirklich unsichtbar!“ Tom konnte es nicht sehen, aber er wusste, dass Sarah in diesem Moment über ihr ganzes Gesicht strahlte.

„Es gibt übrigens eine Klimaautomatik, mit der du deine Metacu vor äußeren Einflüssen weitgehend abschirmen kannst, falls dir mal zu heiß wird. Zu kalt wird euch Frauen ja sowieso nie, deswegen hat deine Metacu ausschließlich eine so genannte Klimadicht-Funktion.“

„Sehr witzig. Mir läuft der Schweiß hier drin schon den Rücken herab. Also, wo finde ich diese Funktion?“

„Taste mal ein bisschen an deinem Hintern herum, dort müsstest du eine kleine Unebenheit erfühlen können. Oder soll ich das für dich übernehmen?“

„Tom Lortery, sei nicht so frech! Das übernehme ich schon selbst, vielen Dank!“ Als sie mit ihren Händen ein wenig an ihrem Allerwertesten herumgesucht hatte, wurde sie schließlich fündig und drückte den kleinen Knopf. „Aaaah, da fühle ich mich gleich viel besser!“

„Siehst du, das Ding ist Wahnsinn, oder?“

„Ja total. Aber sag mal, was ist eigentlich jetzt? Wohin gehen wir?“

„Du wolltest doch reden. Wo würdest du das am liebsten tun?“

„Jetzt schiebst du mir wieder den schwarzen Peter zu. Das kommt gar nicht infrage, du entscheidest!"

„Sei nicht so zickig. Also gut, das Wetter ist schön, wir machen einen ausgedehnten Spaziergang durch die Wälder Darmstadts. Komm mit!" Er nahm sie an die Hand und führte sie aus dem Botanischen Garten heraus auf die Straße nach Süden, mitten hinein in den Stadtwald. Da es unter dem dichten Laubdach der Bäume kühler und somit angenehm temperiert war, schalteten beide ihre Klimadicht-Funktion aus, sodass Tom zum ersten Mal die natürliche Wärme von Sarahs Hand spürte. Allerdings lag ihre Hand noch etwas verkrampft in seiner. „Warum hast du das damals getan, Tom?"

Tom rutschte das Herz in die Hose. Er hätte nicht gedacht, dass Sarah so unverblümt und direkt zum Thema kam. „Du meinst immer noch die Sache mit Fleeze, Sarah?"

„Was denn sonst? Die Katastrophe liegt doch erst ein knappes Jahr zurück und das Untersuchungsverfahren hat gerade begonnen. Denk mal an die Opfer: 88 Tote und 257 Verletzte, dazu das unermessliche Leid der Angehörigen, deren Leben ebenfalls zerstört wurde. Sie werden Nacht für Nacht von Alpträumen geplagt, stehen tagsüber mit leeren Blicken und kopfschüttelnd vor den Gräbern ihrer Lieben und fragen sich, wie ein barmherziger Gott ein solches Unglück denn zulassen kann. Dann kaufen sie Blumen ein und pflanzen sie auf die Gräber, um ihnen eine Ehre zu erweisen und ihre Liebe zu zeigen. Stattdessen könnten sie im Kreise ihrer Lieben sitzen, nette, interessante, lustige Gespräche führen, gemeinsam Ausflüge und Urlaube genießen und verrückte Sachen machen. Sie werden eine lange, lange Zeit nicht mehr froh und müssen Jahre warten, ehe der Stachel nicht mehr schmerzt." Sarah hatte ihre Hand gelöst, war stehengeblieben und hatte sich im Laufe ihrer Rede in ihrer Lautstärke gesteigert. Ihre ehrlichen, mit Leidenschaft hervorgebrachten Worte sorgten dafür, dass Tom eine Gänsehaut überkam.

„Ich bin tief getroffen davon und ich habe großen Respekt vor den Opfern. Tag für Tag läuft der gleiche, grässliche Film der Katastrophe vor meinen Augen ab und ich fürchte, es wird nicht nachlassen."

„Trotzdem möchte ich wissen, warum du das getan hast. Warum hast du weggehört und nicht eingegriffen, als Veneta den Befehl erteilte, das automatische Kontrollsystem Pieps 4.0 für den Start von Fleeze 89 auszuschalten, um Geld zu sparen? Du brauchst mir nichts vorzumachen, ich kenne die Geschichte bis ins letzte Detail. Ich weiß, wer welche Schuld trägt und dass auch all jene, die davon wussten, aber nichts dagegen unternommen haben, mit in der Verantwortung für die größte Katastrophe der privaten Raumfahrt sind. Deshalb möchte ich einfach wissen: Warum hast du das getan?"

„Weil ich mir über die Konsequenzen keine Gedanken gemacht habe. Dass Geld in einem privatwirtschaftlichen Unternehmen eingespart wird, ist nichts Ungewöhnliches, wogegen man Sturm laufen müsste. Ich habe mir schlichtweg keine Gedanken gemacht und gedacht: Die Qualitätssicherungsabteilung wird schon wissen, was sie tut. Und die Monteure sollten die Teile der Rakete korrekt einbauen.“

„Das ist nicht dein Ernst, oder? Du auf einem führenden Posten in einem ehemals führenden Raumfahrtunternehmen hast keinerlei Bewusstsein für Sicherheit? Du hast dich doch nur um deine Karriere gefürchtet und dich deshalb nicht getraut, etwas zu sagen, das ist der Grund!“, brauste Sarah auf.

Tom schwieg. „Sag es einfach, sprich es aus!“, rief Sarah.

„Sag mir mal“, erwiderte Tom hörbar angeschlagen, „ob das hier eigentlich ein Verhör oder ein netter Waldspaziergang werden soll, weil wir uns über eine Partnerbörse kennengelernt haben und gegenseitig sympathisch finden?“

„Du willst nur einen netten Waldspaziergang und am liebsten auch einen großen Bogen um die unangenehmen Dinge machen. Mir ist das Leid der Opfer von Fleeze 89 nicht egal. Tom Lortery, wer sich mit mir trifft, der muss charakterfest auf allen Ebenen sein, das möchte ich direkt klarstellen. Ich bin zu oft enttäuscht worden.“

„Ich habe dir doch schon etwas dazu gesagt, Sarah. Ich kann die Dinge nur bereuen und bedauern, aber ungeschehen machen kann ich sie leider nicht, so gerne ich es würde. Vergangen ist vergangen. Weißt du, wer sich mit mir trifft, der sollte sich nicht als Moralengel hinstellen und immer wieder in den Wunden rühren, die ich durch die Sache ohnehin schon habe. Wieso bist du so grausam, Sarah?“

Sarah schwieg einen Moment. „Weißt du, Tom“, begann sie schließlich mit brüchiger Stimme. „Ich bin so oft von Männern enttäuscht worden, war oftmals nur Objekt der Begierde oder für eine Nacht gut. Ich habe einmal im Leben wirklich darauf gehofft, den Partner kennengelernt zu haben, mit dem ich durch dick und durch dünn gehen kann, der mich nicht betrügt und der mich so annimmt, wie ich bin. Und dieser Mann bist hoffentlich du.“

„Es tut mir leid, wenn ich dich auch enttäuscht habe, Sarah. Auch ich bin kein perfekter Mensch.“

„Ja, du hast mich enttäuscht, Tom, und ich könnte jetzt sagen: Der nächste bitte. Aber ab einem gewissen Punkt will ich auch das nicht mehr.“

„Ich kann das sehr gut verstehen, Sarah, an deiner Stelle wäre ich auch enttäuscht. Was mich nur wundert: Wieso wolltest du mich denn dann noch einmal sehen heute? Über Fleeze weißt du doch sowieso alles."

Sarah seufzte. „Um ehrlich zu sein weiß ich auch nicht, wieso ich dich noch einmal treffen wollte. Nein, an Fleeze lag es nicht direkt. Es war vielmehr deine Art und dein Wesen, das mich bei unserem ersten Treffen so begeistert hat und offenbar unterbewusst bei mir nachwirkt. Ich möchte fast sagen, dass ich mich auf der Rosenhöhe in dich verliebt habe, so komisch es klingt. Das ist mir bei einem ersten Treffen noch nie passiert und ich glaube, es hat tatsächlich etwas damit zu tun, dass ich dich zuerst nicht sehen konnte. Du warst ein Rätsel für mich und hast mich genau deswegen neugierig gemacht. Mein Verstand sagt mir, ich soll bloß die Finger von dir lassen, aber mein Herz kann leider nicht anders." Sie begann zu weinen, woraufhin Tom nach ihrer Hand tastete und sie wieder nahm.

„Sarah, es wird alles gut. Ich liebe dich auch." Ohne sie zu fragen wusste er, dass nun der richtige Moment gekommen war. Langsam tastete er sich an ihrem Körper hoch, nahm ihren Kopf in seine Hände und küsste sie leidenschaftlich auf den Mund. Diesmal ließ sie es geschehen und erwiderte seinen Kuss sogar ein wenig. Er hatte noch nie durch seine Metacu hindurch geküsst und ihre Lippen fühlten sich ein wenig merkwürdig an. Trotzdem war es ein

Augenblick für die Ewigkeit, in dem sich alle Spannung auflöste.

„Es tut mir so leid, dass ich in deinen Wunden gebohrt habe", sagte Sarah. „Das war nicht richtig."

„Und es tut mir leid, dass ich dir die Wahrheit so lange vorenthalten habe aus Angst, dass du mich nicht mehr sehen möchtest."

„Schon gut. Lass uns weitergehen." Diesmal suchte sie nach seiner Hand und führte ihn durch den kleinen Spazierweg zwischen den sonnendurchfluteten Bäumen hindurch.

„Genau, widmen wir uns lieber der Zukunft", pflichtete ihr Tom bei. „Und in dieser Zukunft wird für mich Capada keine Rolle mehr spielen."

Sarah stockte kurz und hätte beinahe wieder angehalten, so überrascht war sie von seiner Aussage. „Du willst kündigen?"

„Mit einer Firma, die ihre eigenen Mitarbeiter bis ins letzte private Detail ausspioniert, will ich nicht länger in Verbindung gebracht werden. Das Ganze ist nichts weiter als ein korrupter, macht- und geldgeiler Sauhaufen."

„... der dazu noch kurz vor dem Untergang steht. Ich habe mich nämlich inzwischen entschieden, dass ich Capada unter keinen Umständen die Wiederzulassung für Raketenstarts in Deutschland erteilen kann. Angesichts des laufenden Untersuchungsverfahrens wäre das nicht zu vertreten. Außerdem stehen noch immer die gleichen Scheißleute an der Spitze, daran hat sich seit Fleeze 89 nichts geändert. Nein, am Freitag gibt es von mir keine Zustimmung.“

„Ich kann dich gut verstehen. Nach allem, was gelaufen ist, habe ich auch nur noch den Wunsch, mich von Veneta zu befreien, selbst wenn ich wegen des Verfahrens nirgendwo anders einen Job finde und arbeitslos werde. Nie wieder Capada, das schwöre ich dir hier und heute. Das Problem heißt allerdings Veneta. Er wird diesen Kollaps niemals einfach so hinnehmen. Ich weiß, wie er mit Niederlagen umgeht. Da kommt einiges auf uns zu, es wird ein sehr unfaires und möglicherweise lebensgefährliches Spiel werden.“

„Das ist zu befürchten. Aber wenn wir uns ihm beugen, erfüllen wir nur seinen schmutzigen Willen.“

„Wir sind uns einig, Sarah.“

Sie lachte. „Es ist so schade, dass du unsichtbar bist. Ich würde dich nur zu gern sehen können.“ Sie tastete sich an seinem Körper hoch, fand schließlich seinen Kopf und seine Lippen. Der zweite Kuss war deutlich besser als der erste und mit einer Leidenschaft, die Lust auf mehr machte. „Jetzt schuldest du mir aber eine Erklärung, Tom Lortery.“

Tom wusste nicht, ob er genervt oder belustigt sein sollte. „Ich denke, ich habe dir für heute schon genug erklärt, Sarah Wagner, und sogar meine Liebe habe ich dir erklärt."

„Na siehst du, dann wirst du es ja mit Leichtigkeit schaffen, mir auch noch zu erklären, wie denn nun eine Metacu funktioniert. Für mich ist das bislang nur Zauberei, aber an Zauberei glaube ich auf dieser Welt nicht mehr."

„Wenn ich an dich und deine Augen denke, dann glaube ich sehr wohl an Zauberei. Also warum nicht?"

„Du bist so flach, Tom Lortery, es ist einfach unglaublich. Bekommst du auch noch etwas Ernsthaftes zustande heute?"

„Na gut, du sollst das große Geheimnis der Metacu erfahren. Ich vertraue dir, dass du es bei dir behältst. Es ist nicht nur so, dass die Firma Capada nur negative Schlagzeilen hervorbrächte. Als wir nach dem Unglück letztes Jahr aus der Not eine Tugend machen mussten, hat sich ein besonders schlauer Manager – nein, in diesem Fall mal nicht ich – ausgedacht, dass wir diese unsichtbaren Anzüge sehr gut gebrauchen könnten, um uns vor der aufgebrachten Bevölkerung in Sicherheit zu bringen. Aus diesem traurigen Halbscherz ist dann tatsächlich eine in firmeneigenen Laboren entwickelte Uniform entstanden. Sie besteht aus einem biegsamen Metamaterial, in unserem Fall Kupferatomen, die das Licht beugen und um das Material herumlenken können. Dieses Material hat einen Brechungsindex, der sichtbare Lichtwellen beugt und diese – wie gesagt – um einen damit ummantelten Körper herumlenkt. Dafür ist nichts weiter notwendig, als die drei Schichten aus grün, blau und rot übereinanderzulegen. Sie stehen für die drei Grundfarben, aus denen für das menschliche Auge sichtbares Licht aufgebaut ist. An dieser genialen Erfindung gab es allerdings trotzdem ein Problem: Wer unsichtbar ist, ist zwangsläufig auch blind. Daher mussten unsere Forscher einen kleinen Teil des Lichts von außen in das menschliche Auge durchlassen, sodass die Umrisse der Augen noch immer sichtbar blieben, so wie sie es bei uns nach wie vor sind. Wir haben also eine Unsichtbarkeit geschaffen, die nicht ganz perfekt ist, aber fast. Aus dem Metamaterial Kupfer haben wir schließlich die Wortschöpfung Metacu gemacht, also **Meta**material **Cuprum Unsichtbar**. Cuprum ist das lateinische Wort für Kupfer, das unter dem Kürzel Cu auch den Einzug in das Periodensystem der Elemente geschafft hat. Hast du das soweit verstanden?"

„Naja, so einigermaßen. Mit Optik habe ich mich zuletzt in der Schule befasst. Aber das klingt unglaublich revolutionär, was ihr da entwickelt habt!"

„Das kann man getrost als revolutionär bezeichnen, da gebe ich dir recht. Aber sprich bitte nicht von ‚ihr‘, wenn du Capada meinst. Ich bin raus.“

„Entschuldigung.“

„Schon gut. Die Metacu erfüllt tatsächlich den alten Wunsch der Menschheit, sich unsichtbar machen zu können. Es handelt sich dabei um eine derart revolutionäre Erfindung, dass sie für die unmöglichsten Zwecke eingesetzt werden konnte und leider auch noch eingesetzt wird.“

„Was meinst du damit?“

„Nun, nachdem Capada durch Fleeze 89 nicht bloß ihren Ruf, sondern auch ihre Starterlaubnis für Deutschland verloren hatte, eröffnete man kurzerhand einfach eine Tochterbasis in Wostotschnij in Sibirien, die aus Geheimhaltungsgründen komplett in Metamaterial gehüllt wurde. Dort konnte man in aller Ruhe – gedeckt durch den russischen Staat – weiterhin Weltraumstarts durchführen, wenn auch unter erschwerten Bedingungen.“

„Eine Ausweichbasis in Russland? Mich überrascht nicht mehr vieles an diesen schmutzigen Firmen, aber eine zweite Basis in Russland ... Das klingt unglaublich.“

„Glaub mir, Veneta tut alles, um Niederlagen abzuwehren. Wirklich alles, die unmöglichsten Dinge. Bist du schon mal in Wostotschnij gewesen?"

„Nein, noch nie. Ich weiß natürlich, dass es diese Basis gibt, das gehört ja zum Grundwissen im Weltraum-Business. Ich dachte aber bislang nicht daran, dass Capada dort auch eine Startrampe hat. Das ist mir vollkommen neu."

„Ja, und das ist nach russischem Recht sogar legal. Capada bietet dort Mondflüge zu Dumpingpreisen an. Das Problem für die Weltraumtouristen ist nur: Niemand haftet, wenn etwas schiefgeht und jemand zu Schaden kommt. Den meisten Schwerreichen ist das zu ungeheuer, aber es gibt immer noch genügend Touristen, die sich darauf einlassen. Vor allen Dingen diejenigen, die sich die teuren PanAll-Flüge nicht leisten können und deren Lebenstraum es ist, einmal ins Weltall zu fliegen. Ohne die Starts in Sibirien wäre Capada längst pleite. Aus unternehmerischer und rein monetärer Sicht hat die Geschäftsführung mit diesem Deal einen exzellenten Job gemacht. O Gott, eigentlich darf ich dir das alles gar nicht erzählen. Veneta bringt mich um, wenn er es erfährt."

„Das sind jetzt unglaublich viele Informationen auf einmal, die ich erst mal wegstecken muss. Aber sag mir, was machen wir eigentlich aus dem Rest des Tages?"

„Ich würde dich gerne zum Essen einladen, aber hier in der Stadt kann ich mich nicht mehr blicken lassen. Ich würde dich gerne zu mir nach Hause einladen, aber vor meinem Haus wimmelt es nur so von großen und kleinen Capada-Spitzeln. Also wie soll ich es sagen? Du weißt schon, dass wir jetzt auf der Flucht sind und nicht mehr zurückkehren können?“

„Und meine Wohnung?“ Sarah war entsetzt.

„Veneta weiß auch über dich Bescheid. Er weiß, dass du am Freitag das entscheidende Zünglein an der Waage bist und er findet im Zweifelsfall auch heraus, wo genau du wohnst, wenn er es nicht schon getan hat. Glaub mir, es ist keine gute Idee, in deine Wohnung zurückzukehren.“

„Ach ja? Und wieso weiß Veneta Bescheid? Wer hat ihn informiert? Normalerweise gibt mein Arbeitgeber so etwas nämlich nicht so einfach preis ...“ Sarahs Tonfall wurde schärfer, sodass Tom wusste, dass er aufpassen musste. Ein falsches Wort konnte ihre Stimmung wieder töten.

„Vor Veneta bleibt nichts geheim. Wenn er eine Information haben will, holt er sie sich einfach.“

„Das ist doch wieder nur die halbe Wahrheit, Tom Lortery! Du sagst mir jetzt auf der Stelle, *wer* Veneta informiert hat!“

„Ja also, so genau … Ich habe dir alles über die Metacus erzählt, was ich wusste. Eigentlich kannst du dir das Puzzle nun selbst zusammensetzen."

„Aha, jemand ist also in einer Metacu durch das BIfZudeWe gelaufen und hat herumspioniert."

„Ja, so ist es leider gewesen. Es tut mir leid."

„Jetzt sag nicht, dass du derjenige …"

„Wie gesagt, es tut mir leid. Ich hatte den Auftrag."

Sarah löste ihre Hand aus seiner und stieß ihn etwas unsanft zur Seite. „Du Schwein!", fuhr sie ihn an. „Du mieses Schwein! Du hast mich ausspioniert und womöglich noch … Ja, so muss es sein: Du hast dich nur deshalb bei Kometenfeuer angemeldet, weil ich mich angemeldet hatte und du Informationen über mich suchen solltest. Das ist der einzige Grund. Du hast gar nicht ernsthaft nach einer Partnerin gesucht!"

„Halt, Sarah, bitte! Eine Sache stimmt nicht, die du gerade geschlussfolgert hast."

„Ich höre!"

„Ich habe mich tatsächlich bei Kometenfeuer angemeldet, weil du dich dort angemeldet hattest. Aber ich habe sehr wohl ernsthaft nach einer Partnerin gesucht, weil ich mich auch einsam gefühlt habe. Um genau zu sein habe ich nach dir gesucht, weil ich mich in dich ver…"

„Oh du Schwein, du mieses Stück Sch…, ich sollte eigentlich jetzt fortlaufen, wenn ich wüsste, wohin der Weg mich führt. Aber ich kann nicht! Ich gebe dir nun die Chance, deine Liebe zu zeigen, indem du mich hier herausführst und vor deinen Spitzeln in Sicherheit bringst. Ich hoffe schwer für dich, dass du weißt, wo wir sind. Jetzt musst du die Suppe auch auslöffeln, die du mir eingebrockt hast. Über alles weitere reden wir später!"

„Dein Wunsch ist mir Befehl! Komm mit!" Tom nahm Sarah an die Hand und führte sie zurück über die Waldpfade, die teilweise querfeldein führten. Das ging trotz der Unebenheiten insgesamt schneller als über die befestigten Wege und war überdies gut machbar, da Sarah keine Pumps trug. Außerdem begegneten sie auf diese Weise weniger Spaziergängern und Wanderern, für die sie ihre Kommunikation hätten einstellen müssen, um nicht dem längst abgeschworenen Geisterglauben unbescholtener Bürger einen unbeabsichtigten Nährboden zu geben. Während ihres Weges sprachen sie nicht mehr viel miteinander und wenn, dann über einige Belanglosigkeiten, nur um sicherzugehen, dass der jeweils andere die Schweigsamkeit nicht doch als unhöflich empfinden könnte. Gedanklich spann Tom längst an einem Plan, um seinem alten und mittlerweile hochgefährlichen Leben zu entkommen. Es war beschlossene Sache, dass er heute noch gemeinsam mit Sarah Darmstadt verlassen musste. Auf die Frage, was danach kam, wusste er zum jetzigen Zeitpunkt keine Antwort. Doch wie es schien, hatte er Sarah auf seiner Seite, und das war für den Moment das Wichtigste. „Warte mal", fiel ihm plötzlich ein.

„Was hast du?", fragte Sarah verwundert, ehe Tom ihr die Frage beantwortete, indem er sein Handy von der Metacu-Folie befreite und einen kurzen Blick darauf warf. „18 Uhr 40. Das wollte ich wissen."

„Aber wir setzen uns jetzt nicht nach Dubai ab, oder?"

„Genau das hatte ich vor. Deshalb wollte ich auf die Uhr schauen, um zu sehen, ob wir noch genügend Zeit haben, um unsere Visa zu beantragen. Aber wie ich sehe, wird das wohl zu knapp. Dann müssen wir mit dem Inland Vorlieb nehmen."

„Du bist so ein Spinner, Tom. Ich frage mich wirklich, in was ich da hineingeraten bin. Aber jetzt muss ich wohl dadurch."

Zehn Minuten später standen Sarah und Tom an der Straßenbahnhaltestelle, von wo aus sie Richtung Hauptbahnhof aufbrachen. Im Hauptbahnhof herrschte reger Feierabendbetrieb, sodass sie nicht nur Probleme hatten, den sie nicht sehenden Leuten auszuweichen, sondern darüber hinaus noch aufpassen mussten, dass sie sich gegenseitig nicht verloren, schließlich blieben ihnen nur die Umrisse ihrer Augen als Anhaltspunkte. „Gleis 13!", rief Tom Sarah über zwei junge Damen hinweg zu. Im Bahnhofsgetümmel stellte ihre Kommunikation keine Gefahr dar, weil die Stimmen aus dem Nichts theoretisch allen möglichen Fahrgästen zuzuordnen gewesen wären. Die beiden Frauen drehten sich nicht einmal um.

Vier Minuten später wusste Sarah, wo die Reise hingehen sollte. „Achtung, Achtung, meine Damen und Herren, auf Gleis 13 fährt ein: Regionalbahn 15358 nach Frankfurt Hauptbahnhof, planmäßige Abfahrtszeit 18:58, voraussichtliche Ankunft in Frankfurt um 19:16. Bitte Vorsicht bei der Einfahrt!", kündigte eine schnarrende Männerstimme an, die im Gegensatz zu den üblichen Roboteransagen erfrischend menschlich daherkam.

„Nach Frankfurt! Wir fahren nach Frankfurt, das ist Wahnsinn!", freute sich Sarah. Drei Minuten später standen sie tatsächlich im Zug in Richtung der knapp 30 Kilometer nördlich gelegenen Mainmetropole und mussten schwer aufpassen, dass ihnen die sichtbaren Fahrgäste nicht auf die Füße traten. Tom und Sarah trugen Sorge dafür, dass sie auch ja eng beieinander blieben, sodass sie sich gegenseitig etwas ins Ohr flüstern konnten, ohne die Aufmerksamkeit ihrer

Mitfahrer unnötig zu erregen. „Sag mal Tom, müssen wir eigentlich die ganze Fahrt über stehen? Ich meine, wir könnten doch einfach auf Toilette gehen, unsere Metacus ausziehen und als ganz normale, anständige Passagiere mitfahren. Das wäre mir obendrein lieber, weil ich mich dann setzen könnte, ohne Angst haben zu müssen, dass sich jemand auf mich draufsetzt.“

„Rein theoretisch könnten wir so vorgehen, denn ich halte es weder für relativ wahrscheinlich, dass wir hier erkannt werden noch dass Veneta seine Spione in jeden Zug setzt, der den Darmstädter Hauptbahnhof verlässt. Ich sehe tatsächlich nur einen Grund, der dagegen spricht: Wenn wir als anständige Fahrgäste mitfahren, dann müssen wir auch Fahrscheine lösen.“

„Ja mein Gott, dann tun wir das eben! Komm mit!“

Der Weg zur nächsten freien und unbeobachteten Örtlichkeit erwies sich als ein Spießrutenlauf durch die Wagen an Menschen und Taschen vorbei. Im dritten Anlauf wurden sie endlich fündig und zwängten sich gemeinsam in eine Zugtoilette. Als sie ihre Metacus abgelegt hatten, kicherte Sarah plötzlich vor sich hin. „Was ist los?“, fragte Tom, dem die Freude seiner Angebeteten nicht entging.

„Ach nichts“, machte sie und kicherte weiter.

„Nun sag schon!“, beharrte Tom.

„Ach, mir geht nur pubertärer Kram durch den Kopf, nichts Reifes. Ich habe mir gerade vorgestellt, was die Leute denken, wenn wir gleich zu zweit aus dieser Toilette treten. Und da gibt es wohl nur einen Gedanken ...“

Tom wusste einen Moment lang nicht, was er sagen sollte. „Ähm ja“, brachte er schließlich hervor.

„Genau, an richtig schmierigen Zugtoilettensex“, formvollendete Sarah, woraufhin Tom rot anlief.

„Herrje, bist du so verklemmt, dass du gleich rot wirst? Ich verlange ja gar nicht von dir, dass wir hier Sex haben. Das geht auch später noch.“

Tom schwieg etwas verlegen, doch Sarah und der Gedanke an Zugtoilettensex brachten seine Gefühle durchaus in Wallung.

„Ich schlage vor, wir lösen jetzt ganz brav unsere Tickets“, entschärfte Sarah schließlich die Situation auf dem Höhepunkt seiner Erregung, bevor aus der reinen Vorstellung tatsächlich Realität werden konnte. Als sie nacheinander die Toilette verließen, wartete eine Frau mittleren Alters bereits sehnsüchtig auf Einlass und beäugte die beiden Klogänger ein wenig irritiert, verkniff sich jedoch eine Bemerkung.

„Mensch Tom, du bekommst ja die Röte gar nicht mehr aus dem Gesicht. Und deine Ohren erst“, meinte Sarah auf dem Weg zum nächsten Schaffner, woraufhin Tom sich sehnlichst seine Metacu zurückgewünscht hätte.

Als sie mit Fahrscheinen in einem Vierersitz neben einem jungen Pärchen Platz genommen hatten, überkam Tom und Sarah ein ganz neues Lebensgefühl. Endlich mussten sie keine Sorge mehr haben, dass ihnen irgendein Tollpatsch gleich auf die Füße trat, denn sie waren wieder zurück unter den sichtbaren Bürgern. Das führte auch dazu, dass Tom sich ein kleines Lob von Sarah für sein glatt gebügeltes Hemd abholte, das in Bordeaux erstrahlte.

Der Rest der Fahrt verlief reibungsfrei, sodass sie um Viertel nach sieben ihr Reiseziel erreichten. „Frankfurt, wow!", rief Sarah wieder und wieder aus.

„Du freust dich ja wie ein kleines Kind", wunderte sich Tom. „Bist du noch nie von zu Hause weggewesen?"

„Haha, ich bin schon viel weiter weggewesen, als du dir vorstellen kannst. Aber heute hatte ich echt nicht mehr damit gerechnet, das ist der Grund. Alles scheint mir so ... unwirklich. Ich weiß noch immer nicht, auf welches Abenteuer ich mich hier eingelassen habe und vielleicht begehe ich gerade den größten Fehler meines Lebens."

„Das glaube ich nicht. Der größte Fehler wäre gewesen, in deine Wohnung zurückzukehren. Capada ist jetzt wie ein Stern, der dem Tod geweiht ist. Kurz bevor er in sich zusammenfällt und ein für alle Mal sein Leben als Weißer Zwerg auslöscht, bläht er sich in einem grandiosen Finale zu einem Roten Riesenstern auf, der alles in seiner Umgebung zu verbrennen sucht, das nicht niet- und nagelfest ist.“

„Und du meinst, hier sind wir in Sicherheit vor ihm?“ Sie nahm seine Hand fest und spürte erstmals die Wärme seiner echten, metacufreien Haut.

„Zumindest sind wir hier sicherer als in Darmstadt. Aber eine hundertprozentige Garantie gibt es natürlich nicht. Eventuell wird mich Veneta noch versuchen anzurufen. Dass sein millionenschwerer Fucus incipiens jetzt unwissentlich von einer alten Oma durch die Stadt gefahren wird, schmeckt ihm sicherlich nicht. Wahrscheinlich schickt er in Bälde das Killerkommando zu uns.“

„Gut, und was machen wir jetzt?“

„Ich schlage vor, wir suchen uns erst einmal was Ordentliches zu essen und buchen uns dann ein Hotel für die Nacht.“

„Sollten wir nicht lieber umgekehrt vorgehen? Ich meine, zuerst das Hotel fix machen und dann stressfrei dinieren?“

Tom seufzte. „Dass du immer so pflichtbewusst und vorausschauend denken musst. Und dann deine Wortwahl: *dinieren.* Dieses Wort habe ich noch nie in meinem Leben gesagt. Ich gebe es ungern zu, aber du hast recht, so machen wir es."

Sarah lächelte. „Ich wusste doch, dass du lernfähig bist, mein Lieber!"

Eine gute halbe Stunde später saßen Sarah und Tom bereits bei gutbürgerlicher deutscher Küche draußen in einem netten Lokal am Rande der Frankfurter Innenstadt. Die Hotelbuchung hatte überraschend reibungslos funktioniert, sodass sie sich auf ein Doppelzimmer in einem schicken Vier-Sterne-Hotel für 85 Euro freuen durften. Und nun sorgten die echten Mainstädter Spezialitäten – Tom hatte sich Rippchen mit Kraut bestellt, während Sarah die berühmte Grüne Soße bevorzugte – dafür, dass beinahe so etwas wie Urlaubsstimmung aufkam. Sie lachten und erzählten sich viel, bis Sarah plötzlich fragte: „Du Tom, meinst du eigentlich, dich erkennt hier jemand?"

Ein wenig erschreckt nahm sie zur Kenntnis, dass sich Toms Miene schlagartig verfinsterte. Wie um sich zu vergewissern, dass niemand ihr Gespräch belauschte, ließ Tom seinen Blick zu den Nachbartischen wandern, an denen sich zwei andere

Pärchen angeregt unterhielten. „Die normalen Menschen auf der Straße werden mein Gesicht wohl kaum kennen. Aber ich habe schon ab und zu darüber nachgedacht, was Veneta alles unternehmen könnte, um mich ausfindig zu machen.“

„Und zu welchen Schlüssen bist du gelangt?“

„Nun, seine Drohnen habe ich mit den Fuci zwar ziemlich in die Irre geleitet, aber so ganz sicher kann ich mir trotzdem nicht sein. Einem Chef von Capada ist allemal zuzutrauen, dass er hinsichtlich der Überwachung noch über weitere Techniken verfügt, von denen sogar ein Abteilungsleiter keine Ahnung hat. Und selbst wenn er dank meines Coups technisch an seine Grenzen stößt … Selbst dann könnte Veneta noch immer einen geistesgegenwärtigen Spion schicken, der mich nur anhand der Umrisse meiner Augen erkennt, bis nach Frankfurt verfolgt und nur darauf wartet, zuzuschlagen. Spione sind ganz normale, unauffällige Menschen wie du und ich und man merkt gar nicht, dass sie ständig in der Nähe sind. Es mag sich für dich anhören wie in einem Agententhriller, aber Veneta wäre so etwas tatsächlich zuzutrauen. Immerhin geht es um seinen Kopf und ich bin auch noch das Zünglein an der Waage, das eine gewisse Sarah Wagner für eine Entscheidung über Wohl und Wehe der Firma Capada gewinnen muss.“

„Und das soll ich dir glauben?"

„Glaub es oder glaub es nicht. Ich hoffe, du wirst es nie am eigenen Leib erfahren."

„In was für einen traumhaften Alptraum bin ich hier nur hineingeraten ..."

„Ich schlage vor, dass wir jetzt erst einmal einen Nachtisch zu uns nehmen, um unsere Laune zu heben. Welches Eis möchtest du?"

Sarah lächelte, da sich Toms Gesichtszüge entspannten, bis er wieder den gewohnt lässigen Blick draufhatte, den sie kannte und den sie so sehr an ihm schätzte. „Wie kannst du dabei so die Ruhe weg haben?" Sie versetzte ihm einen sanften Tritt mit ihrem Fuß unter dem Tisch.

Davon merklich unbeeindruckt blätterte Tom ein paar Sekunden in der recht üppigen Eiskarte herum. „Also ich nehme einen After-Eight-Becher. Und du?"

Sarah benötigte bedeutend länger, um sich zu entscheiden und ging die Karte gleich zweimal durch. „Ich halte mit einem Amarena-Becher dagegen", entschied sie schließlich. Bei einer Temperatur von noch immer knapp 25 Grad um kurz vor neun wurde der eiskalte Nachtisch zu einem wahren Genuss. „Zum Dahinschmelzen", meinte Sarah augenzwinkernd, woraufhin beide in ein herzhaftes Gelächter ausbrachen, das bei Sarah nahtlos in ein nicht weniger leidenschaftliches Gähnen überging. „Jetzt bin ich aber wirklich müde. Ich schlage vor, du bezahlst jetzt noch die Rechnung und dann trägst du mich ins Hotelbett.“

„Hast du sonst noch Ansprüche? Da kannst du froh sein, dass du einen Edelmann wie mich gefunden hast.“

Nachdem Tom ihr zumindest den Teil des Rechnungbezahlens erfolgreich hatte erfüllen können, schlenderten Sarah und er Hand in Hand ihrem frisch erworbenen Domizil entgegen. Während Sarah sich umgehend auf ihr gigantisches California-King-Bett fallen ließ, entschied sich Tom dazu, die Farbdusche auszuprobieren. Als er aus dem Badezimmer zurückkehrte, lag Sarah noch immer mitten auf dem Bett – allerdings nur noch mit einem verführerisch schwarzen BH und einem ebenso schwarzen Slip bekleidet.

„Weißt du, was ich gerade denke, Sarah?“

„Nein, was denn?“, fragte sie spitzbübisch.

„Ich schäme mich ein bisschen dafür, dass du aus Darmstadt flüchten musstest. Schließlich bin ich ja nicht ganz unschuldig an der Sache.“

Sarah seufzte. „Ach weißt du, wenn du es nicht gemacht hättest, hätte es ein anderer von Capada getan. Wichtig ist mir nur, dass du nun endlich auf der richtigen Seite stehst. Aber recht hast du: Eigentlich müsste ich dich hassen, eigentlich müsste ich dich umbringen, Tom Lortery, wenn ich dich nicht lieben würde. Ich glaube, wir belassen es dabei und unterhalten uns den Rest des Tages lieber über angenehmere Dinge.“

„Du meinst, über Action- und Horrorfilme und so?“

„Ja, genau darüber nicht.“

„Über was denn?“

„Ach weißt du, eigentlich brauchen wir gar nicht mehr so viel zu reden. Wir tun einfach.“

„Was denn?“, gab sich Tom weiter ahnungslos, während sie ihn nur lasziv anlächelte.

„Wir holen das nach, was wir eben auf der Zugtoilette versäumt haben.“ Mit einem Satz saß sie auf ihm und entledigte sich im Sitzen ihrer letzten Kleider.

15

Am nächsten Morgen war Tom der Erste, der aufwachte. Das helle Licht unter den purpurfarbenen, schweren Gardinen verriet ihm, dass draußen bereits ein neuerlicher, schöner Sommertag angebrochen sein musste. Behutsam löste er sich aus Sarahs Umklammerung und verließ das Bett, wozu er angesichts der Größe des California-King-Bettes eine halbe Ewigkeit brauchte. Er fühlte sich todmüde, aber glückstrunken, als er die Gardinen einen Spalt breit öffnete und die Augen im Angesicht des gleißenden Sonnenlichtes zusammenkniff. Auch Sarah blieben Toms Bewegungen und die neuen Lichtverhältnisse nicht verborgen. Sie drehte sich auf die Seite und schlug die Augen auf. „Musst du mich so blenden?", stöhnte sie verschlafen.

„Guten Morgen Fledermausnacht! Wie hast du geschlafen?"

„Dank dir sehr kurz."

„Soll das etwa ein Vorwurf sein?"

„Ja. Sieh zu, wie du das wieder gutmachst."

„Ich wüsste da etwas", erwiderte Tom, dessen Augen sich inzwischen an das neue Licht gewöhnt hatten,

„ich gehe dir ein schönes Frühstück holen. Dann wirst du schneller munterer, als du essen kannst.“

„Ach, du bist ja so süß, Tom.“

„War das jetzt ein Kompliment oder eine Beleidigung?“

„Beides.“

Tom lächelte. „Also gut Schatz, ich bin gleich wieder zurück.“

„Moment mal! Wie hast du mich gerade genannt? Schatz?“

„Ich sagte: Also gut Schatz, ich bin gleich wieder zurück.“

Doch Tom kam nur bis zur Zimmertür. Gerade als er seine Karte in den Schlitz des Schlosses einführen wollte, nahm er den Zettel wahr, der auf dem Boden lag und offensichtlich unter der Türe hindurchgeschoben worden war. Nichtsahnend hob er das quadratische Stück Papier vom Boden auf und las die Zeilen, die in Computerschrift darauf verfasst waren. „Sarah Wagner“, stand dort, „entweder du entscheidest am Freitag für uns oder wir töten dich.“

Noch während des Lesens gefror Tom das Blut in den Adern. Seine Hände begannen so zu zittern, dass er den Text nur mit Mühe ein zweites Mal lesen konnte.

„Schatz, was ist denn? Holst du mir nun mein Frühstück oder nicht?", hörte er Sarahs gespielt vorwurfsvolle Stimme hinter sich. Natürlich war Sarah nicht entgangen, dass er die Tür noch nicht geöffnet hatte.

„Jaja", stammelte er ohne sich umzudrehen, um sie seine Gesichtsbleiche nicht sehen zu lassen.

„Na dann zackig! Sonst wird es nichts mit einer weiteren Runde ..."

Schnell steckte sich Tom den Zettel ein und schaffte es unter größter Mühe, die Schlüsselkarte in den Schlitz zu schieben und die Zimmertür zu öffnen. Wie in Trance trat er hinaus auf den Flur, verschloss rasch die Tür und blieb auf der Stelle stehen, den Blick auf den weinroten Teppich gesenkt. „Sie haben uns gefunden", stammelte er vor sich hin, „sie haben uns gefunden, es darf nicht wahr sein." Er brauchte erst einmal einen Moment, um die Tragweite dieser Worte zu verstehen, die dort in Courier New standen. Jemand ist uns auf den Fersen, jemand hat uns von Darmstadt nach Frankfurt verfolgt und weiß alles über uns. Zum Teufel mit diesen Fuci, zum Teufel mit dieser Firma! Obwohl er Antonio Veneta alles zutrauen musste und die totale Überwachung seitens Capada längst Realität geworden war, schockierte es ihn doch, dass selbst sein wohl durchdachtes Ablenkungsmanöver inklusive der Flucht nach Frankfurt rein gar nichts gebracht hatte.

„Grüß Gott, guten Morgen!", riss ihn eine auffallend gut gelaunte Stimme jäh aus seinen Gedanken. Als er aufschaute, blickte er in das nicht minder gut gelaunte Gesicht eines stark untersetzten Mannes, der gerade laut krachend die benachbarte Zimmertür ins Schloss fallen ließ. Tom nickte knapp. „Na, das war aber ne aufregende Nacht!", setzte der Dicke hinzu. „Und wie", murmelte Tom noch immer ziemlich weggetreten, während sich sein Nachbar an ihm vorbeizwängte und bald darauf im Aufzug verschwand.

Auch wenn er diesen gut gelaunten südlichen Landsmann zum Kotzen unsympathisch fand, so war er es zumindest, der Tom aus seiner Schockstarre herausriss und neue Fragen in ihm aufwirbelte: Wie sollte es weitergehen? Wie sollte er Sarah *das* erklären? Sollte er es ihr überhaupt sagen? Was, wenn sie in Panik verfiele? Oder sollte er besser zur Polizei gehen?

Nach einem Frühstück jedenfalls war Tom beileibe nicht mehr zumute. Dennoch beschloss er, den Gang nach unten anzutreten und zumindest Sarah eine Kleinigkeit zu holen, um ihr ein Gefühl von Normalität zu geben. Auf dem Treppenabsatz fiel ihm plötzlich ein, dass sie sich das Frühstück sogar auf das Zimmer liefern lassen konnten, wie es sich für ein ordentliches Vier-Sterne-Hotel gehörte – das hatte er ganz vergessen. Einen Augenblick lang überlegte er, ob er das Angebot annehmen sollte.

Sicherheitsbedenken hatte er eigentlich keine, zumal er den Bediensteten des Hotels ohnehin bereits seine Identität hatte offenbaren müssen. Und beobachtet wurden sie außerdem. Ja, war er sich sicher, das wird das Beste sein. Zudem würde er nicht darum herumkommen, Sarah reinen Wein einzuschenken, was den Zettel anging. Er konnte sie unmöglich uninformiert lassen und brachte es nicht übers Herz, ihr noch einmal etwas vorzuspielen. Beim Blick in den golden umrahmten Spiegel, der auf dem Flur hing, erkannte Tom eine Bleiche in seinem Gesicht, wie sie ihn zuletzt unmittelbar nach der Fleeze-Katastrophe heimgesucht hatte. Egal. Sarah musste es jetzt wissen.

„He, das ging aber schnell. Ich sehe ja gar kein Frühstück!", begrüßte sie ihn leicht neckisch, leicht angesäuert, als sie von ihrem Handy aufschaute.

„Mir ist gerade eingefallen, dass wir doch Zimmerservice haben. Ich rufe eben unten an."

„Wie, du schaffst es nicht einmal mehr die Treppe runter? Na, da habe ich dich aber ganz schön K. O. geritten letzte Nacht!"

„Sarah, ich muss dir gleich etwas Wichtiges sagen", bemühte sich Tom um Ernsthaftigkeit. In diesen Augenblicken war ihm nach allem zumute, aber nicht nach der Beantwortung erotischer Anspielungen.

„Oh, da bin ich aber mal gespannt. Und dann mit diesem Ernst in der Stimme! Du wirst mir doch nicht gleich einen Heirats...“

„Bitte einen Obstteller auf Zimmer 517! Ja, von mir aus auch mit Sahne!“, unterbrach Tom sie mit dem Hörer am Ohr. „So, ich habe bestellt. Ist in fünf Minuten da, sagt die Dame“, wandte er sich schließlich an Sarah.

„Wie, du hast mir einen Obstteller bestellt? Bin ich dir zu dick oder was?“

„Nö, aber Obst ist gesund und außerdem hast du noch Sahne dabei.“

„Also eigentlich hatte ich mich auf ein leckeres Schokocroissant gefreut! Na gut, ich will mal nicht so sein. Aber was ist mit dir? Isst du gar nichts?“

„Nein, mir ist der Appetit vergangen.“

„Bitte was? Und darf ich fragen, aus welchem Grund?“ Zum ersten Mal verfinsterten sich Sarahs Gesichtszüge ein wenig und sorgten dafür, dass sie ihre spielerische Leichtigkeit einbüßte.

„Nun, ich muss mit dir über etwas Wichtiges sprechen, wie ich dir bereits gesagt habe.“

„Tom, bitte mach mir jetzt keine Angst. Was ist mit deiner Stimme los? Ist irgendetwas passiert? Und überhaupt, du bist ja ganz bleich im Gesicht!" Mit einem Ruck saß Sarah kerzengerade auf dem Bett.

„Noch ist nicht viel passiert", versuchte Tom ihren leichten Anflug von Panik abzuschwächen. „Aber wenn wir nicht aufpassen, dann wird möglicherweise etwas passieren. Du erinnerst dich an unser Gesprächsthema von gestern Abend?"

„Ja klar, wir haben über die Firma gesprochen, über Veneta und darüber, dass er uns möglicherweise verfolgen lässt. Willst du damit etwa sagen, dass ..."

„Genauso ist es."

Erschreckt stellte Tom fest, dass Sarahs Gesichtsfarbe sich seiner eigenen annäherte.

„Und woher ...?"

„Hier." Er zog den Zettel aus der Hosentasche und reichte ihn ihr.

„O Gott", brachte sie mit brüchiger Stimme hervor, als sie die 13 Wörter gelesen hatte. „Was machen wir jetzt?"

„Das ist eine gute Frage."

16

Niklas spürte, wie es in seinem Bauch kribbelte. Angst verspürte er nicht, nur ein positives Gefühl der Vorfreude breitete sich in ihm aus wie ein warmer Tee in einem durchfrorenen Körper, der ihn in seiner Gesamtheit verwandelte. In einem Körper, der sich mit einem Mal ganz anfühlte und den er beinahe geneigt war zu akzeptieren. Nein, Angst vor dem Start hatte er nicht. Angst hatte er nur vor dem Tumor in seinem Kopf, den die Ärzte vor knapp einem Jahr gefunden hatten. Heute war sein großer Tag, der Tag, an dem er sich seinen Herzenswunsch erfüllte. Einmal ins All fliegen, einmal die Schwerelosigkeit spüren, bevor er aus dieser Welt scheiden musste. Aus einer Welt, die unvollkommen und verletzlich war wie er selbst. Eine Welt, in der man viel Arbeit und Mühe umsonst aufwendete für Werke, die einem nichts einbrachten. Und trotzdem war es eine Welt, in der sich ein Leben lohnen konnte. Vielleicht von einem Schöpfer gemacht, der aus allen ihm zur Verfügung stehenden Welten die beste für seine Schützlinge ausgesucht hatte, in der sie sich – mit einem eigenen Willen ausgestattet – frei entfalten konnten. Ein freier Wille, der mit Schmerzen erkauft war.

Bilder schossen durch seinen Kopf. Schöne Bilder, Bilder von Urlauben, einzelne Szenen von Orten, an die er sich zurückwünschte. Der Strand von Matala vor 12 Jahren, der ihm wie aus einer anderen Zeit vorkam. Die Erlebnisfahrt mit seiner Klasse nach Norddeutschland. Ein kleiner Fluss in Thüringen, wo sie Gold wuschen und vor Freude strahlten, als sie die ersten glänzenden Flitter in ihrer Pfanne entdeckten. Der gemeinsame Fußballabend mit Freunden, an dem Deutschland das EM-Finale gegen Spanien verlor. Wie lächerlich unwissend er damals gewesen war. Und jetzt? War er viel wissender?

Dann wurde Niklas in den Sitz gepresst. Es war ein Gefühl, das er am ehesten mit dem Start eines Flugzeuges vergleichen konnte, wenn auch um ein Vielfaches stärker. Trotz der Kopfhörer, die er trug, hörte er ein fernes Grollen. Kurz darauf ertönte ein Knall.

17

„Und da steht wirklich, dass sie dir mit dem Tod drohen?" Petra Zultus Stimme klang entsetzt.

„Du Petra, ich bin nervlich am Ende, ich weiß überhaupt nicht mehr, was gut für mich ist und wie ich vorgehen soll."

„Habt ihr denn eine Ahnung, wie ihr beobachtet werdet? Ich meine, da muss euch ja ständig jemand auf den Fersen sein."

„Nein, genau das ist das Problem. Tom sagt, es gibt niemanden, der sich in unauffälliger Beobachtung und Belauschung besser auskennt als Venetas Leute."

„Ah, verstehe. Pass auf, Sarah: Wir blasen die Sitzung morgen ab und du bist jetzt ganz tapfer, beruhigst dich erst mal und begibst dich anschließend zur nächsten Polizeistation." Petras Stimme klang nun wieder zuversichtlich und gefasst, wie ein Ruhepol im Sturm des Lebens, der keinen Zweifel daran ließ, dass das Spiel gut ausging. Obwohl sich Petras Bestimmtheit tatsächlich ein wenig auf Sarah übertrug, blieben Sarah Zweifel.

„Und wie wird Veneta darauf reagieren? Ich meine, ..."

„Er wird hoffentlich gar nicht mehr reagieren, weil er dann längst verhaftet ist."

„Petra, ich danke dir, dass du für mich da bist." Sarah hielt sich bewusst an Lautstärke und mit dem Inhalt ihrer Worte zurück, weil sie damit rechnen musste, dass sie selbst hier – in ihrem Hotelzimmer – belauscht wurde. Wie um ihrer eigenen Rede Nachdruck zu verleihen hauchte Petra ihr noch ein „Alles wird gut" zu. Dann piepste es in der Leitung und Sarah legte ihr Handy beiseite.

„Ich kann nicht einmal mehr mit dir von Angesicht zu Angesicht reden, ohne dass ich Angst haben muss, dass irgendjemand anderes jedes einzelne Wort mithört", seufzte sie in Richtung Tom.

„Und ich habe dich mit hier hineingezogen." Tom schüttelte den Kopf.

„Er hätte mich auch so gefunden und bedroht. Unter welchem Unmenschen hast du nur gearbeitet?"

„Ja, wahrscheinlich ist es genauso, wie du es sagst. Aber das hilft uns auch nicht weiter. Wir müssen einen Ort finden, an dem wir ungestört reden können. Dieser Ort ist nicht das Hotelzimmer. Komm mit!"

Sarah bedachte Tom mit einem skeptischen Blick, ehe sie sich zögerlich aufraffte. Obwohl Tom entschlossen klang, konnte sie sich nicht recht vorstellen, wohin er sie in Sicherheit bringen wollte. Als sie die orangefarbene Bettdecke zur Seite schob, fiel ihr plötzlich ein, dass sie noch splitternackt war. „Ich muss mir erst etwas anziehen, Schatz." Nachdem sie sich die Sachen vom Vortag angelegt hatte, sprühte sie sich hastig ein bisschen Parfum auf Handgelenke und Hals, wobei sie nicht besonders gut zielte, denn ihre Hände zitterten nach wie vor.

Währenddessen bemerkte sie nicht, dass Tom längst in eine andere Richtung schaute, nachdem er wieder einen Zettel vom Boden aufgehoben hatte. Als Tom Sarah wortlos den Zettel überreichte, war sie mit ihren Nerven am Ende: Von einem Weinkrampf geschüttelt warf sie sich auf ihn. „Aufschub wird dich nicht retten", stand dort in der gleichen Schrift geschrieben wie schon auf dem ersten Exemplar, das Tom auf dem Teppichboden gefunden hatte.

Sie wusste nicht, wie lange sie in Toms Armen lag. Doch irgendwann hörten die Tränen auf, ihre Wangen hinunterzuströmen. „Jetzt kannst du zeigen, dass du mich liebst", schluchzte Sarah. „Jetzt, wo sie mich töten wollen!"

„Ich liebe dich", sagte Tom mit all der notwendigen Bestimmtheit, die es brauchte, um Sarah festen Halt zu geben. Dann küsste er sie. „Das werde ich nicht zulassen, dass sie dich töten! Nur über meine

Leiche!" Er reichte ihr ein Taschentuch, mit dem sie die frischen Tränen, die noch nicht angetrocknet waren, abwischen konnte. „Komm mit, ich weiß, wo wir reden können!"

Dankbarer denn je ergriff sie seine Hand und ließ sich von ihm durch den Hotelflur die Treppe nach unten führen. Ohne seine Metacu fühlte sich Tom nackt und ausgeliefert, obwohl er genau wusste, dass ihn die unsichtbare Uniform auch nicht vor den Blicken ihres Verfolgers geschützt hätte.

Sarah schaute Tom ein wenig irritiert an, als dieser sie auf direktem Weg zur Herrentoilette im Erdgeschoss führte. Dann verstand sie jedoch. Die Sanitäranlage war nicht besonders groß und bestand nur aus zwei Pissoirs und zwei Kabinen, die zu ihrem Glück leer waren. Eine Kabine war ein an sich geschlossener Raum, der weder von unten noch von oben einsehbar gewesen wäre. Frischer Kirschduft schlug ihnen entgegen, als sie die Kabine betraten. „Hier kann uns wirklich niemand beobachten oder belauschen, der nicht vorher geahnt hat, dass wir uns genau diesen Ort suchen, um zu reden. Das kann selbst ein Veneta-Spion unmöglich vorausgeahnt haben", sagte Tom, als er die Holztür hinter ihnen verriegelte. Die Toilette machte einen gepflegten Eindruck, sodass sich Sarah ohne Ekel auf den Klodeckel setzen konnte. Um das Gespräch für seine Freundin auf Augenhöhe zu gestalten, hockte sich Tom davor.

„Was hat Petra dir gesagt? Hat sie die Entscheidung morgen abgesagt?“, fragte er sie in gedämpfter Lautstärke, um sicherzugehen, dass durch die geschlossene Tür auch wirklich nichts nach außen drang. Sarah nickte nur stumm.

„Das Wichtigste ist nun, dass du dich schützt. Du musst dich unbedingt in Polizeiobhut begeben. Wir gehen am besten gleich gemeinsam zur Frankfurter Polizei.“

„Und dann? Was macht die Polizei dann? Glaubst du, die nehmen mich ernst?“

„Sarah! Wir haben zwei Zettel, von denen einer eine klare Morddrohung enthält. Wenn das nicht reicht, um Ermittlungen anzustoßen, dann weiß ich es auch nicht. Ich komme mit dir!“

In diesem Moment zuckte sie zusammen, weil es draußen an die Türe klopfte. „Kommen Sie sofort daraus, das ist Hausfriedensbruch!“, schallte eine dumpfe Männerstimme zu ihnen herein. Sarah fuhr der Schrecken in die Glieder und auch Toms Gesichtsfarbe, die sich eben erst wieder ein wenig erholt hatte, wich von einem auf den anderen Moment der Leichenblässe. Beide blickten sich stumm in die Augen, ehe Sarah laut aufweinte. Dann reagierte Tom. Ohne nachzudenken riss er die Toilettentür auf und sah gerade noch, wie ein schwarzer Kleidungszipfel hinter der Ecke verschwand. „Wer bist du?", schrie er, während er dem Mann nachstellte. Doch die Verfolgungsjagd endete, bevor sie richtig begonnen hatte: Bereits draußen auf dem Hotelflur war niemand mehr zu sehen. Unschlüssig, welche Richtung er ansteuern sollte, blieb er stehen.

„Kann ich Ihnen helfen?", sprach ihn plötzlich ein Kellner an, der ein Tablett voller Obstspeisen die Treppe herunterbalancierte. Tom zuckte zusammen, denn der Kellner trug tatsächlich ein schwarzes Sakko. Doch er konnte unmöglich der Mann sein, der sie gerade ungefragt in der Toilette besucht hatte. Immerhin hielt er ein schweres Tablett in den Händen und schien zumindest die Treppe herunterzukommen.

„Oh ja, das können Sie!", rief Tom plötzlich. „Haben Sie einen Mann im schwarzen Anzug gesehen, der eben aus der Toilette herausgerannt ist?"

Diese Frage war kein falscher Schachzug von ihm, denn so konnte Tom die Reaktion seines Gegenübers genau beobachten. „Nein, ich habe niemanden gesehen", kam die Antwort des Kellners, der nicht einmal eine Wimper hochriss, geschweige denn auf irgendeine Art und Weise durchschimmern ließ, dass man ihn soeben auf frischer Tat ertappt hatte.

„Aber schauen Sie mal", setzte der Kellner ein wenig süffisant hinzu, „da kommt gerade eine Dame aus der Herrentoilette." Er nickte mit dem Kopf, weil er keine Hand mehr freihatte, um auf Sarah zu zeigen, die aus der Toilettentür geschlichen kam. „Einen schönen Tag noch", sagte der Kellner und verschwand mit einem Lächeln in Richtung der Tür, die zum Speisesaal führte.

„Was hat er gesagt?", fragte Sarah und klammerte sich sofort an Tom, der sie in seine Arme schloss.

„Angeblich hat er niemanden gesehen", meinte Tom resigniert. „Aber ein wenig suspekt war er mir schon. Und dieses hässliche Lächeln!"

„Ich habe solche Angst", sagte Sarah mit brüchiger Stimme. „Du hast recht, wir müssen deinen Plan nun in die Tat umsetzen, bevor es zu spät ist."

18

Tom schreckte auf, als es dreimal heftig an die Tür klopfte. Was zum ...?, war das Erste, das er dachte, ehe sein Blick auf die Uhr seines Smartphones fiel. Welcher Idiot wagte es denn, sie um 4:36 aus dem Schlaf zu klopfen? Tom schaute auf Sarah, die neben ihm lag, doch offensichtlich noch nichts von der Störung mitbekommen hatte, was ihn sehr erstaunte. Er beschloss, rasch zu handeln und hechtete zur Tür, nur mit Boxershorts bekleidet. „Wer ist da?", rief er von innen und erschreckte sich selbst über seine Lautstärke.

„Staatsanwaltschaft Darmstadt, wir hätten ein paar Fragen an Sie", klang es dumpf und leise durch die geschlossene Holztür. Tom glaubte, sich verhört zu haben. Er hatte keine Wahl, er musste öffnen. Einen Moment lang konnte er nichts erkennen, weil sich seine Augen noch nicht an das Licht gewöhnt hatten. Als sie sich gewöhnt hatten, blieb Tom das Herz stehen. Vor ihm auf dem Hotelflur stand ein Mann, dessen Statur an die eines Kleiderschrankes erinnerte. Dem kantigen Gesicht hätte nur noch eine Sonnenbrille gefehlt, um der perfekte Agent zu sein. Der Blick seiner dunkelbraunen Augen war so sehr auf Tom fixiert, dass er nicht einmal durch einen Wimpernschlag unterbrochen zu werden schien. Dabei hielt er Tom zum Beweis seiner Authentizität ein kleines Kärtchen unter die Nase, das dieser jedoch nicht beachtete.

„Wieso kommen Sie dafür hierher?", brachte er mühsam über die Lippen. „Ich dachte, es sei alles geregelt."

„Mitnichten. Es hat sich ein schweres Unglück ereignet. Ich bitte Sie, sich schnell etwas überzuziehen und mir sofort zu folgen. Von Rückfragen verabschieden Sie sich umgehend, weil ich sie sowieso nicht beantworten werde. Ich gebe Ihnen alles in allem zwei Minuten. Die Zeit läuft."

Einige Momente stand Tom völlig perplex da, ehe er begann, den Anweisungen des fremden Mannes Folge zu leisten. Er hatte zwar noch keine Schusswaffe gesehen, aber er war sich sicher, dass dieser nicht zu Scherzen aufgelegt war. Tom wusste, dass er handeln musste, aber er wusste nicht, wie. Sarah konnte unmöglich noch schlafen und wenn doch, musste er sie wecken. Er konnte nicht einfach so verschwinden, ohne dass ...

„Was ist hier los?", kreischte ihm eine Frauenstimme entgegen, aus der die pure Angst sprach.

Geistesgegenwärtig schloss Tom die Zimmertüre von innen, damit Sarah den Mann nicht sehen musste und knipste das Nachtlicht an.

„Ich muss weg, mein Schatz. Da ist ein Mann von der Staatsanwaltschaft Darmstadt. Es hat sich ein Unglück ereignet und ich nehme an, ich werde nun dazu ausgequetscht.“

„Bitte?!“ Sarah stand der Schrecken ins Gesicht geschrieben und sie sah, wohl nicht erst dieser Nachricht wegen, ziemlich zerknittert aus. „Was kann denn das für ein Unglück sein?“

„Sarah, ich habe nicht den leisesten Schimmer. Möglicherweise irgendetwas in Russland, mach am besten die Nachrichten an. Ich habe nur zwei Minuten, um mir etwas überzuziehen.“

„Und ich? Was wird dann aus mir? Du kannst mich in dieser Situation nicht einfach so zurücklassen, du wolltest mich doch beschützen!“

„Ja, ich weiß ...“, stammelte Tom, während er seine Jeans anzog.

„Aber?“ Sarah war mittlerweile aufgesprungen und klang nicht mehr weit entfernt von einem Nervenzusammenbruch.

„Hör zu: Ich würde dich auch gerne mitnehmen, aber ich fürchte, die Staatsanwaltschaft wird etwas dagegen haben.“

„Das will ich von ihnen persönlich wissen!“ Ohne auf eine Reaktion Toms zu warten, der inzwischen splitternackt im Hotelzimmer stand, riss Sarah die

Tür auf und stellte sich dem Fremden entgegen. „Gute Nacht, was haben Sie mit meinem Freund vor?", fuhr sie ihn nicht gerade unforsch an.

Der Mann zeigte sich unbeeindruckt. „Wir müssen ihn aus einem wichtigen Grund vernehmen. Dass es dabei nicht um einen Taubenzuchtverein geht, versteht sich von selbst."

„Wenn Sie mir den Grund nicht sagen können oder dürfen, bestehe ich aber wenigstens darauf, meinen Freund zu begleiten!"

„Ich bedaure. Thema des Gesprächs werden hochsensible Informationen sein, die Außenstehende nichts angehen."

„Außenstehende? Wollen Sie damit sagen, ich sei eine Außenstehende?" Der Mann blieb nach wie vor ungerührt, auch wenn er angesichts Sarahs emotionalen Ausbruchs fürchten musste, in den bewaffneten Verteidigungsmodus überwechseln zu müssen.

„Ich denke, ich habe Ihnen genug gesagt. Ihr Mann hat noch 30 Sekunden, dann wird er mir folgen und wenn nötig wird dieses Recht auch mit Gewalt durchgesetzt."

Ohnmächtig vor Wut ballte Sarah ihre Faust und wusste nicht recht, was sie tun sollte. Natürlich war Widerstand zwecklos, aber irgendetwas musste sie einfach versuchen. „Wie ist überhaupt Ihr Name?“, fragte sie schließlich, um nicht einfach taten- und fassungslos dazustehen.

„Naumann. Und nun zähle ich die Sekunden runter, bis Ihr Freund hier bei mir auf der Matte steht. Zehn, neun, acht, ...“

Als er bei drei angekommen war, erschien Tom, inzwischen mit Jeans und Hemd bekleidet, hinter Sarah, die noch immer den gesamten Türspalt blockierte. Sanft schlang er die Arme um ihren Körper und küsste sie. „Ich liebe dich, mein Schatz, und ich werde bald wieder zurücksein.“

Dann schob er sie sachte beiseite, um einer gewaltsamen Trennung seitens der Staatsmacht zuvorzukommen. Ohne ein Wort zu verlieren oder weitere Gestik zu betreiben, trat der Mann aus dem Türrahmen und gab Tom das Signal zum Aufbruch ins Ungewisse.

Sie waren gerade außer Sichtweite um die Ecke gebogen, da fiel Sarah der Capada-Spion ein und sie spürte, wie sie eine Gänsehaut überkam. Nun war sie allein. Nachts allein.

An Schlaf konnte sie nicht denken. Krampfhaft riss sie die Decke an sich, als könnte diese sie vor der Gefahr beschützen, und schaute sehnsüchtig auf die freie Hälfte ihres Bettes hinüber. Nicht nur, dass die schlimmsten Gedanken für gewöhnlich nachts kamen: Diesmal hatte ihre Angst eine Daseinsberechtigung. Capada wollte sie umbringen. Sie schauderte, als sie an die Zettel dachte. *Sarah Wagner, entweder du entscheidest am Freitag für uns oder wir töten dich. Aufschub wird dich nicht retten.* Es war zwar noch Nacht, aber der Freitag hatte bereits begonnen. Von jetzt an drohte ihr der Tod, und weder Tom noch irgendeine Waffe konnten sie schützen. Gedanken spukten ihr durch den Kopf. Wie unglaublich sich ihr Leben in nur wenigen Stunden geändert hatte. Die Liebe zu Tom, die Flucht mit ihm nach Frankfurt, die Verfolgung durch Capada, die Todesdrohung, Toms Verschleppung durch die Staatsanwaltschaft: Alles das schien ihr so surreal, dass sie kaum wusste, wie sie damit umgehen sollte. Der Alptraum hatte sich erst recht zu einem Horrortrip für sie entwickelt, nun, da Tom weg war.

Dass die Kriminalpolizei die Ermittlungen aufgenommen hatte und die Firma Capada das Ziel dieser Ermittlungen darstellen würde, konnte ihr die Angst nicht nehmen. Am liebsten hätte sie die Polizeistation am Frankfurter Hauptbahnhof gar nicht erst verlassen, doch die Beamten hatten ihr gesagt, dass sie außer der Ermittlungsaufnahme erst einmal nichts für sie tun könnten. Was die Polizei nicht vermocht hatte, hatte Tom schließlich getan: ihr Schutz versprochen. Sie war mittlerweile so verliebt, dass sie ihm blindlings vertraute. Tom hatte sich sicherheitshalber mit einem Messer bewaffnet, um sie im Zweifel gegen ihren Verfolger verteidigen zu können. Dass dieses Messer sie nicht vor der Staatsanwaltschaft schützte, hatte er nicht auf der Rechnung gehabt. Nun lag sie da: hilflos, schutzlos, allein und es gab niemanden, der ihre Tränen sehen konnte.

Als sie sich ein wenig beruhigt hatte, lauschte sie in die Nacht hinein. Aus der Ferne hörte sie ein leises Gestöhne, das aber wohl nichts mit einem Gewaltverbrechen zu tun hatte und sie für einen kurzen Moment auf andere Gedanken brachte. Dann fiel ihr plötzlich das Unglück ein, von dem Tom eben in aller Hektik gesprochen hatte: Möglicherweise irgendetwas in Russland, mach am besten die Nachrichten an. Sofort saß sie kerzengerade im Bett und fingerte nach der Fernbedienung. Wenige Sekunden später flimmerten Bilder über den Schirm des Zimmer-TVs, auf dem ein gewisser Mister Spock gerade den Vulkanier-Gruß vollführte. Das waren nicht die aktuellen News, so viel wusste Sarah, obwohl sie mit diesem Sender und der Sternenreise nun wirklich gar nichts anfangen konnte. Der nächste Kanal zeigte ihr einen menschenleeren Sandstrand mit türkisfarbenem Wasser, über das ein kleiner Holzsteg führte. In der unteren Bildhälfte wurden, reißerisch und vornehmlich rot, die neuesten Urlaubsschnäppchen angepriesen. Erst im dritten Versuch landete Sarah auf einem öffentlich-rechtlichen Sender. Es liefen zwar gerade zufällig keine Nachrichten, aber immerhin hatte man unten am Bildrand einen Streifen eingeblendet, auf dem ständig eine Blitzmeldung von links nach rechts huschte. Der Inhalt dieser Meldung ließ Sarah das Blut in den Adern gefrieren.

19

Der Mann war wirklich schweigsam. Nur unter größter Mühe schaffte es Tom, ihm ein paar Silben aus der Nase zu ziehen. Mehr konnte er nicht erwarten, schon gar nicht irgendwelche Vorabinformationen über das Verhör, das ihm bevorstand. So konnte die Fahrt von Frankfurt nach Darmstadt schön lang werden, obwohl Herr Naumann in seinem schwarzen Luxus-Mercedes immer kräftig auf das Gaspedal trat und nur dann die linke Spur der A5 verließ, wenn rechts absolut kein Auto fuhr.

Tom ärgerte sich, dass er für die Befragung extra von Frankfurt zurück nach Darmstadt gebracht werden und Sarah in 30 Kilometern Entfernung zurücklassen musste. Auch wenn er ihr gesagt hatte, dass er bald wieder bei ihr sei, so war er sich dieser Sache in seinem tiefsten Inneren gar nicht mehr sicher. Viele der Fragen, die ihm durch den Kopf schossen, konnte nur sein Fahrer beantworten, der jedoch eisern schwieg. Als alter Managerfuchs wusste Tom Lortery natürlich, welch mächtige Waffe ein Schweigen darstellte. Einfach nichts sagen und darauf hoffen, dass sein Gegenüber die Stille irgendwann nicht bloß als unhöflich oder peinlich, sondern regelrecht als unerträglich empfand und von alleine begann, die tollsten Dinge auszuplaudern, die hinterher gegen ihn verwendet werden konnten. Tom musste aufpassen. Seine Worte bedacht dosieren, um nichts zu verraten, insbesondere nicht die Sache mit Capada und den Morddrohungen gegen Sarah. Man wusste ja nie, wie die Staatsanwaltschaft Darmstadt dazu stand.

„Da haben wir Ihrer Freundin aber einen ganz schönen Schrecken eingejagt", durchbrach Naumann plötzlich und völlig unerwartet die Stille, als könnte er Toms Gedanken lesen.

Tom durchzuckte es eiskalt. Das war genau eine solche Frage, die als beiläufig getarnt daherkam und nur darauf abzielte, irgendwelche Zusatzinformationen schon einmal während der Fahrt aus ihm herauszukitzeln. Tom meinte, sogar einen Unterton in der Stimme Naumanns ausgemacht zu haben, der der Schadenfreude ziemlich nahekam.

„Naja, Sie kamen auch mitten in der Nacht und haben uns um unseren Tiefschlaf gebracht, da erschreckt sich wohl jeder", bemühte sich Tom um eine möglichst gelassene und informationslose Antwort, auch wenn es in ihm brodelte und er dem Mann am liebsten eine Schelle verpasst hätte.

„Da haben Sie es aber nicht leicht mit so einer nervösen Dame an Ihrer Seite." Zum ersten Mal hörte Tom Naumann lachen, ein Lachen, das dunkel, schallend, aufgesetzt und gehässig klang. Tom hätte ihm daraufhin am liebsten mehr als eine Schelle verpasst, gemahnte sich aber zur Ruhe und entschied sich sogar dazu, überhaupt nicht zu antworten. Er durfte sich nur nicht provozieren lassen.

„Sagen Sie mal, hätten Sie etwas dagegen, das Radio anzumachen?", fragte Tom plötzlich und ebenso gespielt beiläufig.

„Das Radio?", rief Naumann entsetzt.

„Ja, das Radio. Wenn Sie mich schon nach Darmstadt fahren, dann fände ich doch ein bisschen gute Musik ganz nett."

„Aber ja, gar kein Problem", verkehrte sich Naumanns Stimme mit einem Mal in das Gegenteil, sodass sie locker, freundlich, ja: beinahe pisshöflich klang. Merkwürdiger Typ, dachte Tom, aber auch das gehört wohl zum Geschäft.

„Welchen Sender hätten Sie denn gerne?"

„Ich höre recht gern HR3."

Ein paar Augenblicke später ertönte „You're like a Crime", der neue Song der britischen Pop- und Soul-Legende Adele. Hm, Musik, dachte Tom. Das bringt mich natürlich noch nicht weiter. Aber mal abwarten. So sehr Tom Adele auch mochte: In diesen Sekunden hoffte er nur darauf, dass die jugendlich-schmissige Nummer der in die Jahre gekommenen

Sängerin alsbald ihr Ende fand. Außerdem war Tom nach allem zumute, aber nicht nach Singen.

„Adeles neuer. Je älter sie wird, desto jünger klingen ihre Songs. Früher klang sie immer düster und pessimistisch, das hat mir besser gefallen", kommentierte Naumann plötzlich ungewohnt gesprächig.

„Hm, kann sein", machte Tom, der sich gedanklich längst verabschiedet hatte.

Dann endlich, nach gefühlten zehn Minuten endete Adeles Darbietung und die Stimme Frank Kochskis meldete sich. Schon die ersten Worte Kochskis trugen einen ungewöhnlich motivierten Zug in sich, so wie sie eigentlich nie klangen, galt doch Kochski als ein etwas gelangweilter Nacht- und Morgenreporter, was Tom immer dazu veranlasste zu hinterfragen, wie man mit solch einer Arbeitseinstellung denn überhaupt auf das hessische Land losgelassen werden konnte.

„... reden alle nur noch über diese spektakuläre Katastrophe, die alles bisher Dagewesene noch einmal in den Schatten stellt. Es ist ein neuerlicher schwarzer Tag in der Geschichte der Weltraumtouristik und man muss sich allen Ernstes fragen, wie ein solch häufiges Versagen zu erklären ist. Malte Sigritz ist jetzt zu mir geschaltet: Malte, was gibt es Neues live vor Ort in Wostotschnij?"

Tom konnte kaum glauben, was er da hörte. Eine etwas verrauschte Stimme meldete sich zu Wort. „Guten Morgen nach Frankfurt aus Wostotschnij! Es ist kein guter Morgen für Wostotschnij. Generell muss man sagen, dass die gesamte Basis hier unter Schock steht, es gab noch nicht so viele Reaktionen, weil sich die Katastrophe erst gerade ereignet hat. Fest steht bislang nur, dass der Start der PanAll-Star-L-Rakete hier im größten Weltraumbahnhof der Welt gründlich misslungen ist. Kurz nach dem Start von der Basis in Bezirk zwei stürzte die Rakete um 12:11 Uhr in die benachbarte Siedlung der Basis. Es ist davon auszugehen, dass alle Bewohner der Siedlung, das heißt sämtliche Größen der Weltraumingenieurbranche und des übrigen Personals ums Leben gekommen sind. Genaue Zahlen gibt es noch nicht, aber es ist von Hunderten Toten auszugehen.“

„Kann man denn schon etwas zur Ursache sagen?“

„Nein, absolut nein. Dazu liegen noch keine Informationen vor. Betrachtet man aber vergangene Unglücke dieser Art, so kommen natürlich mehrere Möglichkeiten in Betracht, von einfachen Verrechnungen bis hin zum Ausfall von Teilen oder des gesamten Kontrollsystems. Dafür ist es aber noch zu früh, es gibt noch nicht einmal einen Termin für eine Pressekonferenz.“

„Was bedeutet dieses Unglück für PanAll und für die gesamte Weltraumtouristik?“

„Nun, wie ich sagte: Es hat immer wieder Unglücke dieser Art gegeben. Aber in dem Umfang, wie es sich hier und eben ereignet hat, ist es wirklich beispiellos. Es ist eine beispiellose Katastrophe, weil es die weltweit führende – auch in der Sicherheitstechnik führende – Firma PanAll trifft. Das stellt sogar die Fleeze 89-Katastrophe des ehemaligen Konkurrenten Capada in den Schatten. Es bleibt abzuwarten, wie sich die Branche entwickelt, für Konkretes ist es noch zu früh. Mit Sicherheit aber ist es ein schwerer Schlag ins Gesicht von PanAll und der weltweiten Weltraumtouristik, so viel lässt sich schon sagen.“

„Vielen Dank, Malte Sigritz, für die ersten Informationen vor Ort aus Wostotschnij, dem Weltraumzentrum Sibiriens, das heute Morgen von einer so schrecklichen Katastrophe heimgesucht wurde. Die PanAll-Star-L-Rakete, die eigentlich fünf Touristen zum Mars bringen sollte, ist unmittelbar nach dem Start in die umliegende Siedlung gestürzt und in Flammen aufgegangen. Sobald es nähere Informationen gibt, erfahren Sie dies wie immer brandaktuell hier. HR3, hier ist die restliche Nacht mit Frank Kochski und wir machen jetzt weiter mit Musik …“

Tom konnte es nicht fassen. Das Unglück, von dem die Staatsanwaltschaft Darmstadt sprach, war der Absturz ihres Erzrivalen PanAll.

„Haben Sie das gehört?", fragte Tom, vor Erregung zitternd.

„Das meinte ich ja mit dem Unglück", bemerkte Naumann lapidar.

„Und dazu wollen Sie mich nun befragen?"

„Das kommentiere ich erst, wenn wir da sind."

Es handelte sich um Naumanns letzten Satz für eine ganze Weile, während der die Schweigsamkeit zurückkehrte. Auch aus dem Radio drangen keine weiteren Meldungen mehr von der Katastrophe, sodass Toms Gedankenkarussell zu kreisen begann. Was hatte das 10.000 Kilometer weit entfernte Sibirien mit Tom Lortery auf dem Weg nach Darmstadt zu tun? Natürlich, Capada. Seine Firma, oder besser gesagt: Seine Ex-Firma, denn gedanklich hatte er sich längst von ihr verabschiedet. Aber er hatte natürlich pikanterweise bei einer Konkurrenzfirma PanAlls gearbeitet. Vielleicht war das der Grund für sein bevorstehendes Verhör? Natürlich, das ergab Sinn: Man vermutete einen Sabotageakt des ehemaligen Erzrivalen und nahm deshalb alle Manager und Ex-Manager Capadas in die Mangel. Zuzutrauen wäre es Veneta natürlich allemal, die mit fairen Mitteln uneinholbare

Konkurrenz auf eine derart perverse Art und Weise vom Sternenhimmel zu holen. Aber sein Gefühl sagte ihm, dass es diesmal nicht Veneta war. Veneta hatte andere Probleme. Und wenn Capada korrupte Manager hatte, wieso sollte ein anderes Unternehmen der touristischen Raumfahrt nicht auch korrupte Manager haben? Für den Moment jedenfalls hielt Tom einen technischen Defekt aufgrund von Sparmaßnahmen für das wahrscheinlichste Katastrophenszenario. Er gab es nicht gerne zu, aber klammheimlich war er sogar ein wenig erleichtert, dass nun eine andere, augenscheinlich noch viel größere Katastrophe das Fleeze 89-Dilemma vorerst aus der Öffentlichkeit verbannte, ja: es zu nicht mehr als einer Randnotiz schrumpfen ließ. Wenn er es sich recht überlegte, stellte diese nächtliche Nachricht sogar eine kleine Beruhigung für sein Gewissen dar.

Der Mercedes wurde langsamer, sodass Autos, Bäume, Büsche und Straßenschilder nicht mehr so schnell an ihnen vorbeiflogen. Zu Toms Überraschung verließ Naumann nicht in Weiterstadt die Autobahn, wie jedes Navi dem Besucher der Darmstädter Innenstadt sehr nahelegte, sondern erst am Darmstädter Kreuz, sodass sie die Stadt von Westen her ansteuerten. Die Staatsanwaltschaft Darmstadt befand sich allerdings am Mathildenplatz und lag damit so zentral, wie sie zentraler kaum liegen konnte. Tom runzelte die Stirn. Jemand wie

Naumann musste zweifelsfrei wissen, wie er am schnellsten an seinen Arbeitsplatz kam. Sein Abweichen von der üblichen Route konnte nur bedeuten, dass das Ziel ihrer Fahrt ein anderes war, was seinen Adrenalinpegel schlagartig in die Höhe schießen ließ. Eine Minute später hatte er Gewissheit, als Naumanns Mercedes die Schleife des Eifelringes passierte und schließlich in das Europaviertel einbog. Offensichtlich war Naumanns Weisungsbefugter ein Verfechter dessen, die Dinge direkt vor Ort zu klären. Hier im Europaviertel westlich des Hauptbahnhofs gab sich die versammelte Prominenz der deutschen und internationalen Raumfahrt die Ehre: Von privaten Touristikunternehmen mit Hauptsitz wie Capada über Zweigstellen von PanAll, SP Tour oder Meissner bis hin zu staatlichen Einrichtungen wie dem Europäischen Raumflugkontrollzentrum ESOC der Europäischen Weltraumorganisation ESA oder Sarahs BIfZudeWe war alles vertreten, was Rang und Namen hatte.

Tom hielt den Atem an, als Naumann in die Robert-Bosch-Straße einbog. Keine 300 Meter weiter machte der Mercedes vor einer rot-weißen Schranke Halt, die in das Firmenparkhaus des Glaspalastes mit der Aufschrift „CAPADA" führte. Fünf Sekunden später hatte Naumann die Schranke geöffnet und steuerte das Fahrzeug auf einen freien Parkplatz, der unmittelbar neben dem Ausgang lag. Überhaupt war das Untergeschoss ziemlich verwaist: Tom konnte nur ein weiteres Auto entdecken, was natürlich überwiegend an der schrecklichen Uhrzeit von 5:13 Uhr lag. Trotzdem war es schon hell draußen und es würde nicht mehr lange dauern, bis die Julisonne über Darmstadt aufginge. Doch davon sollte Tom nichts mitbekommen.

Ohne einen Kommentar oder eine Handbewegung stieg Naumann aus und steuerte die Tür mit der blau illuminierten Aufschrift „Ausgang/Exit" an. Auch wenn die Geste fehlte, wusste Tom genau, dass ihm nichts anderes übrig blieb, als dem Kleiderschrank zu folgen. Hinter der Ausgangstür schloss sich ein ungemütliches Treppenhaus an, das außer Treppen und einem Fahrstuhl nichts weiter zu bieten hatte. Doch Naumann wollte auf den Bereich dahinter hinaus, der durch eine zusätzliche Stahltür abgetrennt wurde und nur bestimmten Mitarbeitern zugänglich war: nämlich jenen aus den Bereichen Technik, Forschung und Entwicklung. Da Tom einen anderen Aufgabenbereich bei Capada unterhielt, hatte er den Keller bei seinem Antrittsbesuch kurz gestreift, was hieß: Er war von Veneta mit dem höchstmöglichen Eiltempo der modernen Arbeitswelt hindurchgetrieben worden. Die Räumlichkeiten und Forschungslabore hatte er so natürlich nicht sehen können, nur einmal hatte

Veneta mit ihm einen Raum betreten, den ein überdimensionierter Gastank beinahe alleine ausgefüllt hatte. Es hieß, dass man dort nach neuen Antriebsmöglichkeiten für Raketen forschte. Das war alles, was Tom bisher über den Keller Capadas wusste, neben der Tatsache, dass man sich in einem Labyrinth schmuckloser Gänge ganz hoffnungslos verlaufen konnte.

Auch bei seinem zweiten Besuch war es Tom nicht vergönnt, sich die Räumlichkeiten einmal richtig anzusehen: Nachdem Naumann sich Zutritt verschafft hatte, durchquerte er zielgerichtet den gesamten Hauptkorridor, ohne dabei irgendeine Form von Rücksicht auf Tom zu nehmen, der Mühe hatte, ihm zu folgen. Tom fragte sich, wann es dem Staatsanwalt wohl auffiele, wenn er sich von jetzt auf gleich in Luft auflösen würde. Doch er beschloss, eine Flucht nicht in Erwägung zu ziehen. Bestimmt hatte der Kleiderschrank auch Augen auf seinem kahlen Hinterkopf.

Bisher hatte Toms innere Aufregungsglut noch verhindert, dass ihn angesichts des kurzärmeligen Hemdes bei Nachttemperaturen von gefühlten zwölf Grad Celsius fror. Doch hier, in den Katakomben seiner kriminellen Ex-Firma, bereute er es zum ersten Mal, keinen Pullover dabei zu haben und er spürte, wie seine Arme von einer Gänsehaut überzogen wurden.

Naumanns Ziel lag auf der linken Seite ganz am Ende des Hauptkorridors. Nichts vor der üblichen, grauverzinkten Stahltür deutete darauf hin, was sich dahinter verbarg. Genau wie schon zuvor checkte Naumann mit einer Berechtigungskarte ein und wich ein gutes Stück zurück, als diese nach außen hin aufschwang. Dann führte er Tom hinein. Sie betraten einen kleinen Raum, weiß und kahl. Eine Zelle, fiel ihm zuerst ein und er ahnte nicht, wie recht er damit haben sollte.

20

Der Anruf kam aus dem Nichts und entriss sie ihren Gedanken. Drei Buchstaben ließen ihr Herz höher schlagen. Tom. „Ja Schatz?", schrie sie mit einer Mischung aus Angst und Erleichterung in ihr Handy.

„Hör zu, Sarah: Du musst Capada unbedingt die Zulassung erteilen, sonst töten sie deine Mutter und mich."

In diesem Moment dachte Sarah Wagner nichts. In diesem Moment fühlte sie nur. Sie fühlte, wie ein Erdbeben ihr Herz ergriff und in ihren Bauch hinunterzog. Erst nach diesem Moment setzte ihr Gedankenapparat ein, begleitet von einem Muskelzittern und einem flauen Gefühl im Magen. Ruhig, beinahe gezwungen ruhig, nur unterschwellig mit einem Ton der Erregung, hatte Tom jenen Satz vorgetragen, der Sarah das Blut gefrieren ließ.

„Schatz, was redest du da?"

„Leider die Wahrheit. Denke dir deinen Teil und tue genau, was ich gesagt habe, damit deiner Mutter und mir nichts passiert. Die Zulassung muss bis 13 Uhr erteilt sein. Sage nichts der Kripo und nicht deinen Vorgesetzten, dass du dazu gezwungen wurdest."

„Wieso zwingt dich die Staatsanwaltschaft ...?"

„Ich kann dir keine Fragen beantworten. Das Messer ist schon an meiner Kehle.“

„Wo bist du?“

Doch ihre verzweifelte Frage wurde nur durch ein Piepsen erwidert. Tom hatte aufgelegt. Von einem Weinkrampf geschüttelt vergrub sie sich unter ihrer Bettdecke und wollte am liebsten nichts mehr mit dieser Welt zu tun haben, in der ein Alptraum auf den nächsten folgte.

Dann gingen ihr die Lichter auf. Tom war mitten in der Nacht entführt worden, das stand außer Zweifel. Aber nicht von der Staatsanwaltschaft Darmstadt, wie Naumann ihnen weißmachen wollte, sondern von einem skrupellosen Kriminellen, der für Capada arbeitete. Wahrscheinlich war Naumann auch der Spion, der ihnen die ganze Zeit nachgestellt und auch die Morddrohungen auf den Zetteln verfasst hatte. Und nun entführte er Sarahs Mutter und Tom, um den Druck auf sie noch einmal zu erhöhen.

Sarah sprang auf. Der erste Schock nach Toms Anruf war einer hypernervösen Unruhe gewichen, die sie konfus durch das Hotelzimmer trieb, auf der Suche nach einem klaren Gedanken an einen Plan. Es musste schnell gehen. Schneller, als die Ermittler gegen Capada und ihr mörderisches Netzwerk vorgehen konnten, denn sie gab sich nicht der Illusion hin, dass Veneta, Naumann und deren

Mitstreiter bis 13 Uhr unschädlich in einer Zelle saßen. Sie warf einen Blick auf ihre blau leuchtende Armbanduhr. 5:26. Noch sieben Stunden und 34 Minuten.

Ohne in den Spiegel zu schauen verließ sie das Zimmer. Sie konnte sich nicht erinnern, einmal derart ungepflegt, fertig und zerknittert die vier Wände ihrer Intimsphäre geräumt zu haben. Doch in ihrem Aussehen lag nicht der Grund, warum sie hoffte, auf dem Hotelflur und auf dem Weg zur Toilette keine Menschenseele anzutreffen. Wenn Naumann der Spion und Entführer war, dann hatte sie nun ihre Ruhe. Vielleicht, wenn Veneta nicht längst einen Ersatz geschickt hatte, der sie auf Schritt und Tritt überwachte, ohne dass sie ihn auch nur einmal gesehen hatte. Sie wollte sich so gut schützen, wie sie konnte, und der einzige Ort, der ihr einfiel, war die Damentoilette. Auf dem Weg nach unten begegnete ihr niemand. Als sie die Toilettentür öffnete, erschrak sie jedoch. Vor dem Waschbecken stand ein kleines Mädchen, das sich offenbar die Hände waschen wollte. Sarah schätzte die Kleine, die ihr den Rücken zukehrte, auf vielleicht zehn Jahre. „Gleich geht es zum Strand“, murmelte das Mädchen, ohne sich zu ihr umzudrehen. Erst im zweiten Augenblick fiel Sarah der Inhalt der Worte auf, der kaum einen Sinn ergeben konnte. Ein Strand in Frankfurt? Ach egal, vielleicht habe ich mich verhört. Meine Nerven gehen mit mir durch. Sie ist nur ein Kind, das eben wie ich sehr früh aufgestanden ist, versuchte sie sich zu beruhigen und bemühte sich, so schnell und unauffällig wie möglich hinter der Kabinentür zu verschwinden.

Erst nach 40 Sekunden Klingeln nahm Petra ab. „Sarah, was ist los?", meldete sich eine völlig verschlafene Stimme, in der neben chronischer Unlust und einem Muss-ich-schon-aufstehen auch ein bisschen Sorge lag, dass man sie so früh am Morgen schon telefonisch sprechen wollte. Dass ihre Annahme berechtigt war, wusste Petra Zultu nach den Berichten ihrer Kollegin ganz sicher.

„Dieses neunmal verfluchte Pack!", schimpfte sie. „Das ist Psychoterror pur, sie wollen dich brechen, damit du ihnen gibst, was sie verlangen. Du darfst dir das auf keinen Fall bieten lassen. Was machen die polizeilichen Ermittlungen?"

„Ich habe seit gestern Abend nichts mehr gehört. Die Presse wird ausschließlich von der PanAll-Katastrophe beherrscht. Aber selbst wenn die Ermittlungen gut laufen, woran ich meine Zweifel habe, kann ich mich nicht allein auf die Staatsmacht verlassen. Ich muss selbst etwas tun, bevor es zu spät ist. Aber es macht mich fertig."

„Du bist eine starke Frau, Sarah. Du wirst das aushalten und überleben."

„Ja, ich vielleicht. Aber was ist mit Tom und meiner Mutter? Sie sind offensichtlich in der Hand eines geistig verrückten Menschen!"

„Ich kann noch nicht genau einschätzen, wie ernst dieser Veneta zu nehmen ist. Ich meine, ob er Tom und deine Mutter wirklich ..."

„Petra, ich bitte dich! Wer vor Morddrohungen und Entführungen nicht zurückschreckt, dem ist alles zuzutrauen. Veneta ist ein Psychopath, der in seiner eigenen Welt lebt, die gerade auseinanderbricht. Er hat nicht mehr sehr viel zu verlieren und versucht alles, um an diese verfluchte Zulassung zu kommen."

„Dann gib ihm doch, was er will."

„Dass du noch so gelassen bist, Petra! Tom hat mir erklärt, ich dürfte weder die Polizei einschalten noch irgendjemandem erzählen, dass ich dazu gezwungen wurde, eine Entscheidung pro Capada zu fällen. Wie aber soll ich eine Zulassung gegenüber Geisson begründen? Eigentlich bringt sogar unser Gespräch hier die beiden in Lebensgefahr."

„Na ganz einfach: Du machst einen Fake und steckst ihn Capada in den Briefkasten."

„Einen Fake? Ich soll einfach irgendein falsches Dokument ausdrucken? Petra, das wird auffallen! So blöd ist Veneta nicht, dass er die Echtheit nicht prüfen würde. Er wird bei Geisson nachfragen.“

„Na und? Dann informierst du Geisson eben vorher genau wie mich.“

„Die Sache ist mir so unheimlich, Petra. Ich habe Angst, einen Fehler zu begehen, einen unverzeihlichen Fehler, der am Ende zum Tod meiner Lieben führt.“

„Was bleibt dir anderes übrig, Sarah? Tu es, setz das Dokument auf, das wird die beiden für das Erste retten. Anschließend sind die Ermittler am Zug. Capada ist sowieso im Fokus, die Kriminalität stinkt zum Himmel. Es ist ein ganz gefährliches Spiel für alle Beteiligten.“

„Wie soll ich das Dokument denn ...?“

„Mensch Sarah, du kennst doch unsere Zulassungsbescheide? Druck halt einfach so einen Wisch aus!“

„Psst, ich bin gar nicht in meinem Büro, sondern in einem Frankfurter Hotel auf der Damentoilette. Und wenn ich hier wieder rauskomme, werde ich sofort von irgendeinem Veneta-Idioten observiert, worauf du dich verlassen kannst! Wo bitte soll ich völlig unbehelligt ein Worddokument erstellen, ausdrucken und womöglich noch unser Siegel druntersetzen, das ich gar nicht habe?“

„Also schön, ich mach das gleich fertig, wenn ich im Büro sitze und werfe es Capada in den Briefkasten. Und ich schaue mal, ob ich ein unauffälliges Vier-Augen-Gespräch mit Geisson bekomme, bevor Veneta bei ihm anruft. Das wird gar nicht so leicht, zumal vermutlich eine erste große Sitzung zum Thema PanAll anstehen wird. Das sind für die dunklen Machenschaften einer nicht mehr sehr beachteten Weltraumfirma wie Capada natürlich beste Bedingungen. Die im Schatten sieht man nicht.“

„Ich kann nur beten, dass Polizei und Staatsanwaltschaft fündig werden.“

„Das ist wohl wahr. Aber irgendetwas werden sie schon ausmachen, so viel Dreck wie dieser Veneta am Stecken hat.“

„Hoffen wir es! Um wie viel Uhr hast du das Schreiben fertig?“

„Och, ich bin ja gerade erst durch deinen Weckruf aus dem Reich der Träume angereist. Ein bisschen Zeit musst du mir schon geben, mein Rührei.“

„Sag mal, spinnst du, Petra? Raffst du die Realität nicht? Tom und meine Mutter sind entführt worden und mir selbst wird mit dem Tode gedroht. Du aber scherzt hier rum, als handelte es sich um eine Kindergeburtstagsfeier! Und hinterher haben wir drei Tote!“

„Entschuldigung! Ich wollte eigentlich nur ein bisschen Lockerheit transportieren, damit es für dich etwas erträglicher wird. Du kennst mich doch. Aber jetzt ist es gut. Ich fahre sofort los!"

„Danke Petra!"

Es piepste. Das Gespräch war beendet.

Sarah merkte, dass ihr schon zu dieser frühen Stunde der Schweiß auf der Stirn stand. Sie wusste nicht, was der Tag ihr bringen würde, aber sie ahnte nichts Gutes. Mit zitternden Händen steckte sie ihr Handy ein, betätigte die Toilettenspülung und verließ die Kabinentür. Als sie den Vorraum betrat, zuckte sie zusammen. Vor dem Waschbecken stand, völlig unverändert an Ort und Stelle, das Mädchen von vorhin. Noch immer machte die Kleine keinerlei Anstalten, sich die Hände waschen zu wollen, geschweige denn, sie überhaupt in Richtung des Wasserhahns auszustrecken. Doch sie stand nicht ganz regungslos da. Gerade in dem Moment, als Sarah sich von dem Schreck erholt hatte und in Bewegung setzte, drehte sich die Kleine zu ihr um und sah Sarah direkt in die Augen. Sarah stieß einen erstickten Schrei aus. Nicht nur, weil sie die plötzliche Reaktion des Mädchens überraschte. Nein, das allein war es nicht, dazu hatte Sarah in den letzten Stunden zu viel Schrecken erlebt. Das eigentlich Gruselige an dieser Situation war das Mädchen selbst mit ihren langen dunkelbraunen

Haaren. Sarah identifizierte sie auf Anhieb: Sie hatte soeben Bekanntschaft mit ihrer Mutter als Kind gemacht. Eine Gänsehaut überkam sie. „Was ...?“, stammelte sie, doch die Kleine blickte sie nur stumm an. Sarah hätte Fragen stellen können. Doch nach dieser Entdeckung kannte sie nur eins: Voll panischem Entsetzen rannte sie zur Tür hinaus, die Treppe hoch, verfehlte nur knapp einen Kellner mit vollem Tablett und schloss sich auf ihrem Zimmer ein. „Tom“, schluchzte sie verzweifelt, als sie sich in ihr Kissen warf, „wärst du doch hier!“

21

„Das habe ich mir gedacht", sagte Veneta mit Blick auf die Überwachungsschirme, die die Kellerräume Capadas zeigten, „dass sie die Polizei rufen. Dafür sollen sie bestraft werden. Sofort."

Sie spürte, wie es wärmer wurde. Einen Vorteil bot ihr ihre Krankheit, bei der sich ihr Geist Schritt für Schritt verabschiedete, nicht. Was nutzte ihr geistige Umnachtung, wenn sich ihr Körper noch in der Wirklichkeit voller Schmerzen befand. Nachdem man sie hastig gefesselt, geknebelt und ihr ein komisches Gewand übergezogen hatte, durch das sie ihren eigenen Körper nicht mehr sehen konnte, hatte sie einen Feuerschein wahrgenommen und eine Wärme in ihrem Rücken gefühlt.

„Was ist das für ein Raum?", hörte sie plötzlich eine Männerstimme hinter sich.

„Das ist unser Feuerraum. Wir nutzen ihn zu Forschungszwecken, was den Raketentreibstoff angeht", erklärte daraufhin ein anderer Mann.

„Aha, interessant", murmelte der erste Mann wieder, „bitte führen Sie mich weiter."

Emma Wagner hörte ein Klacken, was sie vermuten ließ, dass die beiden Männer, die so plötzlich den Raum betreten hatten, ebenso schlagartig wieder verschwunden waren. Ein paar Augenblicke herrschte Stille, ehe sie das Geräusch von hinten vernahm, das sie bereits von vorhin kannte: ein Knacken und ein Knistern. Dann wurde es gleißend hell und heiß. So heiß, dass sie nicht einmal mehr merkte, wie ihre Haut Blasen warf. Das war ihr endgültiger Abschied von dieser Erde.

22

Sarah überlegte kurz, ob sie an das kleine Pillendöschen in ihrer Handtasche gehen sollte. Nur für den Notfall hatte sie immer zwei Zolpidem-Tabletten dabei. Sie wollte aus dieser schrecklichen Realität heraus. Die unheimliche Begegnung mit dem Mädchen auf der Toilette hatte ihr den Rest gegeben. Sie fühlte sich nun nicht mehr nur von allen Seiten her verfolgt und bedroht, sondern war sich darüber hinaus unsicher, ob sie sich selbst noch trauen konnte. Steigerte sie sich so in die Sorge um ihre entführte Mutter hinein, dass sie sie schon im Gesicht eines zehnjährigen Kindes erkannte? Aber sie hätte schwören können, dass dieses Mädchen genauso aussah wie ihre Mutter als Kind, wie sie sie unzählige Male auf Fotos gesehen hatte. Langes dunkelbraunes Haar und blaue Augen. Der stumme Blick des Mädchens ging Sarah nicht aus dem Kopf. Hinzu kam ihr eigenartiges Benehmen, wie sie vor dem Waschbecken stand, aber keinerlei Anstalten machte, sich die Hände zu waschen. Fast so, als sei sie in dieser frühen Morgenstunde nur deshalb auf Toilette gegangen, weil sie dort auf Sarah wartete. Sarah war die Letzte, die an Geister glaubte, aber wenn es nicht an ihrem Verstand lag, an was dann?

Ihre Augen fixierten wieder die kleine, im Stile griechischer Mythologie verzierte Pillendose, die ihr eine kleine Ausflucht versprach. Nein, sagte sie schließlich und steckte die Dose zurück in ihre Handtasche. Was war, wenn eine Nachricht von Petra oder Tom ankam und sie selbst völlig weggetreten hier herumlag? Überhaupt: Was hatte Petra ihr gesagt? Ich mach das gleich fertig, wenn ich im Büro sitze und werfe es Capada in den Briefkasten.

Der lange Zeiger der alten Großvateruhr auf dem Hotelzimmer lief auf die halb sieben zu und näherte sich somit langsam dem erträglichen Morgen an. Tick-tack, machte das Sekundenpendel dazu. Hatte sie das typische Geräusch einer Standuhr bei ihren Großeltern, die eine Vorliebe für alte Sammleruhren besessen hatten, stets als beruhigend und mit Gedanken an eine gute alte Zeit empfunden, so verkehrte sich dessen Wirkung nun in das Gegenteil, indem es ihre Nervosität beflügelte. Nur ihr Puls raste schneller als die Uhr. Plötzlich fiel ihr ein, dass sie ganz vergessen hatte, das Internet ihres Handys einzuschalten, über das sie ihre Nachrichten bezog. Rasch holte sie das Versäumte nach. Die Applikation benötigte ein paar Sekunden, aber dann flackerte die Nachricht auf. Sie konnte kaum glauben, dass Tom ihr geschrieben hatte, statt sie anzurufen. Mit zitternden Fingern öffnete sie die Nachricht, die ihr Herz für einen Moment aussetzen ließ.

„Sie haben Emma getötet, weil wir ihnen die Kripo auf den Hals gehetzt haben. Wenn nicht bald die

Zulassung eintrifft, werde auch ich sterben. Ich flehe dich an, mein Schatz: Versuche alles und rette mich!"

Danach griff sie zu einer Tablette.

23

Bei Jonas Brinsow läutete das Telefon zum gefühlt einhundertundersten Mal in dieser Nacht. „Ja bitte?", blaffte er in das Gerät und es klang aggressiver, als es eigentlich klingen sollte.

„Tarow vom Katastropheneinsatzkommando Wostotschnij. Ich wollte Ihnen nur mitteilen, dass wir für heute nichts mehr machen können. Der Unglücksort ist mittlerweile größtenteils abgesteckt, abgesichert und wird morgen auf Leichen- und Trümmerteile hin untersucht. Unsere Ermittler haben außerdem das Datenmaterial des Starts beschlagnahmt und werden so schnell wie möglich die Ursache ausfindig machen."

„Alles klar, danke Ihnen", verabschiedete sich Brinsow schweratmend. Wie gerne hätte er sein Telefon aus dem Fenster geschmissen, hier oben aus dem Büro im 72. Stock. Doch er wusste, dass das nicht ging. *Eine gute Firma steht zu ihrem Versagen.* Dieser Satz schoss ihm in dieser Nacht zum wiederholten Male durch den Kopf. Einzig: Er hatte bislang noch gar keine Zeit gehabt, um über dieses Versagen nachzudenken. Ständig klingelte sein Handy, durch das sich unzählige besorgte Kollegen, Geschäftspartner, Freunde und nicht zuletzt auch noch Verwandte meldeten. Er tat gut daran, diese

Anrufe wenn möglich persönlich entgegenzunehmen. *Wer ein Unternehmen führt, muss immer die Verantwortung übernehmen, auch wenn er für den Schaden wahrscheinlich gar nichts kann.* PanAll war Brinsows ganzer Stolz. Jahrelang hatte er als Vorstandsvorsitzender darauf hingearbeitet, seine Firma ganz nach oben zu befördern. Jede freie Minute hatte ihn sein Job gekostet. Die entscheidenden Faktoren für den Erfolg waren die Motivation seiner Mitarbeiter und die niedrigste Fluktuationsrate der 30 größten amerikanischen Unternehmen überhaupt. Wenn seine Mitarbeiter mit Freude jeden Morgen in die Firma kamen, arbeiteten sie produktiver, verbrachten nicht mehr so viel Zeit mit anderen Dingen und mussten nicht einmal bei ihren Tätigkeiten überwacht werden. Ein so geschaffenes Betriebsklima ermöglichte es wiederum, die allermeisten Mitarbeiter lange Zeit zu halten, ohne neue Mitarbeiter einarbeiten zu müssen und somit für einen Produktivitätsverlust zu sorgen. Das Gemeinschaftsgefühl schweißte zusammen und dafür stand PanAll.

Für einen unwirklich kurzen Augenblick herrschte Stille im Büro. Es folgte das unbarmherzige Rattern des Faxgerätes, das schließlich den nächsten Fetzen Papier ausspie. Ohne auf die Tintenzeichen geschaut zu haben wusste Brinsow sofort, um was es sich handelte. Trotzdem durchzuckte es ihn, als er sah, dass nun auch die New York Times eine Anfrage für eine Pressekonferenz geschickt hatte. Also wählte er wieder eine Nummer, die das Papier, das den für die Presse interessanten und für ihn fürchterlichen Termin schwarz auf weiß in alle Welt schrie, mit einem Surren in die Redaktion übertrug.

Brinsow fuhr mit seinen Fingern über die Stirn und schloss dabei einen Moment lang die Augen, so wie er es immer tat, wenn er eigentlich nichts mehr wissen wollte von dieser Welt. Ihm wurde regelrecht schwindelig, wenn er daran dachte, wie sein E-Mail-Postfach inzwischen aussehen mochte. Als er die Augen wieder öffnete, blickte er hinaus aus seinem Fenster auf die Stadt, die niemals schlief und in deren Hochhäusern noch immer unzählige Lichter brannten. Lichter von Wohnungen, in denen die Menschen vergeblich auf der Suche nach ihrer Nachtruhe waren. Brinsow hätte gerne mit jedem einzelnen seiner Mitmenschen getauscht. Doch er wusste natürlich, dass das allenfalls in Fantasy-Büchern möglich war. Nun musste er Verantwortung dafür übernehmen, dass sich soeben in seiner Firma das größte Unglück in der Geschichte der Weltraumtouristik abgespielt hatte. Die Dimension dieses Alptraums wollte noch immer nicht recht in seinen Kopf.

Bislang hatte er nur die Unglücke der anderen gekannt. Fleeze 89 war zum Inbegriff der

Nestbeschmutzung eines ganzen Industriezweiges geworden, hervorgerufen durch gefährliche Sparmaßnahmen an den Sicherheitssystemen beim Start. Fahrlässigkeit wog noch wesentlich schlimmer als ein reines Versagen von Maschinen oder Technik. Brinsow hoffte inständig, dass es an den Maschinen oder der Technik lag und nicht an heimlichen Sparmaßnahmen seiner Mitarbeiter. Er schauderte bei diesem Gedanken. Bislang wäre er für jeden in seinem Unternehmen durch das Feuer gegangen. Er glaubte nicht daran, dass ein Mitarbeiter einen solchen Anschlag auf sein Team verüben konnte.

In diesem Moment klingelte das Telefon erneut. Nein, sagte er sich, dieses Mal gehe ich nicht dran.

24

Antonio Veneta nahm die Hände aus seinen Hosentaschen. Zu heiter und aufgelockert durfte er sich auch nicht geben, nachher schürte gerade diese Haltung einen Verdacht. „Kommen Sie, Herr Veneta, wir ermitteln sowieso gegen Capada, da tut das eine doch auch nichts mehr zur Sache. Mich würde interessieren, wie Sie diese Metacus eigentlich gemacht haben?" Der hagere Beamte fixierte Veneta mit einem durchdringenden Blick. Doch dieser war korrektes Lügen zu sehr gewohnt, als dass er sich irgendetwas anmerken ließ, geschweige denn auch nur mit einer Wimper zuckte. „Ich weiß nicht, was Sie die ganze Zeit mit diesen Metacus meinen."

„Nun, wozu dienten Ihnen die Metacus denn? Sie sind doch eigentlich ganz praktisch, um ein paar Leute verschwinden zu lassen oder um ungesehen herumzuspionieren."

„Wie gesagt, Sie müssen mir schon erklären, wozu diese Metacus dienen."

„Wir haben ohnehin alles in der Hand gegen Sie. Aber gut, bei Metacus handelt es sich um eine der faszinierendsten Erfindungen der modernen Optik. Ein Anzug, der den Menschen, der ihn trägt, komplett unsichtbar macht. Finden Sie das nicht großartig?"

„Das klingt ohne Zweifel interessant."

„Kommen Sie, Herr Veneta, führen Sie mich doch hin. Bedenken Sie, dass sich Ihre Kooperationsbereitschaft positiv auswirkt. An und für sich ist ja nichts schlimm an dieser Erfindung."

Veneta blieb ruhig. „Alles, was ich Ihnen zum Thema sagen konnte, habe ich Ihnen gesagt."

„Und wie erklären Sie sich dann die Hinweise, die wir bekommen haben?"

„Nun, Sie wissen ebenso wie ich, dass jede große Firma auch ihre Feinde hat, die nicht ihr Bestes wollen. Es handelt sich hierbei jedoch um eine anscheinend sehr kühne Behauptung, die uns endgültig den Garaus machen soll. Lassen Sie es mich ganz ehrlich sagen: Die Firma Capada hat im Moment durch unsere Fleeze-Affäre wirklich andere Probleme zu lösen, als ihren Mitarbeitern irgendwelche unsichtbaren Anzüge zu verpassen. Außerdem ist mir nicht bekannt, dass es solche Anzüge gäbe. Das wäre ja eine Weltrevolution."

„Und natürlich die Möglichkeit für Sie, unliebsame Spuren einfach zu verwischen oder ungesehen herumzuspionieren. Eine Weltrevolution muss man geheim halten ..."

„Ich habe Ihnen alles dazu erklärt. Vorwürfe sind das eine, aber man muss sie auch beweisen können. Wie gesagt, Sie haben hier in unserer Firma freie Hand und dürfen weiterhin alles auf den Kopf stellen, so wie das Ihre Kolleginnen und Kollegen der Staatsanwaltschaft seit Fleeze 89 tun. Gerne zeige ich Ihnen alles, was Sie sehen möchten."

„Wir möchten gerne das Unsichtbare sehen."

Veneta lachte gekünstelt. „Ich weiß nicht, ob ich dafür der richtige Ansprechpartner bin."

Der Beamte zog eine Augenbraue hoch. „Aha, und wer wäre das dann?"

„Vielleicht irgendein Physiker, der mit Unsichtbarkeit herumexperimentiert. Interessant ist die Vorstellung ja alle Male, das kann ich Ihnen nicht absprechen. Jedoch haben wir davon hier nachweislich niemanden beschäftigt, gucken Sie bitte auch in die Arbeitsverträge."

„So etwas kann man leicht fälschen."

„Da bin ich sogar auf Ihrer Seite, dass man das theoretisch kann. Das wäre ja Ihr Job, so etwas auf die Schliche zu kommen. Wir bei Capada arbeiten allerdings seit Fleeze 89 sauber. Mein Job ist es, das Unternehmen wieder in seriöses und ruhiges Fahrwasser zu steuern. Sie können sich vorstellen, dass wir kein Interesse an einer weiteren Manipulation haben."

Jetzt war es der Staatsanwalt, der Veneta eine Hand auf die Schulter legte und die Befragung übernahm. Er war einen ganzen Kopf kleiner gewachsen als der Polizeibeamte und ging leicht in die Breite. Sein schütteres Haar zeugte davon, dass er wohl im Laufe seiner Karriere schon so manches Geständnis erwirkt hatte. „Ganz ehrlich, Herr Veneta, wie viele Freunde haben Sie noch? Ihr Unternehmen ist doch am Ende ...“

„Meine Firma hält zu mir. Es ist richtig, dass wir durch schwere Zeiten gehen. Aber wenn das Verfahren abgeschlossen ist, werden wir wieder aufsteigen, das schwöre ich Ihnen.“ Venetas grüne Augen funkelten giftig.

„Mir ist aber anderes zu Ohren gekommen ...“

„Das ist schön, was andere Leute erzählen. Ich bin der Chef der Firma Capada und sage Ihnen das so.“

„Um wieder aufzusteigen, benötigen Sie die Zulassung, die Ihnen entzogen wurde.“

„Sicherlich, die Zulassung ist ein wichtiges Projekt auf diesem Weg.“

„Sie ist wohl *das* wichtigste Projekt. Wie will eine Weltraumtouristikfirma denn ohne Raketenstarts arbeiten?“

„Da haben Sie recht. Aber es hilft ja nichts, wir müssen Schritt für Schritt vorgehen.“

„Zeit, die Sie angesichts Ihrer Finanzlage kaum haben dürften."

„Zeit ist immer knapp, da sage ich Ihnen wohl nichts Neues."

„Zeit, für deren Gewinn Sie im Zweifelsfall Sarah Wagner unter Druck setzen würden. Auch das fügt sich sehr gut ins Bild. Nichts wirklich Schlimmes, aber so ein bisschen Korruption gehört eben zum Geschäft."

„Nein, da habe ich eine andere Meinung."

„Sie kennen Sarah Wagner?"

„Ja sicher. Sie ist die zuständige Zulassungsbeamtin beim BIfZudeWe und betreut unseren Fall." Veneta wusste, dass die Vernehmung nun in ihrer heißen Phase war und dass er sich keinen Fehler erlauben durfte. Doch er kannte die Reid-Technik der Ermittler inzwischen mehr als genug: Der Wechsel von Maximierung („Wir haben alles gegen Sie in der Hand") und Minimierung („Na kommen Sie, das hätte wohl jeder in Ihrer Situation getan") sollte es dem Verbrecher leicht machen, zu seinen Taten zu stehen. Veneta hatte einmal gelesen, dass nahezu 85 Prozent aller Verdächtigen ihre Taten nach Anwendung dieser Methode gestanden. Aus seiner Sicht waren die Geständigen jedoch nichts weiter als schwache Charaktere, die nicht einmal die billigsten Tricks der Beamten durchschauten. Mit einem

Firmenboss wie ihm konnten sie diese Nummer vergessen.

„Da liegt es doch auf der Hand, dass Sie sie bei ihrer Entscheidung ein bisschen unter Druck gesetzt haben.“

„Ich habe Ihnen gesagt, dass wir seit Fleeze 89 sauber arbeiten.“

„Aber Ihnen ist schon klar, dass die Morddrohungen gegen sie einen Urheber haben müssen und dass Sie sich aus diesem Verdacht schlecht herausreden können, weil alle Indizien dafür sprechen, dass Sie es waren. Wer sollte so etwas sonst tun?“

„Nun, wie ich Ihnen bereits sagte, die Welt ist voller Feinde gegen uns. Es gibt genügend Angehörige der Fleeze-Katastrophe, die sich an uns rächen möchten und die allein für eine solche Aktion infrage kämen. Verstehen Sie mich nicht falsch: Die meisten der Angehörigen, die mir persönlich übrigens immer noch sehr leidtun und die ich mit allen mir zur Verfügung stehenden Kräften nach wie vor unterstütze, sind friedliche Menschen. Aber es gibt auch Radikale unter ihnen. Ich selbst traue mich kaum noch aus dem Haus, weil ich den Zorn der Menschen fürchte.“

„Mit einer unsichtbaren Uniform wäre das aus dem Haus gehen gar kein Problem mehr.“

„Es ist schön, dass Sie mich immer wieder zu einem Geständnis hinsichtlich der faszinierenden Uniformen bewegen möchten, aber da kann ich mich nur wiederholen und das ist nicht sehr spannend für Sie.“

„Was motiviert einen Mann wie Sie eigentlich noch weiterzumachen? Grenzen zum Mord einzureißen?“

„Ich mache weiter, weil ich die Vision habe, das, was nicht in Ordnung war und was ich mit verbrochen habe, wieder geradezubiegen. Ich möchte das Vertrauen der Menschen zurückgewinnen und sehe mich auch den Mitarbeitern der Firma Capada gegenüber verpflichtet. Grenzen zum Mord reißen wir keine ein.“

„Aber glauben Sie nicht, dass der Imageverlust zu groß ist für eine global in die Negativschlagzeilen geratene Firma?“

„Ich bin ein positiv denkender Mensch.“

„Sie möchten sich nur Ihr Versagen nicht eingestehen, was sehr menschlich ist. Und in Wirklichkeit sind Sie ein armer Teufel, für den Aufgeben keine Alternative ist.“

„Stellen Sie es mal so hin. Die Bilanz wird nicht gezogen, während die Geschichte noch läuft.“

Der Polizeibeamte gab dem Staatsanwalt mit einem Nicken zu verstehen, dass er genug gehört hatte.

„Danke. Hier unten haben wir alles gesehen, was wir sehen wollten. Wir würden uns dann jetzt oben umschauen, wenn Sie erlauben.“

„Bitteschön, Sie haben das Recht, die Firma auf den Kopf zu stellen. Wenn ich Ihnen dabei in irgendeiner Form behilflich sein kann, lassen Sie es mich bitte wissen.“

Ein heftiges Pochen an der Zimmertür riss Sarah unsanft aus ihrer Traumwelt. Sekunden später wurde die Tür aufgeschlossen und eine Dame im hellblauen Reinigungskostüm betrat den Raum. „Entschuldigung, wir müssen jetzt räumen“, sagte sie freundlich, aber dennoch mit der notwendigen Bestimmtheit, als gehörten derartige Aktionen zu ihrem täglichen Brot. Als Sarah nicht direkt reagierte, sprach die Dame sie an: „Ist alles in Ordnung mit Ihnen?“

Sarah benötigte noch einen Augenblick, ehe sie zu einer Antwort in der Lage war. „Jaja“, murmelte sie, „geht schon. Entschuldigung, ich hatte ganz die Zeit vergessen.“

„Das glaube ich auch. In einer Stunde reisen Ihre Nachfolger an.“

Mit einem Ruck saß Sarah gerade auf ihrem Bett und fuhr sich durch ihr Haar. „Wie spät ist es?“

„Fünf nach zehn. Eigentlich sollten Sie um zehn schon raus sein."

„Oh mein Gott!"

Sarah beeilte sich, ihre Handtasche zu finden, die das Einzige darstellte, das sie nach Frankfurt mitgenommen hatte. Dennoch schaute sie sich noch einmal um, ob sie nichts vergessen hatte, ehe sie den Raum verließ. „Ist wirklich alles in Ordnung mit Ihnen?", hakte das Zimmermädchen nach, während Sarah sie passierte.

„Jaja, ich war nur … weggedämmert. Aber jetzt geht es wieder." Sie wandte sich zum Gehen, hielt jedoch noch einmal inne, als ihr etwas einfiel. „Eine Sache könnten Sie mir sagen: Läuft irgendetwas Interessantes in den Nachrichten?"

Die Frau fuhr sich über ihr Kopftuch. „Och, interessant, naja. Dieses Raketenunglück in Russland ist die erste Meldung. Ansonsten eigentlich nichts."

„Gut, danke Ihnen. Und Entschuldigung noch einmal. Normalerweise bin ich ein sehr pünktlicher Mensch."

Das Zimmermädchen lächelte sie an. „Kein Problem. Viele unserer Gäste kommen nach durchzechten Nächten nicht raus."

„Hm", murmelte Sarah zum Abschied, bevor sie den Hotelkorridor entlangtorkelte. Wenn du wüsstest, was hier abgeht. Von wegen durchzecht, dachte sie. Trotzdem fühlte sie sich genauso, als hätte sie sich in der Nacht betrunken, jetzt, nachdem die Wirkung der Tablette langsam nachließ. Ein Schleier der Benommenheit umgab sie noch, während die Erinnerung fragmentartig zurückkehrte. Tom, Capada, Darmstadt, Frankfurt, die Morddrohung, Toms Entführung, die Ermordung ihrer ... Mutter. Der letzte Gedankenfetzen weckte sie sofort auf. Sie haben Mama getötet!, dachte sie und spürte, wie eine unglaublich starke Mischung aus Wut und Trauer in ihrem Blut aufstiegen. Aber der nächste Gedanke galt direkt Tom. Ich muss ihm helfen! Petra wollte doch ...

Hastig zog sie ihr Handy aus der Tasche ihrer Jeans und schaltete das Internet ein. Unzählige Freunde hatten ihr geschrieben, vermutlich wegen des PanAll-Star-Unglücks. Sie spürte ihr Herz pulsieren, während sie zwischen den 31 neuen Meldungen nach Petras Nachricht suchte. Weiter unten auf der zeitlichen Listung wurde sie endlich fündig: Schon um 7:31 hatte Petra ihr geschrieben. „Hallo Sarah, ich habe den Zulassungswisch persönlich an der Capada-Pforte abgegeben mit dem Hinweis der absoluten Dringlichkeit. Aber bis ein Uhr ist es ja noch ein bisschen.“

Erleichtert atmete Sarah durch und lehnte ihre Schulter an die mit rotem Stoff ausgekleidete Flurwand. Gott sei Dank! Eilig überflog sie auch die übrigen Meldungen um zu schauen, ob Tom ihr geschrieben hatte. Doch die gruseligen Worte, die er zuletzt an sie verschickt hatte, blieben nach wie vor das aktuellste Lebenszeichen ihres Freundes. Seufzend steckte sie ihr Handy in die Tasche. Die Nervenschlacht ging weiter. Sie fühlte sich nicht imstande, all die anderen Nachrichten zu beantworten. Viel wichtiger war die Frage, was sie als nächstes tun sollte. Das Hotel hatte Tom nur für eine Nacht gebucht, eventuell konnte sie ihren Aufenthalt aber in einem anderen Zimmer verlängern. Schnell verwarf sie den Gedanken. Es half ihr nichts, den lieben langen Tag voller Kummer und Sorge einsam in einem Hotelzimmer zu verbringen, während Tom in Darmstadt um sein Leben kämpfte. Außerdem fühlte sie sich hier nicht unbedingt sicherer: Wenn sie wollten, konnten Venetas Handlanger sie auch im Hotel ermorden.

Also hangelte sie sich am Geländer entlang die Treppe hinunter, beglich ihre Rechnung und machte sich auf in die noch erträgliche Morgenluft des neuen Sommertages. Das erste Objekt, das sie ansteuern musste, hieß Toilette. Da der Hauptbahnhof direkt um die Ecke lag, entschied sie sich, es dort zu versuchen. Als sie die für einen Hauptbahnhof relativ saubere Sanitäranlage betrat, kam ihr wieder die unheimliche Begegnung mit dem Mädchen im Hotel in den Sinn und plötzlich schauderte Sarah, weil sie die Erkenntnis traf. Ihre Mutter war tot. Mutmaßlich ermordet von Capada-Menschen. Kurz nachdem Sarah ein Mädchen gesehen hatte, das dem Kindheitsbild von Emma Wagner entsprach, hatte Tom ihr die Nachricht vom Tod ihrer Mutter übermittelt. Mitten im Vorraum der Toilette überkam Sarah eine Gänsehaut. Hatte sie wirklich den Geist ihrer Mutter gesehen? Gab es denn so etwas? Oder war es Spinnerei, Einbildung, ihre psychische Lage, die sie Dinge sehen ließ, die sie gar nicht sehen wollte und die darüber hinaus gar nicht existierten? Sie war immer eine starke Frau gewesen, aber in diesem Moment spürte sie, wie ihre Fassade bröckelte.

Schnell schloss sie sich in einer Kabine ein. Vielleicht brachte sie zumindest das Telefonat mit Herrn Hai auf andere Gedanken, die weniger gruselig waren.

„Entschuldigen Sie mich bitte einen Moment", sagte Hai, als die Töne seines Lieblingsfußballvereins aus seiner Hosentasche erklangen, und beeilte sich, Antonio Venetas Büro schnell zu verlassen.

„Hai hier", meldete er sich, nachdem sich die Bürotür geschlossen hatte. Misstrauisch blickte er sich auf dem Flur um, ob sich irgendein Capada-Mitarbeiter in der Nähe befand. Natürlich konnte ihn immer noch jeder belauschen, der es wollte, und für Hai stand fest, dass die Drohnenmaschinerie der Firma gerade jetzt auf Hochtouren lief. Er musste auf seine Worte Acht geben, um seine Anruferin zu schützen.

„Sie müssen mir helfen! Tom wurde entführt und meine Mutter ermordet und ich fürchte, dass Tom das gleiche Schicksal erfährt. Capada stellt als Bedingung die Übertragung der Zulassung unseres Instituts bis 13 Uhr, sonst stirbt Tom. Das aufgesetzte Dokument hat Capada inzwischen erreicht. Was machen Ihre Ermittlungen?" Sarah Wagners Stimme klang beinahe hysterisch und überschlug sich mehrmals.

„Ganz ruhig, Frau Wagner, es wird alles gut. Beruhigen Sie sich erst einmal. Ich kann Ihnen sagen, dass die Ermittlungen auf Hochtouren laufen."

„Aber Sie haben noch niemanden festgenommen?"

„Nein, Frau Wagner, noch nicht. Wir sind noch immer auf der Suche nach Beweisen."

„Eine Tote und zwei Morddrohungen, reicht Ihnen das nicht?"

„Wir kommen trotzdem nicht um die Beweise herum. Rein theoretisch wäre es auch denkbar, dass jemand der Firma Capada diese Taten in die Schuhe schieben möchte. Denken Sie zum Beispiel an die Angehörigen der Fleeze-Katastrophe und ein mögliches Vergeltungsmotiv. Aber das ist natürlich reine Spekulation, solange wir keine Beweise finden.

Leider haben wir auch weder Fingerabdrücke noch DNA-Spuren auf den Zetteln mit den Drohungen entdeckt."

„Was ist denn mit der Telekommunikation? Drohnen, Telefonate, interne Protokolle. Capada tut sich beim Thema Überwachung ja immer sehr hervor." Sarah Wagner klang jetzt etwas gefasster, fast unglaublich ruhig für ihre ohnmächtige Verzweiflung, die sie als Opfer haben musste. Das erlebte Hai selten.

„Genau bei dem Thema sind wir gerade dabei."

„Gut. Und die unsichtbaren Anzüge?"

„Niemand weiß etwas davon. Im Forschungskeller zumindest sind wir nicht fündig geworden und auch von den Augenumrissen, die durch die Metacus angeblich noch zu erkennen sein sollen, fehlt bislang jede Spur."

„Dann suchen Sie bitte weiter. Ich schwöre Ihnen, dass diese Anzüge dort zu finden sind!"

„Wir geben unser Bestes, Frau Wagner."

„Das hoffe ich! Bitte halten Sie mich auf dem Laufenden."

„Das machen wir."

„Okay. Wiederhören."

„Wiederhören."

Sarah wusste nicht, wo ihr der Kopf stand. Sie fühlte alles in nur einem Augenblick: Trauer um ihre Mutter, Wut auf Veneta, Angst um Tom und Resignation, weil sie nach dem Telefonat mit Hai der Situation tatenlos ausgeliefert war. Sie fragte sich, ob Veneta sein Versprechen wahrmachen und Tom nach Erfüllung der Forderung freilassen werde. Doch sie plagten berechtigte Zweifel. Veneta ließ wohl kaum jemanden frei, der bereits alles wusste und hinterher womöglich als gefährlicher Belastungszeuge aussagen konnte. Aus Sarahs Sicht lag die einzige Hoffnung darin, dass Kriminalpolizei und Staatsanwaltschaft endlich Beweismaterial sicherstellten und die an den Verbrechen beteiligten Mitarbeiter schnellstmöglich festnahmen, bevor ... Sie traute sich nicht, ihre Befürchtung zu Ende zu denken. Was sollte sie unternehmen? Selbst nach Darmstadt fahren? Sich in unnötige Gefahr begeben?

Doch diese Fragen brauchte sie nicht mehr zu beantworten, denn es kam anders. Sie spürte einen eisernen Griff an ihrem Hals, dann saß das Klebeband. „Keinen Laut, du tust jetzt genau das, was ich dir sage. Ich bin bewaffnet", zischte ihr eine unbekannte Männerstimme ins Ohr. Sie hatte nicht bemerkt, dass ihr die Augenumrisse bis in die Einzelkabine der Bahnhofstoilette gefolgt waren.

Unsichtbarkeit ist jener Zustand, in dem ein <u>Gegenstand</u>, eine Substanz oder eine <u>Strahlung</u> für das menschliche oder tierische <u>Auge</u> nicht wahrnehmbar ist. Bei der Unsichtbarkeit im engeren Sinne handelt es sich um <u>physikalische</u> Umgebungsbedingungen, unter denen ein normalerweise sichtbarer Gegenstand für Menschen nicht mehr erkennbar ist, sagte Wikipedia. Nun gut, das überrascht mich nicht, dachte Leon Hai und fuhr sich mit der Hand über sein glattrasiertes Kinn. Er lachte. So ähnlich hätte ja sogar ich als Physikniete Unsichtbarkeit definiert. Hai fuhr mit dem Rädchen der Maus herunter, überflog die Kapitel Bedeutung und Beispiele und blieb schließlich bei technisch-physikalischen Konzepten für Unsichtbarkeit haften. Dort stolperte er über die Begriffe photonische Kristalle, Brechungsindex, Planspiegel, Linsen und die Gravitation, an die er sich sogar noch sehr dunkel aus seiner Schulzeit erinnern konnte. Sehr bald wusste Hai – auch wenn er inhaltlich kaum ein Wort verstand – Bescheid, wie es um den aktuellen Status der Unsichtbarkeitsforschung bestellt war: „Unsichtbarkeit auf der Ebene von Metamaterialien ist prinzipiell möglich." Aha, sehr interessant. Noch interessanter aber wurde seine Erkenntnis bei einem Blick auf die Quellen, denn natürlich hatte er wie jeder Schüler gelernt, dass Wikipedia als alleinige Angabe nicht genügte, um eine Behauptung wissenschaftlich haltbar zu machen. Immerhin zwei Einzelnachweise wiesen so genannte Primärquellen aus: Zum einen stieß Hai auf einen etwas älteren, im „New Journal of Physics" erschienenen Artikel einer deutschen Arbeitsgruppe zum Thema „Unsichtbarkeit mit Planspiegeln" und zum anderen – und hier setzte sein Ermittlerherz einen Moment lang aus – auf die Forschungsseite eines gewissen Herrn Professor Anton-Thorsten Schlinger von der Technischen Universität Darmstadt. „Realisierung von Unsichtbarkeit dank Metamaterialien" hieß die Überschrift der Seite, die Hais Hände zittern ließ. Volltreffer. Vielleicht sollte ich diesem Herrn Schlinger mal einen Besuch abstatten.

25

Jetzt erfuhr sie am eigenen Leib, wie es sich anfühlte, wenn einer der fünf Sinne des Menschen ausfiel. Obwohl es nur der Sehsinn war, den der Entführer ihr abgebunden hatte, und sie davon abgesehen alles mitbekam, was um sie herum passierte, trug alleine der psychologische Effekt zu einer noch größeren Hilflosigkeit bei. Sie kam sich nicht mehr vor wie ein selbstständiger Mensch, der die Fäden des Lebens in der eigenen Hand hatte, sondern fühlte sich vollkommen ausgeliefert. Nachdem er sie geknebelt, ihre Augen verbunden und ihr anschließend einen Anzug übergestülpt hatte, den sie für ein Metacu-ähnliches Objekt hielt, hatte der Mann ihr seine Hand an die Schulter gelegt, nicht gewaltsam, aber bestimmt, und sie aus dem Bahnhofsgebäude hinausgeführt. Sie hatte die Laute der Menschen auf der Straße gehört, ohne sie zu sehen. Den Geräuschen nach war er mit ihr in ein nahegelegenes Parkhaus gegangen und hatte sie in sein Auto einsteigen lassen. Dort hatte sie ein angenehmer Citrusduft empfangen. Einige Momente lang war sie in Angst und Schrecken erstarrt, weil sie befürchtete, dass der Fremde sie hier an Ort und Stelle vergewaltigen würde. Zumindest diese Horrorvorstellung hatte sich nicht bewahrheitet, denn kurz darauf war das Motorengeräusch zu hören und zu spüren gewesen. Sarah befand sich nun auf dem Weg. Wohin, das wusste sie nicht. Der Mann sprach nicht zu ihr und ihr selbst saß der Schreck dermaßen in den Gliedern, dass sie es nicht wagte, einen Laut von sich zu geben. Eigentlich wusste sie auch so, wohin die Reise ging. Sämtlichen bisherigen Ereignissen zufolge musste sie keine Prophetin sein, um vorherzusagen, dass sie nun Tom nähergebracht wurde ... und ihrer Mutter, wobei sie der letzte Gedanke erschauern ließ. Natürlich. Wenn, dann müssen Venetas Leute so konsequent sein und auch mich töten, die Drohung steht ja schon länger im Raum. Todesangst überkam sie. Wie fühlte sich der Tod an?

Vielleicht ist das Sterben wie eine Achterbahn. Sie erinnerte sich genau daran, wie sie als zehnjähriges Mädchen zum ersten Mal in der Holzachterbahn Colorado mitgefahren war. Bei diesem Klassenausflug ins Phantasialand bei Köln hatten ihre Freundinnen sie vorher durch ein Wechselbad der Gefühle geschickt, als sie sich nicht getraut hatte einzusteigen. Zuerst hatten sie sie belächelt, dann ausgelacht, einen Feigling genannt, aber schließlich – als aus ihren schreckgeweiteten Augen die blanke Angst gesprochen hatte – Mut gemacht. „Es ist gar nicht so schlimm", hatte Becky gemeint. „Setz dich neben mich, wir schaffen das zusammen." Warum sich Sarah letztlich doch getraut hatte, konnte sie nicht mehr sagen. Becky hatte einen nicht unerheblichen Anteil daran gehabt. Gute

Sterbebegleitung war eben wichtig. Loslassen musste man trotzdem alleine. Es folgte das plötzliche Gefühl überwältigender Schwerelosigkeit. Am Anfang war es ihr beängstigend und gewöhnungsbedürftig vorgekommen wie alles Unbekannte. Doch schließlich hatte sie sich an die Geschwindigkeit gewöhnt, sodass sie sich sogar gegen Ende der Fahrt entspannt und fröhlich winkend die Hände in die Luft geworfen hatte, als wollte sie sagen: Ihr da unten am Boden habt etwas verpasst! Konnte man sich so das Sterben vorstellen? Erst die Todesangst, ein verzweifeltes Klammern und Festhalten, aber schließlich die Loslösung von den Kräften und Fesseln der Erde?

Sarah Wagner versuchte sich Mut zu machen mit ihren Erinnerungen und Gedanken, doch es half nur ein bisschen. Die Umsetzung erwies sich angesichts der Stärke ihrer Angst als nahezu unmöglich. Entweder die Kripo handelte schnell oder es war zu spät.

Sie zuckte zusammen, als der Schlüssel neben ihr rasselte, den der Entführer aus dem Zündschloss zog. Dieses klirrende Geräusch, mit dem der Endpunkt einer Etappe eingeläutet wurde, steigerte ihren Nervenkitzel ins Unermessliche. Die Autofahrt war vorbei. Sarah wartete darauf, dass die Autotür geöffnet und sie ihrerseits dazu gezwungen werden würde, auszusteigen. Doch nichts dergleichen geschah zunächst. Stattdessen hörte sie, wie der Mann kurz in seiner Tasche herumkramte. Dann wurde sie Zeugin eines Gesprächs.

„Wie steht der Kurs, Bänker? Hast du sie?", vernahm sie eine relativ leise, mit größter Anstrengung verständliche Stimme des vermeintlichen Telefonpartners ihres Entführers. Wenn der Verlust ihres Sehsinnes einen Vorteil hatte, lag dieser darin begründet, dass alle übrigen Sinne schärfer denn je funktionierten.

„Jep. Sitzt hier im Auto."

„Ausgezeichnet. Dann bring sie her."

„Ist denn die Luft rein bei euch?"

„Noch nicht. Die Bullen sind noch immer hier und stellen jede Büroklammer auf den Kopf. Aber sie werden nichts finden, es ist eine absolut abgekartete und vor allem *saubere* Sache. Wir haben Unsichtbarkeit, Feuer und das modernste Verschlüsselungssystem der Welt auf unserer Seite und verwischen alle Spuren so wie die Spuren im Sand, die das Meer einholt. Die untergehende Firma ist ein Märchen."

„Und ich soll sie wirklich ...?"

„Spreche ich Chinesisch? Bring sie sofort her. Je eher sie von der Bildfläche verschwunden ist, desto besser, weil sicherer für uns.“

„Aber wo soll ich sie …?“

„Bring sie zu Norton in den Feuerraum. Dort ist sie in bester Gesellschaft, höhöhö. Lass dich natürlich nicht sehen und mach bloß keine Geräusche, wenn du der Staatsmacht begegnen solltest.“

„Geht klar. Und was ist mit PanAll? Ich hoffe, das ist ebenso gut abgekartet. Bedenke, wie viele Verbrecher schon Fehler begangen haben, die sie gar nicht auf der Rechnung hatten.“

„PanAll ist sicher. Wir haben alles in absoluter Dunkelheit mit den Metacus gelöst und keinerlei Spuren hinterlassen. Wer sollte uns dieses kleine Verbrechen nachweisen?“

„Du bist wirklich eiskalt, Antonio.“

„Wer sich gegen mich stellt, soll dafür bezahlen. Das ist nur recht. Und nun beeil dich!“

„Jawohl, Chef!“

Sarah hörte, wie das Gespräch durch ein knappes „Pock“ beendet wurde. Sie konnte kaum glauben, was sie dort eben mitgehört hatte. Sollte Veneta tatsächlich auch für die PanAll-Katastrophe verantwortlich sein? Der Gedanke schnürte ihr schier die Luft ab, als sie sich klarmachte, dass sie sich augenblicklich in den Fängen einer der größten Verbrecherbanden vor der Menschheit befand. Es durchfuhr sie heiß und kalt, als sie sich vorstellte, was man nach der Ermordung ihrer Mutter nun mit Tom und ihr vorhatte. Den „Feuerraum" wollte man ihr zeigen, was auch immer das heißen mochte. Wozu benötigte eine Weltraumtouristikfirma einen Feuerraum? Bei Weltraum und Feuer fielen ihr zuallererst die Raketen ein. Natürlich besaß Capada Raketen, aber die Starts wurden viel weiter draußen und nicht im Europaviertel am Firmensitz abgehalten. Ob sie vielleicht auf dem Weg dorthin war? Ja, das musste es sein: Mit dem Feuer wollte man sie töten!

Fieberhaft überlegte sie weiter, wie sie sich trotz der aufsteigenden Panik eine Schutzhülle aus Gedanken und schönen Erinnerungen aufbauen konnte. Doch das war im Moment das Schwierigste auf der Welt, denn in ihren schönen Erinnerungen kamen meistens entweder ihre Mutter oder Tom vor. Egal ob Familienurlaube oder ihre jüngste Liebe: Ausgerechnet jene Ereignisse, an die sie sich am liebsten erinnerte, wurden sofort von der gegenwärtigen Trauer und der Angst um ihre wichtigsten Menschen überdeckt. Schließlich fand sie ein paar schöne Erlebnisse in ihrer Jugendzeit, allen voran einen Urlaub auf Korsika, den sie mit ihren besten Freundinnen verbracht hatte. Sie fühlte noch immer, wie die Sommersonne wärmend auf ihre Haut traf. Aber all das war nicht stark genug: Es vermochte ihr höchstens ein kleines bisschen Zerstreuung zu verschaffen.

Dann, in seiner Plötzlichkeit unerwartet, vernahm sie das besagte Autotürengeräusch, das sie sofort in die Gegenwart zurückholte. Sie zitterte. Nur wenige Augenblicke später wurde auch die Beifahrertür – ihre Tür – geöffnet und der Entführer zerrte an ihrer Metacu. „Mitkommen!", befahl er barsch und rammte ihr sein Knie in den Hintern. Sie wollte ihren Schmerz hinausschreien, aber ihr Mund war zugeklebt. Gegen diese Qual half nichts mehr, nicht einmal die Kraft ihrer einst so mächtigen Fantasie. Jetzt half nichts mehr. Der Feuerraum wartete auf sie.

Das gibt es doch nicht, wo ist er denn hin?, entfuhr es Helge Mertners. Als Staatsanwalt im fortgeschrittenen Lebensalter hatte er ja nun schon so manches korrupte Haus von innen gesehen, aber an eine derart skurrile Firma konnte er sich nicht erinnern. Nicht nur, dass sich die geradezu erdrückende Last an Vorwürfen gegenüber Capada ziemlich umgekehrt proportional zu den (nicht vorhandenen) Beweisen für eben diese Vorwürfe entwickelte. Nein, jetzt hatte auch noch Antonio Veneta, der mutmaßlich Hauptverantwortliche für diese mutmaßlichen Verbrechen, ausgerechnet die eine Sekunde des Nichtbeobachtetseins radikal ausgenutzt, um ... sich in Luft aufzulösen. Mit dem beiläufigen Hinweis an Hai und ihn, „nur mal eben das stille Örtchen" aufzusuchen, hatte sich Veneta davongestohlen. Natürlich hatte Mertners nichts gegen den Besuch der Toilette einzuwenden gehabt, sondern darin – im Gegenteil – sogar die einmalige Chance gesehen, das umfassende Überwachungssystem des Unternehmens selbst auszuprobieren. Doch die Drohne, die Mertners ihm nachschicken wollte, fand Veneta nicht.

Was den Staatsanwalt zusätzlich beunruhigte war die Tatsache, dass Veneta ihnen alle Funktionen seiner Firma mit einer Zuvorkommenheit bereitstellte, die Mertners tatsächlich an jemanden erinnerte, der nichts zu verbergen hatte und sich seiner Sache sehr sicher war. „Kein Problem, schauen Sie sich gerne unseren Überwachungsapparat an und experimentieren Sie ein wenig damit." Worte, die Mertners noch nie von einem Firmenboss gehört hatte und die ihn verdächtig unverdächtig machten.

Eine mögliche Lösung seiner rätselhaften Unauffindbarkeit lag natürlich darin, dass Veneta die Drohnen so manipuliert hatte, dass sie ihn selbst nicht aufspüren konnten. In diesem Fall konnte Veneta unentdeckt überall und nirgends hin verschwunden sein, aber nicht auf eines der 26 stillen Örtchen Capadas, die der überdimensionale

Überwachungsschirm Mertners in Vierteilung anbot. Oder er hatte blitzschnell eine Metacu aus der Tasche gezaubert und sich unsichtbar gemacht. Sarah Wagner hatte ihnen eingeschärft, besonders nach den angeblich sichtbaren Augenumrissen zu schauen, die eine Art Achillesferse der mysteriösen Anzüge darstellten – bislang vergeblich. Mertners fluchte. Ausgerechnet diese Ermittlungen, bei denen es um Leben oder Tod und vor allem um die Zeit ging, liefen alles in allem unglücklich, um nicht zu sagen: mehr als enttäuschend. Er wurde das unheimliche Gefühl nicht los, dass Veneta ihnen immer einen Schritt voraus war. Vor allem schien er ihnen, was die technische Versiertheit anging, um Längen voraus zu sein.

„Leon", wandte er sich schließlich an seinen Kollegen, der direkt nebenan Venetas Rechner auf den Kopf stellte, „schau dir das mal an."

„Momentchen ...", murmelte Hai gedankenverloren. Eine halbe Minute später saß er neben Mertners vor dem Überwachungsschirm. „Ja, er hat allen seinen Mitarbeitern nachspioniert, sogar bis auf die Toilette", kommentierte Hai das, was er sah.

„Genau. Und wo wollte er gerade hin?"

„Auf Toilette."

„Exakt. Und darf ich mal fragen, wieso ich ihn auf seinen eigenen Überwachungsschirmen nicht sehe, wenn ich mir alle Firmenklos anzeigen lasse?"

„Tja ... Vielleicht hat er die Toilette noch nicht erreicht?"

„Dann wäre er aber arg langsam. Selbst wenn: In dem Fall müsste ich ihn ja unter Eingabe seines Namens auch außerhalb der Sanitäranlagen aufspüren können. Sind schließlich noch anderswo Kameras."

„Klar, er ist der Chef. Wieso sollte er sich selbst finden lassen wollen? Der Apparat dient der Überwachung seiner Mitarbeiter, schon vergessen?"

„Ach so ein Mist, auf den Gedanken bin ich auch schon gekommen. Wollte nur wissen, ob du genauso denkst, womit ich den Beweis hätte. Ich könnte mir darüber hinaus vorstellen, dass er sich unsichtbar gemacht hat."

„Nun, um das herauszufinden, gibt es immer noch die Möglichkeit, nach Augenumrissen zu suchen. Denk daran, was Sarah Wagner dir gesagt hat!"

„Na toll! Bis ich auf einem von diesen 26 Toiletten ein Paar Augenumrisse identifiziert habe, ist Veneta dreimal fertig, und sei sein Geschäft noch so groß."

„Nana, nicht klagen. Nimm einfach die nächstgelegene Toilette. Oder glaubst du, er geht absichtlich gerne drei Stockwerke? So toll ist seine

Figur auch nicht, dass er aussieht, als täte er das tagtäglich."

„Weißt du, ich glaube gar nicht, dass er überhaupt auf Toilette geht. Er hat das nur so gesagt. In Wirklichkeit will er etwas kaschieren oder einen Komplizen vor uns und unseren Entdeckungen warnen."

„Ach wirklich? Welche Entdeckungen denn?" Hai zog sarkastisch die Augenbrauen hoch.

Mertners fluchte. „Verdammt, wir haben noch *nichts* gegen ihn in der Hand! Mittlerweile kommen mir sogar Zweifel daran, ob er nicht vielleicht sogar im Recht ist und wir ihm wirklich mehr andichten, als er verbrochen hat."

„Du hältst Sarah Wagner für unglaubwürdig?"

Mertners hielt einen Moment lang inne. Mit einer Frage, die eine Position so zugespitzt auf den Punkt brachte, hatte er nicht gerechnet. „Weißt du Leon, am Ende zählen nur die Beweise. Für Veneta gilt die gleiche Unschuldsvermutung wie für Wagner."

„Mit dem Unterschied, dass Sarah Wagner mit dem Tod gedroht wurde. Hier in dieser Firma sollen sich ihrer Aussage nach auch Tom Lortery und Wagners Mutter befinden. Die Leiche von Wagners Mutter, muss man wohl präzisieren. Mensch Helge, wach endlich auf: Hier in diesem verfluchten Haus müssen sich doch irgendwo Spuren finden lassen, ein Gefangener und eine Leiche! Das mit der Unsichtbarkeit ist übrigens gar nicht so an den Haaren herbeigezogen: Komm mit, jetzt zeige ich dir mal etwas!"

Keine halbe Minute später saßen die beiden auf Venetas Arbeitsplatz. Um den Aha-Effekt bei seinem Kollegen voll und ganz auszureizen, hatte Hai die geöffneten Fenster seiner Entdeckung auf Venetas Rechner blitzartig geschlossen. „Tipp mal Folgendes in die Suchleiste ein: *Unsichtbarkeit* und *TU Darmstadt*. Ich garantiere dir ein Ergebnis, das sich gewaschen hat."

„Du machst es ja spannend", kommentierte Mertners sarkastisch, während er gehorsam tat, wie sein Kollege ihm aufgetragen hatte. In Wirklichkeit konnte er es auf den Tod nicht ausstehen, wenn man ihn etwas nachmachen ließ, das ein anderer schon längst herausgefunden hatte. Erstens hatte sich in solchen Fällen die Spannung verabschiedet und zweitens ließ man ihn im stolzen Alter von 55 Lenzen wie einen Schuljungen dastehen. „Aha", murmelte er etwas genervt, als ihm die Suchmaschine wie erwartet eine Liste voller Ergebnisse ausspuckte. Nach kurzem Überfliegen der ersten Seite entschied er sich letztlich, wie fast immer, für das oberste Resultat, woraufhin sich eine Datei im Portable Document Format öffnete. Es handelte sich augenscheinlich um eine wissenschaftliche Publikation, die den Titel „Realisierung von Unsichtbarkeit dank Metamaterialien" trug. Mertners wusste sofort, weshalb sein Kollege ihn diese Suche durchführen ließ, zumal sich der Autorenkreis auf zwei Forschungsgruppen der Universitäten Darmstadt und Mississippi, allen voran auf einen gewissen Professor Thorsten Schlinger, erstreckte.

„Glaubst du, ich lese mir jetzt alle 12 Seiten durch?", überspielte Mertners seine aufkommende Hochstimmung, die er angesichts der Deutlichkeit des Ergebnisses plötzlich doch verspürte. Die Abhandlung vertrat den Aufbau eines typischen wissenschaftlichen Artikels: Auf die Nennung von Überschrift und Autoren folgte eine kurze Zusammenfassung, eine Einführung in das Thema, die Methodik der Experimente, die Ergebnisse mit Diskussion, die daraus gezogenen Schlussfolgerungen und schließlich die Quellenangaben. Außerdem erklärten die Autoren, mit etwaigen Interessenskonflikten nichts am Hut zu haben.

„Nein. Am besten, wir lassen uns von dem Professor höchst selbst erklären, was diese ominösen Metamaterialien sind. Wir haben nicht viel Zeit zu verlieren. Denk an Sarah Wagner!"

„Wahnsinn! Hat sie dir gegenüber diesen Professor Schlinger eigentlich mal erwähnt?"

„Nein.“

„Dann ist der Hund umso dicker. Mir scheint, als schlingere da jemand in ein Verhör ...“

Hai lachte kurz auf. „Ach du meine Güte, Helge, das war der platteste Wortwitz, den ich jemals gehört habe!“

26

Das Gespräch verlief ausgesprochen einseitig, was daran lag, dass Sarah Wagner nicht mitreden konnte. Das Pflaster auf ihrem Mund hatte sie den Worten Antonio Venetas schutzlos ausgeliefert. Und welche Worte es waren! Sarah kochte vor Wut – einer Wut, die ihre Angst längst verdrängt hatte. Wie gerne wäre sie aufgesprungen und hätte Veneta mit bloßen Fäusten erledigt. Doch sie war an einen Stuhl gekettet.

„Wissen Sie, Frau Wagner, eigentlich wollte ich sie gar nicht umbringen. Ich bin ja kein schlechter Mensch und erst recht niemand, der grundlos Leute ins Jenseits befördert. Sie haben die Forderung erfüllt. Nach reichlich später Einsicht zwar, aber Sie haben die Forderung erfüllt, das muss man Ihnen lassen. Ich weiß, dass ich für diesen Fall versprochen hatte, Tom freizulassen und Sie gar nicht erst gefangen zu nehmen. Aber Sie können sich ebenso gut vorstellen und mich sicherlich auch verstehen, dass ich kein Interesse daran habe, dass Sie noch irgendwann gegen mich aussagen.

Sie können nichts für diese Welt. Sie können nichts dafür, dass nur Siege zählen. Nein, Sie können nichts für diese betrügerische Scheiße, der wir uns Tag für Tag hingeben müssen.

Bevor ich Sie umbringe, möchte ich mich noch bei Ihnen entschuldigen.“

27

Der Weg in die Innenstadt fand sich an diesem Morgen beschwerlicher denn je. Obwohl sie sich halb elf näherten und der Berufsverkehr längst der Vergangenheit angehörte, kamen sie auf ihrem Weg durch die verstopften Straßen nur langsam voran. Die Warterei trieb die Nervosität der Ermittler noch einmal zusätzlich in die Höhe. Normalerweise waren Hai und Mertners mit ihrer jahrelangen Berufserfahrung abgebrüht genug, um allein ihren Sachverstand vor ihre Gefühlswelt zu stellen, wo Außenstehende angesichts der nervlichen Belastung längst reif für die Mühle gewesen wären. Doch diesmal lag der Fall ein wenig anders. Trotz der Durchsuchung einer ganzen Firma und Anwendung der Reid-Methode gegen ihren Chef hatten sie noch keinen einzigen Beweis dafür in der Hand, dass Capada für weitere Verbrechen außer des Fleeze-Skandals verantwortlich war. Nun immerhin hatten sie eine heiße Spur gefunden, die sie hoffentlich zu den unsichtbaren Anzügen führte. Angeblich hatten Venetas Leute eine Oma auf dem Gewissen, deren Leiche die Ermittler vergeblich suchten, und drohten des Weiteren damit, ihren ehemaligen Mitarbeiter Tom Lortery umzubringen. Die Konsequenz ihres Ermittlungsversagens konnte ein weiterer Mord sein, weshalb eine gewisse Eile unbedingt angebracht war. Das Letzte, das Hai und Mertners auf dem Weg zu frischer Erkenntnis gebrauchen konnten, war ein banaler Verkehrsstau.

Während Leon Hai den kleinen, unscheinbaren Peugeot – den er liebevoll „Sternenflieger" nannte – steuerte, vertrieb sich Helge Mertners die innere Unruhe damit, auf seinem Handy eine Recherche über Professor Schlingers Lebenslauf anzustellen. „Er lächelt wirklich sehr sympathisch auf diesem Foto", bemerkte Mertners.

„Du bist fies", konterte sein Kollege, „ich kann das Foto ja gar nicht sehen. Oder möchtest du, dass wir vor den nächsten Baum fahren?"

„Mensch Meier, schalt doch einfach für ein paar Momente den Autopiloten ein und gut ist!"

„Du Witzbold, du hast mir noch nicht einmal gesagt, welchen Zielort ich meinem guten Sternenflieger einfüllen soll. Die TU Darmstadt ist kein Nikolaushäuschen und es wird dort auch nicht nur einen Professor geben!"

„Hey hey", hob Mertners beschwichtigend die Hände, „hier unten auf seiner Seite steht doch die Adresse des Instituts: Pankratiusstraße 47b in 64289 Darmstadt. Fachbereich Angewandte Physik."

Nachdem Hai die Automatik eingeschaltet hatte – was er selten tat, da er Sternenflieger lieber selbst steuerte – riss er Mertners das Handy förmlich aus der Hand und begutachtete seinerseits das Porträt des Professors. „Aalglatte schwarze Gelfrisur, knallblaue Hornbrille, blaues Sakko zu weißem Hemd und ein strahlendes Lächeln im Gesicht, als hätte er einen Bleaching-Experten zurate gezogen: Ich muss schon sagen, er sieht gar nicht aus wie ein Professor, eher wie ein Geschäftsmann", meinte Hai stirnrunzelnd.

„Was ihn nicht gerade unverdächtig macht. Vielleicht betreibt er dunkle Geschäfte", ergänzte Mertners. „Gib das Handy mal bitte wieder her, ich möchte gerne über seine Forschung lesen."

Murrend gab Hai seinem Kollegen das Handy zurück, auf dem er die Zeilen über Forschung und Lebenslauf ihres designierten Verdächtigen gerne selbst gelesen hätte. „Dann lies mir bitte wenigstens vor."

„Du hast doch selbst ein Handy. Bitte nicht so faul, Herr Kollege. Aber schön, ich lese laut vor. Also: Geboren wurde Schlinger in blabla, alles unwichtig, dann hat er sämtliche Nachwuchspreise in sonstwelchen Kategorien eingeheimst, studiert, promoviert, habilitiert und ist seit knapp zehn Jahren Professor für Angewandte Physik hier in Darmstadt. Bereits in seiner Promotions- und Habilitationsschrift beschäftigte er sich mit Metamaterialien. Ich gebe jetzt hier nur das Wichtigste und für uns Interessante wieder, sonst sitzen wir übermorgen noch hier. Jedenfalls forscht er seit seiner Zeit als Professor hier in Darmstadt an der Nutzbarkeit der besagten Metamaterialien – was auch immer das ist – und insbesondere an ... tada ... Unsichtbarkeit. Er gehört dem Forschungscluster moderne Materialien und Werkstoffe an, das heißt, er kooperiert sowohl intern mit den Material- und Geowissenschaften als auch international mit den Kollegen der Universität Mississippi in Amerika.“

„Steht da irgendwas von Metacus?“

„Nein, dazu kann ich nichts finden.“

„Gut. Noch 150 Meter, dann können wir den Professor höchst selbst befragen.“

„Das will ich hoffen. Was machen wir eigentlich, wenn er gerade nicht im Haus ist, eine Vorlesung hält oder gar auf einem mehrtägigen Kongress verweilt?“

„Der letzte Fall wäre natürlich selten dämlich, das habe ich gar nicht bedacht. Wenn er ein paar Tage in Melbourne verweilt, wird es in der Tat schwierig, da können wir nicht mal eben so hin. Eigentlich haben wir nicht einmal die Zeit, auf das Ende einer Vorlesung zu warten.“

„Du meinst also, wir ziehen Schlinger einfach so vor den Augen seiner Studenten aus dem Gefecht? Das gäbe aber ein Aufsehen!“

Hai zuckte mit den Schultern. „Kann ich es ändern? Wir haben einen Mord und zwei akute Morddrohungen, halten aber noch rein gar nichts in der Hand. Wir müssen schnellstmöglich alles versuchen und von Schlinger verspreche ich mir wirklich Antworten."

„Sie haben Ihren Zielort erreicht", schaltete sich die nervtötend freundliche Stimme von Rudi, dem Autopiloten, ein. Kurz darauf hatte Rudi schon einen Parkplatz gefunden und seine Passagiere mustergültig ein paar Meter entfernt vor dem historischen Gebäude im Gründerzeitstil aussteigen lassen. „Institut für Angewandte Physik", zitierte Leon Hai die Tafel mit goldener Inschrift rechts der Eingangstür. Hai konnte sich nicht erinnern, wann er zuletzt eine so massive, bestimmt vier Meter hohe Tür geöffnet hatte. Mertners folgte ihm. Innen empfing sie genau die Atmosphäre, die sie angesichts der Architektur von außen her erwarten konnten: Eine gigantische Eingangshalle mit beigefarbenen, abgetretenen Fliesen und weißen Wänden, die mit wissenschaftlichen Postern und farbarmen Bildern behangen waren. Links und rechts einer steinernen Treppe, die in den Korridor des Gebäudes mündete, wechselten sich römische Statuen mit gläsernen Kästen, die eine Reihe physikalischer Konstruktionen enthielten, ab. Das war typisch Darmstadt: Moderne Wissenschaft und antike Kunst gingen hier nicht selten Hand in Hand.

Die Kühle der Halle empfanden Hai und Mertners im Vergleich zu der Sommerhitze draußen als wohltuend. So standen sie einige Momente da und ließen die eindrückliche Stimmung auf sich wirken. Dann stupste Mertners seinen Kollegen an: „Hey, wir müssen den Professor finden. Guck mal auf die Hinweistafel ...“ Der Staatsanwalt deutete auf die Wand oberhalb der Treppe, die mit Schienen ausgestattet war, welche – den Bausteinen eines Rummikub-Spiels ähnelnd – Namen und Raumnummern des Instituts enthielten. „Da steht er! PROF. SCHLINGER 4.20!“, rief Hai euphorisch.

„4.20? Das ist doch ganz oben. Lass uns den Aufzug suchen.“

„Aufzug? Nix da! Du wirst ja wohl noch vier Treppen zu Fuß gehen können“, widersprach Hai, der gut reden hatte, da er wesentlich schlanker und durchtrainierter war als der Staatsanwalt in seinen Mittfünfzigern.

„Bist du wahnsinnig? Bis ich oben bin, sind Sarah Wagner und Tom Lortery nur noch Staub des Universums! Wir nehmen den Aufzug, basta!“

„Wenn es in diesem alten Gebäude einen gibt ...“

„Da vorne ist er ja!“, freute sich Mertners über die versteckte Kabine auf der linken Seite der Treppe, die sich vom Stein allenfalls durch ein anderes Material, nicht aber farblich abhob. „Also nichts wie rein.“

Bis zum dritten Stock fuhr der Aufzug durch, ehe er anhielt und einen alten Mann mit Rauschebart und gesenktem Blick einsteigen ließ, der sie das restliche Stück auf dem Weg nach oben begleitete.

„Entschuldigen Sie", nutzte Mertners direkt die Anwesenheit weiteren menschlichen Lebens, „können Sie mir sagen, ob Professor Schlinger in seinem Büro sitzt?"

„Professor Schlinger hat Vorlesung", erklärte der Alte in seinen Bart hinein, ohne die beiden anzusehen. Hai und Mertners seufzten fast eintönig.

„Na prima, das hätten wir uns ja denken können. Und wo hält er seine Vorlesung?", reagierte Hai, während der Fahrstuhl bereits anhielt.

„Fragen Sie im Sekretariat nach."

Mit diesen Worten stieg der Mann aus und ließ die Ermittler allein zurück. „Na, der war ja sehr gesprächig. Da haben wir den Salat", klagte Hai.

„So ein alter Griesgram. Aber gut, fragen wir im Sekretariat nach. Da hätten wir wohl sowieso durchgemusst, ehe wir mit dem hohen Herrn hätten sprechen dürfen."

Der Korridor des vierten Stockwerks war von Grund auf anders eingerichtet als der Eingangsbereich im

Erdgeschoss: Wände, Boden und Decke waren durch und durch mit einem silbern glänzenden Metall ausgekleidet, sodass Hai und Mertners das Gefühl hatten, durch eine Keksdose zu gehen. „Wow, das nenne ich eine Architektur. Sollten wir uns für unsere dröge Polizeistation merken."

Die Türen der Büros sowie deren Nummern, die jeweils gut sichtbar links daneben geschrieben waren, hoben sich durch ein strahlendes Zahnarztweiß von den Metallwänden ab, wodurch sie den besonderen futuristischen Anspruch der Etage zusätzlich betonten. Hai und Mertners passierten 4.16, 4.17, 4.18, 4.19 und blieben schließlich vor 4.20 stehen. Einen Moment lang lauschten sie der Stille des menschenleeren Ganges, dann klopfte Hai an die Tür. Türen zu öffnen war er gewohnt. „Ja", drang eine rauchige Frauenstimme von zu ihnen heraus.

„Guten Tag – Leon Hai, Kriminalpolizei Darmstadt und das ist mein Kollege Helge Mertners, Staatsanwaltschaft Darmstadt. Wir suchen Professor Schlinger", stellte sich Hai der Dame mit den kurzen schwarzen Haaren und dem faltigen Gesicht vor. Es überraschte ihn, wie offen die Sekretärin mit ihrem Alterungsprozess umging. Die tiefen Furchen in ihrem Gesicht hatten allerdings den Vorteil, dass ihre Reaktion auf die Introductio der beiden Ermittler – es kam nicht alle Tage vor, dass die Angewandte Physik von Polizei und Staatsanwaltschaft aufgesucht wurde – nicht besonders auffiel. Nur mit Mühe konnte Hai ein Stirnrunzeln erkennen.

„Darf ich fragen, was Sie von ihm wollen?"

„Darüber dürfen wir leider keine Auskunft geben, auch wenn Sie seine engste Vertraute sind."

„Aha, da bin ich ja überrascht. Der Professor ist nicht in seinem Büro. Er hält unten eine Vorlesung in Hörsaal eins."

„Danke. Und wo finden wir Hörsaal eins?"

„Ganz unten im Erdgeschoss auf der anderen Seite des Eingangsbereichs. Aber nehmen Sie ihn mir ja nicht fest." Die Sekretärin lachte, erinnerte sich dann aber der Lage und wurde abrupt ernst. „Naja, es ist bestimmt nicht lustig."

„Nein, das ist es gewiss nicht. Haben Sie vielen Dank, Frau ..."

„Melinor. Nana Melinor."

„Dankeschön, Frau Melinor."

„Puhuhu", machte Leon Hai, als sie wieder draußen im Keksdosengang standen und atmete tief durch.

„In der Tat, da hätten wir gleich unten bleiben können", pflichtete ihm Mertners bei.

„Du mit deiner Lauffaulheit! Ich mache mir eher Gedanken darüber, wie es ist, da gleich in einen vollbesetzten Hörsaal zu stürmen und den Physikstudenten ihr großes Vorbild abzuführen."

„Wenn er denn ein Vorbild ist."

Bei Hörsaal eins der Physik handelte es sich um ein gigantisches Konstrukt, das konnten Hai und Mertners bereits durch das schmale Spinxfenster von außen erkennen. Gedämpft drang eine Stimme zu ihnen auf den Flur, die offensichtlich dem Vortragenden gehörte. Hoch oben an der Wand befand sich eine üppige Fläche, die sich durch ihr Weiß von dem sanften Himmelblau der Umgebung abhob und auf der eine Präsentation lief. Wer diese Präsentation hielt, konnten sie jedoch nicht erkennen, da ihr Blick nicht bis ganz nach unten reichte.

„Sagt dir die Abbildung irgendwas?", fragte Hai seinen Kollegen, der nur mit dem Kopf schüttelte. „Ich bin Jurist und kein Physiker. Aber es geht auf jeden Fall um Optik, wenn ich mir die Spiegel anschaue."

„A propos Jurist: Du hast doch auch mal in so einem Hörsaal rumgehangen. Wie lange dauert eigentlich eine Vorlesung?"

„Eine Einzelstunde dauert 45 Minuten, eine Doppelstunde eineinhalb Stunden und fängt immer um Viertel nach an. Das ist das so genannte Akademische Viertel, wir sagen auch *cum tempore*, also *mit Zeit*."

„Ihr Studis seid schon übergeschnappt. Die Viertelstunde ist wohl zum Schlafen, oder?"

„Nein, sie diente in früheren Zeiten dazu, dass die Studenten nach Ertönen des Glockenschlags noch genügend Zeit hatten, die Privaträume der Professoren aufzusuchen, in denen damals die Veranstaltungen stattfanden. Außerdem gab es an einigen Universitäten so genannte Rekapitulationen, das heißt, der Lehrstoff wurde während der ersten Viertelstunde einer Stunde wiederholt, quasi für die nicht so fleißigen Studenten, die nicht aufgepasst hatten. Irgendwie habe ich aber auch gelesen, dass …"

„Vorsicht Helge, da kommt jemand! Kopf weg von der Tür!"

Hais Warnung kam gerade noch rechtzeitig, denn nicht zwei Sekunden später wurde die Tür von innen geöffnet und eine Studentin trat hinaus. Sie schaute die beiden etwas irritiert an, sagte aber nichts und setzte ihren Weg fort, wahrscheinlich in Richtung Toilette. „Alter, war die hübsch", flüsterte Mertners, „hast du ihre langen braunen Haare gesehen?"

„Jetzt ist es aber gut, Helge! Wir sollten uns auf unseren Job konzentrieren. Ob Viertelstunde oder nicht, wir gehen jetzt da rein und verhören diesen verdammten Professor endlich!“

„Warte mal, du Vogel. Wir haben zwei Minuten vor elf. Mit etwas Glück ist die Vorlesung um elf zu Ende.“

„Ich soll jetzt hier noch zwei Minuten warten? Helge, jede verstrichene Minute kann Wagner und Lortery das Leben kosten! Entweder du ziehst mit oder ...“ Mit einem entschlossenen Griff an die Türklinke verschaffte sich Hai Zutritt zum Saal. Mertners bedachte seinen Kollegen zwar mit einem bösen Blick, folgte ihm aber schließlich die Treppenstufen hinunter, weil er ihn nicht allein lassen wollte und insgeheim sogar wusste, dass Hai recht hatte. Sie achteten nicht weiter auf die Studenten, die sie wahrscheinlich ohnehin erst einmal für etwas in die Jahre gekommene, aber doch normale Kommilitonen hielten, da sie ja in Zivil unterwegs waren. Ihr Ziel stand weiter unten und lächelte nicht so sympathisch wie auf dem Foto aus dem Internet, was den Professor auf Anhieb wesentlich älter wirken ließ. Diesen Attraktivitätsverlust vermochte auch seine zweifellos modische blaue Hornbrille nicht auszugleichen. Dennoch blieb er für einen Mittvierziger – und vor allem für einen angewandten Physiker – ein extrem gut aussehender Mann. Der Professor spazierte etwas abseits des langen

Labortisches zwischen Wand und Auditorium hin und her und befand sich offensichtlich derart in seinem Element, dass er die Ermittler erst bemerkte, als Hai ihm sanft auf die Schulter tippte. Überrascht fuhr Schlinger herum und schaute die beiden mit großen Augen an. „Warten Sie noch zwei Minuten, die Vorstellung ist noch nicht vorbei, okay? Oder steht das Gebäude in Flammen?"

Da der Professor seine an Hai und Mertners adressierten Worte ebenfalls in das Mikrofon gesprochen hatte, ertönte ein schallendes Gelächter im Hörsaal.

„So direkt steht es nicht in Flammen, aber es rechtfertigt den vorzeitigen Abbruch der Veranstaltung", erklärte Mertners humorlos.

„Etwas präziser müssen Sie schon sein. Oder mir verraten, wer Sie sind, wenn Sie nicht einmal zwei Minuten warten können."

„Glauben Sie mir, es ist zu Ihrem persönlichen Schutz, dass wir Ihnen unser Anliegen erst unter sechs Augen näherbringen können."

Der Professor lachte, doch der Schreck, der ihm in die Glieder fuhr, war für Hai und Mertners kaum zu übersehen. „Na gut, diese beiden netten Herren haben sich bei mir dafür eingesetzt, bereits jetzt zu enden. Über John Pendry und seine Extraordinary

Optical Transmission unterhalten wir uns beim nächsten Mal. Haben Sie vielen Dank bis hierhin!"

Tosender Applaus brandete auf und Professor Schlinger verbeugte sich sogar mit einer übertriebenen Geste. Mertners konnte sich nicht daran erinnern, dass ein solcher Jubel einem seiner – zugegebenermaßen ziemlich abgeschmackten – Dozenten der Rechtswissenschaften jemals zuteil geworden wäre. Kurz darauf erhoben sich die Studenten und sorgten damit für eine allgemeine Aufbruchstimmung. Hai atmete erleichtert auf, das große Aufsehen war ausgeblieben.

„Jetzt haben Sie meine Neugierde aber überstrapaziert: Was ist so wichtig, dass es keine zwei Minuten Aufschub duldet?"

„Mein Name ist Leon Hai von der Kriminalpolizei Darmstadt und das ist mein Kollege Helge Mertners von der Staatsanwaltschaft Darmstadt. Wir hätten ein paar Fragen an Sie, Professor Schlinger."

Schlingers Gesichtsfarbe, die durch das Erscheinen der Ermittler ohnehin schon in Mitleidenschaft gezogen war, wich nun völlig. „Ja ... äh ... sicher, wenn's weiter nichts ist. Ist etwas vorgefallen hier an der Uni, in der Physik?"

Aus dem Augenwinkel erkannte Mertners, dass hinter ihnen einige Studentinnen standen, die offensichtlich ebenfalls an einem Gespräch mit

Schlinger interessiert waren. „Wir sollten uns besser zurückziehen, um uns über diese Dinge zu unterhalten", sagte er daher, um den Professor in Schutz zu nehmen.

„Entschuldigen Sie bitte, wir müssen mit dem Professor alleine sprechen, es dauert etwas länger. Bitte nutzen Sie die nächste Gelegenheit", schickte er die Damen fort. Schlinger war ganz und gar nicht begeistert, hatte aber letztlich keine Wahl, als einzuwilligen. „Ja bitte, kommen Sie doch mit in mein Institut. Es befindet sich direkt in der zweiten Etage."

„Ihre Einrichtung wäre etwas für unsere Polizeistation", floskelte Hai, als sie das zweite Stockwerk erreicht hatten und ungläubig über einen Korridor wandelten, der mit den unterschiedlichsten Stoffoberflächen und Farben ausgekleidet war. Moosgummi, Filz, Keramik, Glas, diverse Kunststoffe, Holz, aber auch das Metall, das sie bereits aus dem vierten Stock kannten, wechselten einander in etwa meterweisen Abschnitten ab und sorgen mal für helle, hallende, mal für gedämpfte Schritte. Hai stellte sich vor, wie anregend es für seine Tastrezeptoren sein musste, wenn er hier barfuß entlang spazierte. Auch das Licht auf dem Gang strahlte – entgegen der üblichen Neonbeleuchtung in wissenschaftlichen

Einrichtungen - eine überraschend angenehme Wärme aus. „Ja, finden Sie das nicht auch klasse? Diese Umgebung hier soll ganz bewusst unsere Sinne ansprechen, um unsere Kreativität und unseren Forschergeist zu stimulieren", erklärte Professor Schlinger, dem die Faszination seiner unangekündigten Gäste nicht verborgen blieb.

„Sagen Sie mal, wieso befindet sich eigentlich Ihr Forschungsbereich hier unten, wo Sie doch Ihr Büro im vierten Stockwerk haben?", fragte Mertners plötzlich.

„Das ist wegen der Sanierungsarbeiten. Mein Büro wird ganz neu gemacht."

„Oh, das klingt ja interessant! Was genau wird denn gemacht?"

„Neue Möbel und neue Wandmaterialien, ähnlich wie in diesem Flur hier. Unsere Philosophie ist es, dass ich in einer Atmosphäre, in der ich mich wohlfühle und die mich mit Inspiration beglückt, besser arbeiten kann als in einer Umgebung, die diese Eigenschaften nicht aufweist."

„Sie sind ein viel umworbener Professor: Das Auditorium jubelt nach einer Physikvorlesung wie in einem Stadion, die Damenwelt liegt Ihnen zu Füßen. Kein Wunder bei Ihrem Forschungsgebiet."

Der Professor lachte. „Naja, Sie kennen es selbst aus der Schule: Ich kann den Unterricht entweder langweilig machen oder nicht. Es geht darum zu zeigen, wie lebendig die Physik ist, was die Physik alles kann und vor allen Dingen: Wie sie unseren Alltag revolutionieren kann. Wir alle hier leben für diese Vision. Denken Sie nur mal an die oftmals bedrückende, kalte Atmosphäre in Krankenhäusern. Sie können sich vorstellen, dass ein solches Klima der Gesundung von Patienten eher hinderlich ist, sie vielleicht sogar kränker macht als zuvor. Hier haben wir ein ganz praktisches Beispiel, wie wir mithilfe der Physik Verbesserungen schaffen können."

„Aber wieso hat es ein Professor wie Sie dann nötig, mit einer Weltraumtouristikfirma zu kooperieren?"

Der Professor blieb abrupt stehen und baute sich in seiner vollen Größe von etwa einem Meter 90 vor Hai und Mertners auf. „Wie bitte? Ich habe keine Ahnung, wovon Sie reden."

„Na von den Metacus, die Sie an Capada verkauft haben. Klar, für Sie ist es ein lukratives Geschäft, nicht mehr und nicht weniger. Das Ganze ist ja prinzipiell nicht verboten, *Sie* tun damit nichts Böses. Aber wir sollten Sie vielleicht darauf hinweisen, was Antonio Veneta damit angestellt hat."

Schlinger runzelte die Stirn, woraufhin ein weiterer Schatten auf sein im Halbgegenlicht ohnehin schon verfinstertes Gesicht fiel. „Sie meinen also, ich soll mit der Weltraumfirma Capada kooperiert haben? Das ist der größte Unsinn, den ich je gehört habe! Wie kommen Sie darauf?"

„Nun, die Firma Capada versteckt unter Ihren Metacus nicht nur Mitarbeiter, sondern mittlerweile auch eine Leiche."

„Also jetzt wird es ja bunt. Woher haben Sie die Informationen über diese Anzüge, an denen wir forschen? Von welchem Verein kommen Sie wirklich?"

„Kriminalpolizei Darmstadt und Staatsanwaltschaft Darmstadt, wie wir bereits sagten. Hier meine Karte." Mertners reichte Schlinger seinen Ausweis, der diesen kurz studierte und dann mit einem Murren zurückgab.

„Ich frage Sie beide noch einmal: Woher haben Sie die Information über diese unsichtbar machenden Anzüge? Dieses Wissen ist streng geheim und absolut noch nicht spruchreif für die Öffentlichkeit! Und wie bitte soll die Firma Capada an *meine* Anzüge kommen?" Schlinger hatte die Arme vor seiner Brust verschränkt und sich derart in der Lautstärke seiner Stimme gesteigert, dass die Ermittler einen Tobsuchtsanfall befürchten mussten.

„Das ist doch ganz einfach“, blieb Mertners cool. „Sie haben diese Anzüge für Capada produziert, weil Sie guten Kontakt zu Veneta hatten.“

„Zu diesem Arschloch soll ich guten Kontakt gehabt haben? Das ist blanker Müll, den Sie mir da andichten! Ich forsche an unsichtbaren Anzügen und stehe kurz vor der Vollendung meines Projekts. Aber ich habe nie Kontakt zu *irgendeinem* Capada-Schwächling gehabt, auch wenn Sie es gerne hätten!“ Die Gesichtsfarbe Schlingers verkehrte sich zusehends von Leichenweiß in ein gegenteiliges Knallrot.

„Hm“, mischte sich nun Hai ein, „vielleicht zeigen Sie uns Ihre Metacus erst einmal. Danach können wir immer noch über diese Dinge reden.“

„Ich habe wohl keine andere Wahl, wenn Sie von der Kripo sind. Aber wie Sie auf die Idee kommen, ich hätte mit einer Verbrecherfirma wie Capada kooperiert, bleibt mir ein Rätsel, eigentlich eine Unverschämtheit. Naja, kommen Sie mal mit ...“ Die Stimme des Professors hatte sich wieder ein wenig gesenkt, sodass die Gefahr eines Ausrasters vorerst überwunden schien. Mit großen Schritten führte Schlinger seine beiden ungebetenen Gäste bis an das Ende des Korridors und in einen Raum, der mithilfe einer verschlossenen Stahltür abgeriegelt war. Als Schlinger sich und seinen Besuchern Zutritt verschaffte, sprangen Hai und Mertners allerhand große und kleine Geräte entgegen, die sie noch nie gesehen hatten.

„Was wissen Sie über Physik und meine Forschung?", fragte Schlinger sie, noch während die Ermittler mit der Verarbeitung ihrer visuellen Eindrücke beschäftigt waren.

„Sie forschen an Metamaterialien und haben auf deren Grundlage die Metacus entwickelt. Ich war in Physik nie eine Leuchte", gab Hai etwas zerknirscht zu, was ihm sichtlich unangenehm war, weil das Eingeständnis von Nicht-Wissen keine besonders gute Voraussetzung für das Gelingen der Reid-Technik darstellte. Damit verbunden war die nicht ganz unbegründete Befürchtung, dass der Professor nun weit ausholte und einen Schwall für ihre Ermittlungstätigkeit völlig unnützen Wissens über sie ergoss.

„Nun denn, nicht jeder kann überall gut sein. Ich weiß, dass Sie vermutlich wenig Zeit haben. Trotzdem halte ich es für sehr sinnvoll, Ihnen die Grundlagen meines Konzeptes näherzubringen. Mit diesem Ding hier" – Schlinger deutete auf ein kleines Gerät, das aus kaum mehr als einem Metalltrichter und einer Digitalanzeige bestand – „kann ich den so genannten Brechungsindex messen. Der Brechungsindex ist eine Stoffeigenschaft: Je nach Beschaffenheit des Stoffes ändert sich die Ausbreitungsgeschwindigkeit des Lichts, wenn es aus dem Vakuum, also dem luftleeren Raum, auf diesen Stoff trifft. Wir Physiker sagen, das Licht wird gebrochen. Beim Brechungsindex handelt es sich im Prinzip also um einen Anzeiger für das Ausmaß dieser Brechung, das für jeden Stoff sehr charakteristisch ist ...“

Nachdem er ein paar flüchtige Blicke mit Mertners getauscht hatte, war sich Hai sicher, dass er Schlinger in die Parade fahren musste. „Entschuldigen Sie, dass ich Ihre zweifellos spannenden Ausführungen unterbreche. Aber während wir hier gerade reden, werden drüben im Europaviertel mutmaßlich zwei Menschen mit dem Tode bedroht. Ich unterbreite Ihnen nun folgenden Vorschlag, Professor, zu dem es leider auch keine Alternative gibt: Sie zeigen uns nun ihren Metacu-Schrank und helfen uns anschließend dabei, diese Uniformen bei Capada aufzuspüren und einen Haftbefehl gegen Veneta und sein Gefolge zu erlassen.“

Schlinger zuckte mit den Schultern. „Ich weiß nicht, was passiert ist, dass meine Forschung und ich in ein Fadenkreuz von Ermittlungen über Fälle geraten, die mir gänzlich unbekannt sind. Aber da Sie beide der Staatsautorität zuzurechnen sind und wohl eher keine Spielzeugknarren mit sich herumtragen, wird mir auch hier keine Wahl bleiben. Ich werde Sie bei

Ihren Ermittlungen unterstützen und jeden Verdacht gegenüber mir und dem Institut für Angewandte Physik ausräumen. Bevor ich Ihnen jetzt die Anzüge zeige, möchte ich darauf hinweisen, dass ich sie mir sehr frühzeitig habe patentieren lassen. Nächsten Monat werden sie offiziell in der Nature erscheinen. Wenn Sie also doch Spione sein sollten, muss ich Sie leider enttäuschen."

„Das ist schön, dass Sie sich so kooperativ zeigen. Wie gesagt, Sie können ja vermutlich gar nichts dafür, dass Veneta Ihre Erfindung derart missbraucht hat. Aber Ihre Erfindung müssten Sie uns natürlich zeigen ..."

„Bitteschön, da steht unser Kleiderschrank." Schlinger deutete auf ein Gebilde an der Wand, das aus schwarzen Holzbrettern gefertigt war und tatsächlich als Kleiderschrank hätte durchgehen können.

„Da drin sind sie?", fragte Hai.

Statt seine Frage zu bejahen oder zu nicken, zog Schlinger ein kleines Etwas, das eine gewisse Ähnlichkeit mit einer Autofernbedienung besaß, aus seiner Hosentasche. Daraufhin wurden Hai und Mertners Zeugen eines Schauspiels, bei dem sich die schwarzen Bretter in Sekundenschnelle in eine Wand aus Spiegeln verwandelten, die nur durch schmale Lücken, die die einzelnen Türen voneinander abgrenzten, unterbrochen wurde. Langsam, fast ein wenig ehrfürchtig angesichts dieser Vorführung, näherten sich die beiden Ermittler dem Schrank. Doch ihr Spiegelbild währte nicht lange: Ebenso blitzartig, wie sich die Bretter verwandelt hatten, verschwanden nun auch die Spiegel und gaben den Blick frei … auf einen leeren Schrank, in dem nur eine nackte Kleiderstange ohne Kleider angebracht war. Ganz ruhig bleiben, nur nicht zu sehr fasziniert sein, das ist alles Wissenschaft, versuchte sich Mertners nicht zu sehr von diesem Feuerwerk der Effekte blenden zu lassen.

„Wieso ist der Schrank … leer?", hörte er Hai neben sich, der seine Verblüffung kaum zurückhalten konnte.

„Er ist nicht leer, verehrter Herr Kollege. Er hängt voller Metacus."

„Ach …", machte Hai und wollte hineingreifen, wurde jedoch abrupt von einem unsichtbaren Hindernis gestoppt.

„Sagen Sie mal, Professor, schikanieren Sie eigentlich alle Ihre Besucher so?", empörte sich Mertners.

Schlinger lächelte, ohne dabei einen Hauch von Verschmitztheit verbergen zu können. „Ich wollte Ihnen vorher noch die Bedeutung der Nanoebene verdeutlichen. Aber ich sehe, Sie haben verstanden. Nun können Sie zufassen."

Einen Augenblick zögerte Hai, in der Erwartung, dass Schlinger noch eine weitere *Überraschung* einfallen könnte, ehe er die Aufforderung des Professors in die Tat umsetzte. Diesmal traf seine Hand nicht auf einen Widerstand, sondern griff in einen unsichtbaren Raum. Trotzdem spürte Hai etwas auf seiner Haut, etwas Raues, das ihn auf Anhieb an die Oberfläche eines Stückes Schleifpapier erinnerte. Als er sich langsam an dem Stück nach oben tastete, stieß er am Ende auf eine glatte Oberfläche, die er von der rauen trennen konnte. „Sind Ihre Bügel auch unsichtbar?", fragte er fasziniert, woraufhin Schlinger ihm zunickte.

„Wahnsinn!" Mit plötzlicher Entschlossenheit hatte Hai die Uniform vom Bügel gerissen, sich übergestreift und das schrittweise Verschwinden seines Körpers beobachtet. „Ich bin unsichtbar!", stellte er mit einigem Grusel fest.

„Was hatten Sie denn erwartet? Dass ich Scherze mache?", sagte Schlinger.

„Entschuldigen Sie meine Begeisterung, aber das ist einfach irre! Hier Helge, probier du auch mal!"

Nachdem auch Mertners sich ebenfalls körperlos gemacht und nicht weniger verzückte Äußerungen von sich gegeben hatte, kam Hai plötzlich eine Idee. „Sagen Sie mal, Professor: Es gibt doch bestimmt eine Möglichkeit, das Unsichtbare wieder sichtbar werden zu lassen? Quasi eine Art Gegengift zur Metacu?“

Der Professor zögerte einen Augenblick, dann fuhr er sich mit den Händen über seine Schläfen, während er zu Boden schaute, als müsse er es sich gut überlegen, ein streng gehütetes Wissen preiszugeben. In die entstandene Stille hinein sagte er schließlich: „Ja, die gibt es.“

28

In dem kleinen grauen Peugeot herrschte großer Gesprächsbedarf und wohl kein Außenstehender wäre auf die Idee gekommen, was in dem unauffälligen Stadtauto mit gewöhnlichem Darmstädter Kennzeichen für Dinge beredet wurden.

„So, nachdem ich Ihnen nun meinen Teil erklärt habe, erwarte ich auch von Ihnen, dass Sie sich an die Abmachung halten und mir erzählen, woher Sie von den Metacus überhaupt wissen", forderte Schlinger seine beiden Begleiter auf, die auf den Vordersitzen Platz genommen hatten, während sie sich von ihrem Autopiloten Richtung Europaviertel kutschieren ließen. Es dauerte einen Moment, ehe Bewegung in die Ermittler kam und schließlich war es Leon Hai, der sich zu Schlinger umwandte. „Nun, da wir uns zur Kooperation entschlossen haben und Sie vielleicht wirklich nichts dafür können, welchen Unsinn Veneta im Augenblick mit Ihrer Erfindung treibt, sollen Sie den Namen hören. Die Dame heißt Sarah Wagner, arbeitet beim BIfZudeWe und wir vermuten, dass sie sich aktuell in den Fängen Venetas befindet. Kennen Sie die Frau?"

„Der Name sagt mir nichts. Aber woher weiß sie etwas von meinen Metacus?"

„Das hoffen wir von Ihnen zu hören, Professor. Sarah Wagners Freund hat jahrelang für Capada gearbeitet und auf irgendeine Weise Zugang zu Ihren Anzügen.“

„Aber ich habe nicht mit Capada kooperiert. Wie oft soll ich es Ihnen sagen?“

„Vielleicht ist jemand bei Ihnen eingebrochen“, schaltete sich Mertners in das Gespräch ein, ohne jedoch seinen Kopf nach hinten zu wenden.

„Jemand soll bei uns eingebrochen haben? Das klingt völlig absurd. Wir haben keinerlei Hinweise oder Spuren darauf.“

„Wer außer Ihnen besitzt denn noch offiziellen Zugang zu Ihren Räumlichkeiten? Ich denke da insbesondere an die Fernbedienung, mit der sich der Kleiderschrank öffnen lässt.“

Schlinger stutzte einen Moment lang, als müsse er überlegen, ob er den Ermittlern tatsächlich vertrauen konnte. Währenddessen nahm seine unlängst wiedergewonnene Gesichtsfarbe sichtlich ab. „Diese Fernbedienung existiert nur ein einziges Mal auf diesem Planeten. Aber die Schlüssel dazu gibt es in drei Ausfertigungen. Eine davon besitze natürlich ich ... und die beiden anderen habe ich meinen Doktoranden überlassen.“

„Na bingo! Dann wissen wir, wen wir uns nach unserer Befreiungsaktion vorknüpfen müssen."

„Ich lege meine Hand für sie ins Feuer, sie würden so etwas nicht tun. Beide sind sehr anständige Kerle und ..."

„Wenn Sie sich da mal nicht irren, Professor. Nach außen hin ist alles schöner Schein. Glauben Sie mir, nach all den Jahren in meinem Beruf verfüge ich über eine gewisse Menschenkenntnis. Lassen Sie uns offen in die Ermittlungen gehen und diese Beteuerungen weg, die bereuen Sie ohnehin am Ende."

„Ich kann es mir nicht vorstellen, dass wir solche Maulwürfe haben. Jeder weiß, in welchem Licht die Firma Capada nach der Fleeze-Katastrophe steht. Sollten sie wirklich betrogen haben, wäre das der größte Skandal in der Geschichte der Technischen Universität Darmstadt seit der Lieser-Affäre 1933."
„Über die Historie der Universität Darmstadt würden wir auch gerne mehr erfahren, allerdings zu einem anderen Zeitpunkt. Unser Plan steht fest. Sie dürfen uns nun auf dem weiteren Weg erklären, wie Ihre Metacus funktionieren, es ist ja mittlerweile ein offenes Geheimnis. Vielleicht finden Sie ein paar deutsche Worte für uns Laien."

„Ja natürlich, wenn Sie es wünschen gerne. Wo war ich stehengeblieben?", fragte Schlinger, während er sich übertrieben laut räusperte. „Richtig, beim

Brechungsindex", gab er sich selbst die Antwort und nickte zufrieden. „Das haben Sie verstanden?", richtete er nun die Frage an seine beiden Begleiter, woraufhin er ein erschlagenes „hm" erntete. „Nun gut, der Brechungsindex ist eine Stoffeigenschaft, das hatte ich ja bereits gesagt. Wenn ein Lichtstrahl auf ein transparentes Medium trifft, wird ein Teil dieses Strahls reflektiert, also zurückgeworfen, während der andere Teil des Strahls sich in dem Medium weiter ausbreitet. Der sich in dem Medium ausbreitende Teil des Lichtstrahls folgt auf seinem weiteren Weg durch den Stoff einem ganz bestimmten Muster. Man sagt, der Strahl wird gebrochen. Fragt sich nur, wie. Dazu braucht es ein bisschen Vorstellungskraft: Wenn ich ein Lot senkrecht zu der Grenzfläche zwischen Vakuum und dem Stoff fälle, wird dieser Strahl immer zum Lot hin gebrochen. Das kann man anhand von Winkeln und einer Zeichnung sehr anschaulich erklären, führt uns aber jetzt doch etwas weit. Nun ja, jedenfalls ist der Brechungsindex im Vakuum immer als gleich eins definiert und der Brechungsindex *herkömmlicher* Materialien immer positiv. So viel zu den herkömmlichen Materialien. Kommen wir in aller Kürze zu den nicht herkömmlichen Materialien. Als Mitglied im Forschungscluster moderne Materialien und Werkstoffe beschäftige ich mich mit meinem Team schon seit Jahren mit den so genannten Metamaterialien. Was aber ist Metamaterial? Den eigentlichen Begriff *Metamaterial* verdanken wir dem britischen Physiker John Pendry, der ihn in den 1990er Jahren prägte. Die Frage, was ein Metamaterial tatsächlich genau ist, lässt sich allerdings gar nicht so leicht beantworten, weil sich die Definition noch immer im Fluss befindet. Ich kann Ihnen also nur sagen, was ich unter Metamaterial verstehe. Generell besteht Metamaterial aus Zellen, die deutlich kleiner sind als ein Viertel der Wellenlänge im Vakuum, bei mir heißt das rund 100 Nanometer. Nur mal, damit Sie sich die Winzigkeit vergegenwärtigen können: Bei einem Nanometer unterhalten wir uns um den milliardsten Bruchteil eines Meters. Metamaterial ist also fein. *Verdammt* fein. Dementsprechend weist es auch andere Eigenschaften auf als das Material, das wir bisher kennengelernt haben: Metamaterial ist in der Lage, Lichtwellen beim Übergang vom Vakuum in solch ein Material über das Lot hinaus in die negative Richtung zu brechen. Daraus ergibt sich nicht nur ein negativer Brechungsindex, sondern eben auch die Unsichtbarkeit. Metamaterial lenkt das Licht um ein Objekt herum. Die Optik lässt sich revolutionieren: Licht kann nicht nur durch Lupen und Spiegel gelenkt und reflektiert, sondern auch gedehnt, gestreckt, verzerrt und auf weitere Art und Weise manipuliert werden. Metacus bestehen aus ebensolchem Material: Aus winzig kleinen, periodisch angeordneten Kupferzellen."

„Ach daher der Name!", brachte sich plötzlich Mertners ein und zeigte durch seine Kopfwendung zu Schlinger, dass der Vortrag nicht ganz gehörlos an ihm vorbeigegangen war.

„Genau!", rief Schlinger mit einer Euphorie, wie sie neben Wissenschaftlern, die komplett in ihrer Materie aufgingen, wohl nur Kindern und Verliebten zu eigen war. „Meta steht für Metamaterial, C für Kupfer und U bedeutet unsichtbar. So einfach erklärt sich dieses fantastische Fantasiewort!"

„Aber sagen Sie uns mal, Professor", meinte Mertners, dessen Stimme inzwischen ein Feuer gefangen hatte, wie man es einem Staatsanwalt wohl eher nicht zugetraut hätte, „was es mit den mysteriösen Augenumrissen auf sich hat. Wieso ist ein Mensch, der eine Metacu trägt, nicht komplett unsichtbar?"

„Das ist nicht schwer zu verstehen. Eine Metacu besteht aus drei Schichten Metamaterial, das alle Farbanteile des für das menschliche Auge sichtbaren Spektrums um den Träger herumleitet. Nun habe ich aber folgendes Problem: Was ist, wenn ich komplett unsichtbar bin? Sie erraten es bereits: Wer unsichtbar ist, zahlt dafür den Preis der eigenen Blindheit. Und Sie können sich vorstellen, dass eine Metacu wenig wert ist, wenn deren Träger mit einem lauten Knall vor die nächste Straßenlaterne rennt, weil er selbst nichts sehen kann. Natürlich ist es unbefriedigend, dass wir sagen, wir machen jemanden unsichtbar und dann schweben in Wirklichkeit immer noch zwei Augen durch die Luft. Immerhin haben wir es mittels Strahlteiler geschafft, nur wenige Prozent Licht durchzulassen und dabei die Sehkraft des Trägers vollständig zu erhalten. Das Ergebnis sind nun die Augenumrisse, die man jedoch de facto nicht sieht."

„Ja stimmt, davon hatte uns Sarah Wagner auch erzählt und uns eingeschärft, dass wir genau darauf achten sollen. Bisher haben sowohl Wagners Schilderungen als auch die Ihrigen Hand und Fuß …"

„Wir erreichen unseren Zielort in fünf Minuten", fiel Autopilot Rudi dem Staatsanwalt ins Wort.

„Na bitte", freute sich Hai.

29

Wie leid es Antonio Veneta wirklich um sie tat, bekam Sarah Wagner nur wenige Minuten später zu hören. Obwohl die Worte gar nicht an sie adressiert waren, schnürten sie ihr die Kehle ab, und nicht etwa das Klebeband um den unteren Bereich ihres Kopfes.

„Erik, es ist einfach fantastisch. Wir haben keine Videobeweise in diesem Raum, tauschen spielend leicht unsere verwanzten Handys aus, verstecken alles unter dem Metacu-Mantel und haben dank der PanAll-Star-Katastrophe, die urplötzlich unser verhasstes Fleeze in den Schatten stellt, für den Moment nicht einmal mehr Bullen hier vor Ort, die uns nerven könnten. Eigentlich eine traurige Angelegenheit, dieser ausgeprägte Personalmangel bei der Staatsautorität." Er lachte gekünstelt auf. „Wie dem auch sei, unsere Professionalität darf nicht an dieser Stelle enden. Sie muss weitergehen, um das Ding von vorne bis hinten wirklich durchzuziehen. Nicht nur die meisten, sondern alle Spuren müssen verwischt werden. Das Verwischen lass nur meine Sorge sein, du kannst dich ruhig schon mal mit der Wiedereröffnung unserer Deutschland-Basis befassen. Ich werde derweil Tom Lortery und Sarah Wagner einen letzten Wunsch erfüllen – nämlich gemeinsam nebeneinander zu sterben. So etwas wünschen sich Liebespaare doch immer." Wieder lachte Veneta, diesmal schallend und laut. Als sein Lachen verklungen war, entstand eine kurze Pause, während der offensichtlich Venetas Gesprächspartner zum Zuge kam. Es waren bange Sekunden, in denen Sarah ihr Schicksal vollends bewusst wurde. Nicht einmal der Mann am anderen Ende der Leitung würde sie vor ihrem Tod retten. Und Tom? Veneta hatte ihr soeben prophezeit, neben Tom zu sterben. Bei dem Gedanken daran erfüllte sie ein Herzklopfen, das sich mit ihrer Todesangst vermischte und sich dadurch deutlich von dem ihrer Verliebtheit unterschied. Wo war Tom?

„Gut, wir sprechen uns nach getaner Arbeit wieder." Sarah erschrak, als sich Venetas Stimme zurückmeldete und das Gespräch beendete.

„So", hörte sie ihn schließlich mit zuckersüßer Stimme sprechen, „nun zu dir, Sarah Wagner." Sarah hielt den Atem an. Über Film und Fernsehen hatte sie schon vieles über Hinrichtungen erfahren, aber niemals wäre sie auf die Idee gekommen, selbst einmal auf diese Weise zu sterben. Natürlich hatte sie die über die Medien vermittelten Bilder von Menschen in ihren Todeszellen gesehen und schrecklich gefunden. Aber das war alles so weit weg gewesen, hatte sie nicht am eigenen Leib getroffen. Was für ein perverses Spiel! Der Tod an sich sei gar nicht so schlimm, hatte ihre Mutter ihr früher einmal gesagt, schlimm sei nur die Zeit davor. Nun wusste

Sarah, was Emma Wagner damit gemeint hatte. „Wo ist Tom?", schrie sie plötzlich mit all ihrer Kraft, die ihr die Verzweiflung eingab. Doch durch ihr Pflaster brachte sie nicht einmal ein Schluchzen oder irgendeinen anderen Laut heraus, sodass ihr Schrei stumm verhallte und stattdessen frische Tränen über ihre Wangen strömten. Vielleicht, so dachte sie, löst das Wasser ja mein Pflaster auf und ich kann Tom wenigstens noch sagen, wie sehr ich ihn geliebt habe und noch liebe.

„Bereiten Sie das Feuer vor, Norton!", hörte sie den Befehl Venetas, dem jeder Hauch von Wärme fehlte.

„Jawohl Chef!", ertönte eine weitere Stimme nicht weit entfernt von ihr, eine typische Funktionier-Stimme, wie sie von einem KZ-Aufseher hätte stammen können. Es war die Stimme von einem Typ Mensch, der niemals irgendwelche Dinge, Regeln oder Befehle hinterfragte, sondern immer nur blind ausführte. Sie gehörte Norton, dem Feuermenschen. Das ist irrwitzig, fiel Sarah ein, dass diese Menschen, deren Herzen so kalt sind wie das Eis am Nordpol, uns ausgerechnet mit Feuer umbringen wollen. Aber genau das hatte Veneta ihr versprochen.

Noch ein letztes Mal wurde sie sich der Kälte bewusst, die das Metall ihrer Fesselkette durch ihre Metacu hindurch abstrahlte, verknüpft mit der Erwartung, dass sich ihr Temperaturempfinden in wenigen Augenblicken in das Gegenteil verkehrte –

in ein derart mörderisches Gegenteil, dass sie es in voller Ausprägung gar nicht mehr spüren würde. Mit einem Raketenfeuer wolle er sie töten, hatte Veneta gesagt, das sei für seine Branche eine überaus würdige Hinrichtung.

Doch die Wärme kam noch nicht. Stattdessen platzte ein Anruf herein. „Was gibt es?", schnauzte Veneta den offenbar unliebsamen Störer an. Sarah hörte zwar, wie am anderen Ende der Leitung geredet wurde, konnte jedoch inhaltlich nichts verstehen. „Aha, und um wen handelt es sich bei dieser dritten Person ...? Das wissen Sie nicht ... Aha ... Sagen Sie Ihnen, sie mögen noch ein paar Momente im Eingangsbereich Platz nehmen, ich werde sie dort abholen."

„Das kommt gar nicht infrage. Sie sagen uns jetzt *sofort*, wo sich Ihr Vorgesetzter aufhält, oder Ihnen wird hinterher wegen Behinderung von Ermittlungen der Prozess gemacht. Das Gleiche gilt auch bei einer Falschaussage. Denken Sie daran, Sie sprechen hier mit Staatsanwaltschaft und Polizei." Mertners wusste, dass dieses Druckmittel zog. Dem Pförtner standen bereits die Schweißperlen auf der Stirn.

„Ich bitte Sie, mein Chef bringt mich um. Sie hören doch, was er mir gesagt hat, warum können Sie nicht kurz im Eingangsbereich auf ihn ..."

„Weil es hier um Leben und Tod geht! Wissen Sie eigentlich, in welch kriminellem Laden Sie hier arbeiten, Mann? Veneta ist im Keller, habe ich recht?"

Der Mann wurde blass und zuckte mit den Schultern. „Ich kann Sie nicht am Nachschauen hindern, aber sagen Sie nicht ..."

„Aha!", rief Leon Hai entschlossen und bedeutete seinen beiden Kollegen zu folgen, wobei er Schlinger fast dessen blaue Hornbrille von der Nase gefegt hätte.

„Chef, ich konnte sie nicht aufhalten. Sie sind auf dem Weg nach ..."

„Verfluchte Scheiße! Was sind Sie nur für ein Versager! Jetzt muss ich das auslöffeln." Nachdem er das Gespräch beendet hatte, wandte er sich dem kleinen Mann mit Vollglatze zu, der an einer kastenförmigen Einrichtung herumtippte. „Norton, die Bullen sind auf dem Weg hierher. Sieh zu, dass du Lortery und Wagner schnell beseitigst. Ich mache den Eindringlingen meine Aufwartung."

Veneta schloss die Stahltür des Feuerraums keine Sekunde zu spät. „Ja da sind Sie ja schon", begrüßte er Mertners, Hai und Schlinger, die bereits die unteren Treppenstufen genommen hatten, beinahe überschwänglich. „Dabei wollte ich Sie eigentlich oben in Empfang nehmen. Wie geht es Ihnen?“

„Danke bestens“, erwiderte Mertners und hatte Veneta bereits eingeholt. „Gestatten, das ist Professor Schlinger von der Technischen Universität Darmstadt. Er würde sich gerne mal mit uns den Raum ansehen, aus dem Sie gerade gekommen sind.“

„Oh, wenn es weiter nichts ist“, säuselte Veneta und konnte nicht verhindern, dass sich seine Pupillen vor Schreck weiteten. Mit einer routinemäßigen Bewegung hielt er seine Berechtigungskarte vor das schwarze Quadrat neben der Tür, woraufhin sich diese öffnete. „Bitte hier, der Feuerraum, den Sie ja bereits gesehen hatten.“

„Ja, und genau der interessiert uns riesig, Herr Veneta“, eröffnete Hai, als er mit seinen Kollegen eintrat. „Sie sagten, dass Sie hier an Raketentreibstoff forschen. Könnten Sie uns vielleicht ein paar nähere Erklärungen dazu geben?“ Hai musterte den Raum, der außer einem halben Raketenhinterteil, das an der Decke hing, einem litfaßsäulenähnlichen Tank und einem Kasten an der Wand nicht viel hergab.

„Naja, Sie sehen es selbst“, sagte Veneta und fand hörbar zu seinem Selbstbewusstsein zurück, um das er Momente zuvor noch gerungen hatte, „besonders viel gibt es hier nicht zu entdecken. In diesen Tank dort füllen wir das jeweils innovative

Treibstoffgemisch ein, leiten es nach oben und entzünden das Triebwerk an der Decke. Dass die Innenfarbe immer noch weiß und nicht etwa verrußt ist, liegt daran, dass der gesamte Raum aus feuerfestem Material besteht. Hier kann nichts anbrennen, sozusagen."

„Welches Material verwenden Sie denn genau?"

„Och, das dürfen Sie mich nicht fragen. Wenn es um wissenschaftliche Details geht, bin ich der falsche Ansprechpartner. Natürlich interessiere ich mich für die Belange meiner Mitarbeiter, aber alles hat seine Grenzen, Sie verstehen mich ..."

„Ja schon. Aber es ist mehr als das unsichtbare Material der Metacus, denen Professor Schlinger seinen Namen gegeben hat, oder?"

„Ich kann über Ihre Frage nur spekulieren. Bei diesem Thema waren wir eben schon und meine Antwort fällt jetzt nicht anders aus als ..."

„Und wissen Sie, was *das* hier ist, Herr Veneta?" Hai deutete auf ein Gerät, das Professor Schlinger in der Hand hielt und das aussah wie eine Kamera mit Pistolengriff.

Veneta legte die Stirn in Falten, dann schüttelte er den Kopf. „Nein, das habe ich noch nie gesehen. Klären Sie mich bitte auf."

„Bei diesem Gerät hier, Herr Veneta, handelt es sich um eine handelsübliche Wärmebildkamera, die Infrarotstrahlung empfängt. Und wenn Sie einmal einen Blick auf das Display werfen, sehen Sie, dass Sie hier in diesem Raum noch drei weitere Menschen verstecken, die im Nicht-Infrarot unsichtbar erscheinen. Ich denke, das reicht, um Sie vorläufig festzunehmen.“

Antonio Veneta reagierte nur einen Moment lang überrascht. Dann trat er einen Schritt zurück, um sich in eine bessere Position zu bringen und zückte seine Waffe. „Mit einem handlichen Gerät kann ich auch dienen“, sagte er spitz. „Ich habe noch immer die Befehlsgewalt in diesem Raum und warne Sie nur einmal. Wenn Sie Ihrerseits Waffen ziehen, schieße ich.“

Die plötzliche Wende, die diese Szene genommen hatte, hinterließ nicht nur Überraschung auf Seiten Venetas, sondern auch bei den Ermittlern, sodass die Spannung einem Gewitter gleich in der Luft lag und niemand es wagte, eine falsche Bewegung zu machen, die jederzeit tödlich enden konnte.

„Sie sind ein gebrochener Mann, Veneta. Alles, was Sie von jetzt an tun, macht die Sache nur schlimmer. Seien Sie vernünftig und geben Sie auf!“, fand Hai seine Worte zuerst wieder.

„Mein Name ist Antonio Veneta. Ich gebe niemals auf!"

Seinen Worten ließ Veneta Taten folgen: So langsam, dass es keinem der Umstehenden rechtzeitig auffiel, schob er sich entlang einer unsichtbaren Linie in Richtung Norton, während er die Waffe unverändert auf Mertners, Hai und Schlinger richtete. Während Mertners und Schlinger die Hände erhoben hatten, verzichtete Hai auf dieses Zeichen der Ergebenheit und beließ seine Hände in Hüfthöhe, sodass er im Zweifelsfall mit der Dienstwaffe eingreifen konnte. Offensichtlich wartete er noch auf den richtigen Augenblick.

Veneta handelte schneller, jedoch ohne den Gebrauch seiner Schusswaffe. Als er direkt neben Norton angelangt war, löste er das Feuer per Knopfdruck aus. In diesem Augenblick wusste Hai, dass er zu spät reagiert hatte. Sein Kollege Mertners und Professor Schlinger bekamen das heiße Feuer noch näher zu spüren als er, der neben Veneta hinter einer Glasscheibe stand, die sich blitzschnell ausgefahren haben musste, und gingen sofort zu Boden. Er selbst spürte den schier unerträglichen Schmerz, der gegen seine Haut drückte. Voller Panik stürzte er sich auf Veneta und versuchte, ihn mit dem gelernten Handgriff über den Daumenmuskel zu entwaffnen, was ihm schließlich gelang.

„Norton, helfen Sie mir!", schrie Veneta gegen den Lärm an, der nun nicht mehr durch das Zischen des Feuers, sondern durch die Schreie der Menschen verursacht wurde. Schmerzensschreie.

„Geben Sie endlich auf, Veneta! Sie sind am Ende!", rief Hai, während er im Einklang mit seinem Widersacher zu Boden stürzte. Während dieser Rangelei machte sich Hais harte Polizeiausbildung bemerkbar, mit deren Hilfe es ihm gelang, den schwergewichtigen Capada-Boss schließlich auf dem Rücken zu fixieren und ihm die Handschellen anzulegen. „Norton, Norton!", schrie Veneta immer wieder wie von Sinnen, doch mehr als schreien und zappeln – einem dicken Fisch im Netz gleich – vermochte er nicht mehr. Weder Norton noch Mertners oder Schlinger entzogen sich der endzeitlichen Szenerie, über der sich der Feuerrauch langsam lichtete, jedoch aus unterschiedlichen Gründen. Norton, weil er zögerlich dastand und sich offensichtlich nicht dazu entschließen konnte einzugreifen, und Mertners und Schlinger, weil sie reglos auf dem Boden lagen.

30

Alles war gut und fühlte sich harmonisch an. Sie spazierte durch einen Märchenwald, in dem das Gras noch lindgrün war, weil die in respektvollem Abstand wachsenden Waldriesen genügend Licht durchscheinen ließen. Fliegenpilze und Veilchen schmückten ihren Weg, von dem sie nicht wusste, wohin er sie führte. Doch das interessierte sie gar nicht. Immer wieder blieb sie stehen, machte eine Pause und ließ die Luft in ihre Lungen strömen, die sich so unendlich frisch anfühlte, dem ersten Atemzug gleich, wie es nur Waldluft eigen war. Und dann lauschte sie den Geräuschen des Waldes, dem Klopfen eines Spechtes, dem Rascheln eines Tieres im Unterholz und den Singvögeln, die irgendwo dort oben ein fröhliches Lied zwitscherten. Von einem solchen Wald hatte sie schon als Kind geträumt.

„Frau Wagner, ihre Freunde sind da!", hörte sie plötzlich eine menschliche Stimme aus weiter Ferne rufen. Das war der Anfang vom Ende. Binnen Sekunden zerrann das Bild vor ihren Augen und das Zwitschern der Vögel verwandelte sich in ein schrilles Piepsen. Sie war wieder sie selbst. Vorsichtig blinzelnd und misstrauisch dem neuen Zustand gegenüber schlug sie die Augen auf und blickte in die Gesichter zweier Männer, die sie erwartungsvoll anstierten. Das eine Gesicht kam ihr gänzlich unbekannt vor, aber das andere ... Das andere Gesicht kannte sie! Es sah ein bisschen gezeichnet aus im Vergleich zu den Bildern, die ihr Gehirn von ihm gespeichert hatte. Als hätte sie es Jahre nicht gesehen ...

„Frau ... Wagner", begann das rundliche Gesicht mit den etwas zerrupften schwarzen Haaren zu sprechen, „es ist schön, Sie wiederzusehen. Wie geht es Ihnen?"

„Ganz gut", hauchte Sarah und stöhnte laut auf, als sie versuchte, ihren rechten Arm zu bewegen. Da spürte sie, wie ihr ganzer Körper von einem unterschwelligen, im Rhythmus ihres schnellen Pulses pochenden Schmerz erfasst wurde. „Da sind Sie ja! Sagen Sie mir bitte noch einmal Ihren Namen."

„Ich bin Leon Hai und das ist mein Kollege Thorsten Schlinger", stellte Hai ihr auch das kantige Gesicht mit der auffälligen blauen Hornbrille vor, das trotz (oder wegen?) seiner zahlreichen Muttermale extrem attraktiv wirkte. Auch wenn Sarah das Gesicht nichts sagte, so war sie sich sicher, dass sie zumindest den Namen schon einmal gehört hatte.

„Aber Sie sind nicht auch von der Polizei, oder?"

Ein aufmunterndes Lachen huschte über Schlingers Gesicht. „Nein, nicht ganz. Ich arbeite an der Technischen Universität, aber ich habe die Polizei unterstützt."

Sarah legte die Stirn in Falten, was so ziemlich die einzige Bewegung darstellte, die sie einigermaßen schmerzfrei ausführen konnte. „Das müssen Sie mir erklären!“

„Deshalb sind wir hier. Wir werden nämlich ebenfalls in diesem Krankenhaus behandelt und sehen nun den Zeitpunkt gekommen, da sie über die wahren Geschehnisse, die sich ereignet haben, informiert werden sollten. Das haben Sie erstens so gewünscht und zweitens haben wir dies mit den zuständigen Ärzten abgeklärt. Sie müssen allerdings tapfer sein, aber das sind Sie ja. Sie sind eine starke Frau.“ Schlinger hielt kurz inne, ehe er seinem Kollegen, der ohnehin auf Kopfhöhe zu Sarah stand, bedeutete, jetzt das Wort zu ergreifen.

„An was erinnern Sie sich?“, fragte Hai und war bemüht, seine ganze Empathie in diese Frage zu legen.

„Sie haben ermittelt, weil ich ... weil Tom ... weil meine Mama ...“ Sie stockte und Tränen liefen über ihre Wangen.

„Ganz ruhig, es ist alles gut. Lassen Sie sich Zeit.“ Hai zog ein Taschentuch hervor und trocknete Sarah die Tränen ab, um ihr den Bewegungsschmerz zu ersparen.

„Dann bin ich entführt worden und sollte hingerichtet werden und dann kamen Sie und das

Feuer ... Aber ich lebe noch", sprudelte es in einem Satz aus ihr hervor.

„Das tun Sie. Veneta, oder besser gesagt Norton, sein Helfer, hatte Sie noch nicht mit dem Stuhl unter das Triebwerkfeuer gestellt, sodass Sie sich lediglich Verbrennungen bis hin zum vierten Grad zugezogen haben. Die Ärzte hatten Sie daher für eine Woche ins Koma verlegt. Aber Sie sagen es selbst: Sie leben noch."

„Was ist mit Veneta? Ist er tot?"

„Nein. Er stand neben Norton hinter einer schützenden Glasscheibe, die er hochgefahren hatte, bevor der den Feuerknopf betätigte. Ich habe ihn allerdings im Nahkampf unschädlich machen und festnehmen können. Noch immer bereut er keine seiner Taten und sieht sich als Opfer einer Verschwörung gegenüber seiner Firma."

„Das gibt es doch nicht! Ich hätte ihm einiges zu sagen ..."

„Das dürfen Sie gerne vor Gericht tun. Aber die Ermittlungen sind natürlich noch nicht abgeschlossen. Veneta ist auch nicht der einzige Schuldige. Es gibt ein ganzes Netzwerk."

Sarah nickte. „Das glaube ich gerne. Bitte erzählen Sie mir alles!"

„Dazu wurden wir einbestellt. Für uns interessant war zunächst einmal die Frage, wie wir Venetas unsichtbare Anzüge, also die so genannten Metacus, nachweisen könnten. Wie sollten wir schließlich etwas beweisen, was unsichtbar ist? Ein solcher Fall ist sogar für die Polizei neu. Veneta und seine Leute konnten ungestraft Straftaten verüben, ohne Fingerabdrücke, DNA oder irgendetwas zu hinterlassen, das sie überführt hätte. Er leugnete so penetrant, dass sogar uns die Verzweiflung schon ins Gesicht geschrieben stand. Vor allen Dingen der Zeitdruck war immens, schließlich mussten wir in Erfahrung bringen, wo er Sie versteckt hielt. Daher haben wir Professor Schlinger von der Technischen Universität ausfindig gemacht, mit dessen Wärmebildkamera wir unter die Metacus schauen konnten, weil das Metamaterial nur für das menschliche Auge sichtbares Licht im Bereich von etwa 200 bis 800 Nanometern um sich herum lenkt, nicht aber längerwellige Infrarotstrahlung im Bereich von 3,5 bis 15 Mikrometern." Hai warf Schlinger einen rückversichernden Blick zu. „Vollkommen richtig erklärt, ich habe nichts hinzuzufügen", nickte der Professor ihm zu.

„Professor Schlinger ist nämlich der Erfinder der Metacus."

Hais Worte verfehlten ihre Wirkung nicht und zauberten den Ausdruck des Staunens auf Sarahs Gesicht. „Aber wie ...?", stammelte sie.

„Richtig. Wie kam Veneta überhaupt an diese Erfindung, mit der er so viel Unheil anrichten konnte? Um es gleich vorwegzunehmen: Nein, Professor Schlinger hat nichts weiter mit der Sache zu tun, außer, dass er die Metacus erfunden hat. Er hat allerhöchstens seine Aufsichtspflicht etwas vernachlässigt. Ihm ist nicht aufgefallen, dass eine Metacu bereits ihren Kleiderschrank verlassen hatte. Das ist nicht weiter ungewöhnlich, denn zu Forschungszwecken kann das schon einmal passieren.“ Erneut schaute Hai zu Schlinger hinüber, weil er wieder darauf bedacht war, nur ja kein falsches Wort in den Mund zu nehmen. „Wo käme ich auch hin, wenn ich kein Vertrauen mehr zu meinen Doktoranden hätte? Ich hätte es schlichtweg für unmöglich gehalten, dass mich jemand derartig hintergeht“, meinte Schlinger und zuckte etwas hilflos mit den Schultern, weil ihm seine eigene Erklärung missfiel.

„Naja, das Doktorandengehalt ist nicht gerade fürstlich, um es einmal schonend zu formulieren. Der Täter hat sich mittlerweile der Polizei gestellt, nachdem die Verbrechen Capadas die weltweiten Nachrichtenkanäle rauf- und runterlaufen. Vielleicht haben Sie etwas vom Absturz der PanAll-Star gehört?“

„Ja, das habe ich!“, rief Sarah. „Sagen Sie nicht, dass Capada auch dafür verantwortlich ist.“

Hai nickte und senkte seinen Blick. „Leider ja. Einer der Mitstreiter Venetas hatte das Kontrollsystem vor dem Start der Rakete so programmiert, dass es einen Fehler im Lenksystem nicht erkennen konnte, mit dem die Selbstzerstörung gleich nach dem Start ausgelöst wurde. Am Abend vor dem Start wurde die PanAll-Basis in Sibirien zwar von einem Einbruchsalarm erschüttert, der allerdings aufgrund des Nicht-Anschlagens der Spürhunde und den unauffälligen Videobildern viel zu schnell als Fehlalarm gedeutet wurde. Nun ja, unsichtbare Täter erkennt man nicht auf Überwachungskameras.

Erst durch Venetas Verhaftung ist die wahre Geschichte ans Tageslicht gekommen. Veneta wollte die schier übermächtige Konkurrenz schwächen und mit diesem Anschlag die Fleeze-Katastrophe übertünchen. Das ist ihm bei 269 Todesopfern auch mit Bravour gelungen. Allerdings nur vorübergehend. Nicht alle Capada-Mitarbeiter standen uneingeschränkt hinter ihrem Vorgesetzten." Hai legte eine Pause ein. „Übrigens hatte Veneta noch eine geheime Startrampe in Wostotschnij in Sibirien, die von der russischen Regierung gedeckt wurde. Kein Wunder, schließlich interessierte sich eine ganze Liste russischer Geheimdienste blendend für die von Walter, dem Doktoranden, angebotene Erfindung. Eine revolutionäre Erfindung, für die schon bald ein ganzes Labor in Sibirien aus dem Boden gestampft wurde. Ein Milliardengeschäft, nicht nur für Walter."

„Es tut mir leid", sagte Professor Schlinger und schaute Sarah in die Augen. „Ich bin ein passionierter Forscher, aber ich hätte meine Erfindung niemals Kriminellen zugänglich gemacht. Für kein Geld der Welt."

Für einige Sekunden entstand betretenes Schweigen. „Ich glaube Ihnen, Sie können nichts dafür", entlastete Sarah den Professor schließlich. „Bitte sagen Sie mir nur etwas, von dem ich wissen möchte, ob es stimmt. Tom ist tot, oder?"

Schlinger schlug die Augen nieder und auch Hai wich ihrem Blick aus, der sich langsam mit Tränen füllte.

„Ja", sagte Hai schließlich. „Mein Kollege und er haben nicht überlebt."

31

Die Morgensonne leuchtete noch einmal hell im August. Noch einmal streichelten ihre spätsommerwarmen Strahlen Sarahs Wangen, als wollten sie ihre Gedanken an den Herbst aufhalten. Als wollten sie das letzte Mal einen Glimmspan der Hoffnung entzünden, dass es doch noch nicht so weit war. Natürlich wusste sie, dass sich der Sommer längst entschieden hatte zu gehen.

Herr: es ist Zeit. Der Sommer war sehr groß. Leg deinen Schatten auf die Sonnenuhren, und auf den Fluren laß die Winde los.

Befiehl den letzten Früchten voll zu sein; gieb ihnen noch zwei südlichere Tage, dränge sie zur Vollendung hin und jage die letzte Süße in den schweren Wein.

Wer jetzt kein Haus hat, baut sich keines mehr.

Wer jetzt allein ist, wird es lange bleiben, wird wachen, lesen, lange Briefe schreiben und wird in den Alleen hin und her

unruhig wandern, wenn die Blätter treiben.

Wieder und wieder blieb Sarahs Blick an der dritten Strophe des Herbsttages von Rainer Maria Rilke haften, die sie dort schwarz auf weiß vorfand. Ihr war kein Gedicht bekannt, das einen Abschied wehmütiger ausdrücken konnte als dieses, welches sie für Tom ausgewählt hatte. Sie war selbst überrascht, wie tapfer sie mit der Situation seines Todes umging und es grenzte fast an Realitätsverleugnung, zu sagen, dass nun die Zeit gekommen war. Der Sommer hatte Tom keine Zeit zur Vollendung gelassen und sein plötzlicher Tod schmeckte bitter statt süß. Nach Gerechtigkeit brauchte sie nicht zu fragen.

Nein, es war vielmehr die dritte Strophe, die sie auf ihre eigene Situation beziehen konnte. Auch wenn diese Verse nicht imstande waren, ihr nur den Hauch einer Hoffnung zu versprechen auf das, was da kommen mochte, so vermittelten sie ihr zumindest das, was sie im Moment am nötigsten hatte: Trost. Das Gefühl, dass alles so sein musste, wie es geschehen war.

Tom, ich vermisse dich so sehr. Ich werde wachen, lesen, lange Briefe schreiben und unruhig wandern, wenn die Blätter treiben.

In diesem Augenblick stieg ihr der Duft der weißen Lilien in die Nase, die sie für Tom gekauft hatte. Sie waren noch ganz frisch.

Über den Autor

Stefan Läers bisherige drei Romane haben mit Science Fiction zu tun und sein viertes Buch „Meta Date" bildet da keine Ausnahme – wenngleich auch diesmal Verbrechen, Liebe und Humor im Vordergrund stehen.

Aufgewachsen ist der 1990 in Siegburg/Rheinland geborene Pharmazeut in einem kleinen Künstlerdorf namens Herchen.

Bibliographie:

2015: **Die Ambivalente Galaxie**, AAVAA-Verlag, ISBN Taschenbuch: 978-3-8459-1359-9, Taschenbuch Großdruck: 978-3-8459-1360-5, E-Buch: 978-3-8459-1362-9

2017: **Die Ambivalente Galaxie 2**, AAVAA-Verlag, ISBN Taschenbuch: 978-3-8459-2164-8, Taschenbuch Großdruck: 978-3-8459-2165-5, E-Buch (ePub, Mobi): 978-3-8459-2166-2, 978-3-8459-2167-9 (PDF)

2017: **Protonische Liebe**, CreateSpace Independent Publishing Platform, ISBN Taschenbuch: 978-1975623296, ASIN E-Buch: B074ZQ65T8

2017: **Kontraste**: **Anthologie** (Mitwirkung im Rahmen des Literaturtreff Eitorf), Books on Demand

Mehr Informationen ...

Homepage: www.stefanlaeer.de

Facebook: www.facebook.com/

Stefan-Läer-Autor-695677217225493

Stimmen zu bisherigen Werken:

„Sehr gut geschriebene, humorvoll-philosophische SF!"

(fantasy.xtme.de)

„Obwohl ich normalerweise keine Bücher dieses Genres lese, bin ich froh dem jungen Autor eine Chance gegeben und mal etwas abseits der Bestsellerlisten nach Lesestoff gesucht zu haben."

(julia f, amazon.de)

„Wir sind neugierig auf das weitere Schaffen Läers."

(General-Anzeiger Bonn)